O SEGREDO DA FÊNIX

Editora Appris Ltda.
1.ª Edição - Copyright© 2024 da autora
Direitos de Edição Reservados à Editora Appris Ltda.

Nenhuma parte desta obra poderá ser utilizada indevidamente, sem estar de acordo com a Lei nº 9.610/98. Se incorreções forem encontradas, serão de exclusiva responsabilidade de seus organizadores. Foi realizado o Depósito Legal na Fundação Biblioteca Nacional, de acordo com as Leis nᵒˢ 10.994, de 14/12/2004, e 12.192, de 14/01/2010.

Catalogação na Fonte
Elaborado por: Dayanne Leal Souza
Bibliotecária CRB 9/2162

P149s 2024	Paixão, Rosângela O segredo da fênix / Rosângela Paixão. 1. ed. – Curitiba: Appris, 2024. 234 p. : il. ; 23 cm.
	ISBN 978-65-250-6407-9
	1. Romance. 2. Fênix. 3. Amor. I. Paixão, Rosângela. II. Título.
	CDD – B869.93

Editora e Livraria Appris Ltda.
Av. Manoel Ribas, 2265 – Mercês
Curitiba/PR CEP: 80810-002
Tel. (41) 3156 - 4731
www.editoraappris.com.br

Printed in Brazil
Impresso no Brasil

Rosângela Paixão

O SEGREDO DA FÊNIX

Curitiba, PR
2024

FICHA TÉCNICA

EDITORIAL
Augusto Coelho
Sara C. de Andrade Coelho

COMITÊ EDITORIAL
Ana El Achkar (Universo/RJ)
Andréa Barbosa Gouveia (UFPR)
Antonio Evangelista de Souza Netto (PUC-SP)
Belinda Cunha (UFPB)
Délton Winter de Carvalho (FMP)
Edson da Silva (UFVJM)
Eliete Correia dos Santos (UEPB)
Erineu Foerste (Ufes)
Fabiano Santos (UERJ-IESP)
Francinete Fernandes de Sousa (UEPB)
Francisco Carlos Duarte (PUCPR)
Francisco de Assis (Fiam-Faam-SP-Brasil)
Gláucia Figueiredo (UNIPAMPA/ UDELAR)
Jacques de Lima Ferreira (UNOESC)
Jean Carlos Gonçalves (UFPR)
José Wálter Nunes (UnB)
Junia de Vilhena (PUC-RIO)

Lucas Mesquita (UNILA)
Márcia Gonçalves (Unitau)
Maria Aparecida Barbosa (USP)
Maria Margarida de Andrade (Umack)
Marilda A. Behrens (PUCPR)
Marília Andrade Torales Campos (UFPR)
Marli Caetano
Patrícia L. Torres (PUCPR)
Paula Costa Mosca Macedo (UNIFESP)
Ramon Blanco (UNILA)
Roberta Ecleide Kelly (NEPE)
Roque Ismael da Costa Güllich (UFFS)
Sergio Gomes (UFRJ)
Tiago Gagliano Pinto Alberto (PUCPR)
Toni Reis (UP)
Valdomiro de Oliveira (UFPR)

SUPERVISORA EDITORIAL
Renata C. Lopes

PRODUÇÃO EDITORIAL
Bruna Holmen

REVISÃO
Katine Walmrath

DIAGRAMAÇÃO
Carlos Eduardo H. Pereira

CAPA
Eneo Lage

REVISÃO DE PROVA
Jibril Keddeh

Dedico a todos os apaixonados pelo mundo sobrenatural. Admito que cada página de nossa existência é um segredo. E quando puder olhe para o horizonte e veja a Fênix.

Se alguém perguntar, diga que amo minhas razões.

AGRADECIMENTOS

O segredo da Fênix tem sido minha paixão por muitos anos! Mas eu sabia que não deveria privar o mundo de um romance tão lindo e sobrenatural como nunca visto.

Agradeço a Deus por me dar o dom de escrever e pelo universo interno cheio de aventuras; é meio barulhento, mas é perfeito. O dom de criar personagens e enredos com tanta facilidade é um privilégio.

À minha mãe, VANEIDE PAIXÃO DOS SANTOS, por insistir para que eu mostrasse ao mundo minha criação. Gratidão por nossos momentos juntas e por seus sábios conselhos. Mãe amorosa, mulher guerreira, feliz, alegre, a senhora será para sempre minha neném.

Nathalie, minha irmã em Deus, admito que quando se admirou da história e começou a argumentar sobre os personagens fiquei maravilhada com o que você falava. Ainda lembro que disse que estava impressionada por eu ter criado... E como disse, agora o mundo sabe que você foi a primeira pessoa a ler *O segredo da Fênix*.

Edlane, minha amiga e professora, é maravilhoso ver seu entusiasmo ao falar das minhas criações. Obrigada por ler meu manuscrito e me ajudar com os erros de português que deixei passar, isso nos fez rir bastante e me deu a oportunidade de ver você questionar sua curiosidade. Meus personagens nunca foram tão reais.

Ao meu irmão, Bruno, que tentava desvendar *O segredo da Fênix* me fazendo perguntas nas horas do almoço, admito que suas perguntas indiretas me faziam saltitar por dentro, eu sei que você só faz várias perguntas quando está curioso com algo.

São tantas pessoas para agradecer que daria um livro de aventuras e comédias.

Também há as meninas da faculdade, que nas prosas sobre *O segredo da Fênix* algumas disseram: "daria uma bela série na Netflix"; outra, com a mente fértil e ideias ousadas, via "fogo em tudo"; e outras dormiam tarde para continuar a leitura do livro. Meninas, obrigada por se apaixonarem por esta história de amor.

E a você, querido leitor, espero que se apaixone por *O segredo da Fênix* e, ao embarcar neste romance sobrenatural, possa desvendar esse mistério, lhe desejo sorte! Afinal ninguém descobriu qual é "o segredo da Fênix" e também nunca me fizeram a pergunta-chave. Espero que seja você a descobrir.

E mais uma vez infinitamente obrigada a Deus por eu ser assim confiante e nunca desistir, e por me dar esse presente de escrever e encantar o mundo com minhas histórias.

Minha Lívia, meu Yale Mackenzie, vocês são minhas paixões!

Rosângela Paixão

Querido(a) leitor(a),

Hoje, neste dia nublado com uma leve ventania e cheiro de terra molhada, lhe apresento um lindo-presente cheio de amor. Um amor diferente, carregado de razões em um mundo normal, mas com um amor sobrenatural, irreal, porém verdadeiro para a nerd oriental mais "calculista" do mundo da leitura.

Rosângela Paixão
Autora

Acima de tudo o Amor
... A ciência também desaparecerá.
Pois o nosso conhecimento é limitado...

(1 Coríntios. Cap. 13)

SUMÁRIO

CAPÍTULO 1..15

CAPÍTULO 2..25

CAPÍTULO 3..39

CAPÍTULO 4..43

CAPÍTULO 5..53

CAPÍTULO 6..73

CAPÍTULO 7..85

CAPÍTULO 8..97

CAPÍTULO 9...121

CAPÍTULO 10..147

CAPÍTULO 11..159

CAPÍTULO 12..169

CAPÍTULO 13..187

CAPÍTULO 14..203

CAPÍTULO 15..229

EPÍLOGO..233

CAPÍTULO 1

Mais uma vez chegou novembro, o mês que sempre me faz lembrar o motivo de estar morando com a minha avó no sul do país. Nunca tive uma saúde perfeita ou normal como todos dizem ter, tenho um diário de anotações dos melhores hospitais em que já estive, estou meio nostálgica, sempre fico assim em novembro. Mas mudando de assunto estou ficando muito preocupada com Ana, ela anda muito triste, não quer ler o livro de romance que lhe dei de presente no ano passado no aniversário dela de 70 anos e sua saúde não é das melhores, ela me diz todos os dias que a vela dela está se apagando, para finalmente dormir. Não concordo com essa teoria, sempre acho que Ana está sendo teimosa, geralmente passamos uma hora discutindo para ela tomar os remédios e ela sempre ganha com a desculpa de que eu sou a neta e ela uma velha de cabeça branca. Nos últimos meses somos visitantes pontuais no pequeno hospital da cidade, já perdi as contas das vezes que Ana ligou para meu pai ir me buscar com o discurso de que uma mocinha tem que conhecer pessoas novas e ela já está velha.

— Vovó, eu já vou para a escola, tem certeza que não quer um livro? — Ela me olhou incrédula e sorriu.

— Não precisa, meu anjo, já estou cega. — Ela sorriu com alegria.

— Prometo que não vou demorar — disse beijando-lhe a testa.

— Não se preocupe, querida, pode ficar com seus amigos que não falam, eu sei que você adora conversar com eles.

Já se passaram seis anos desde que vim morar no interior do sul do país, o clima é ótimo, bem gelado, a população não passa de 10.000 habitantes, não neva, mas constantemente os rios ficam com uma camada de gelo, é perfeito!

Minha avó conheceu meu avô na Argentina, casaram no Brasil e continuaram no sul, porém, quando meu avô morreu, Ana foi morar no Rio de Janeiro perto da nossa casa por alguns meses, mas era muito quente, então ela voltou ao sul para ficar com seu velho Dionizio, meu avô, mesmo que ele tenha partido. Eu adoro esse clima de silêncio, a escola perto de casa, é quase perfeito morar aqui, se não fosse o triste fato de meus pais estarem longe, falo com eles todos os dias, mas não é a mesma coisa, sinto falta deles do meu lado.

— Lívia Lins, é a sua vez de ler o poema da semana — disse a professora atrapalhando meus devaneios.

A professora de literatura sempre escolhe um aluno para iniciar a aula, mas não era meu dia de fazer a leitura.

— Professora, não é a vez dessa garota, hoje é o dia da Monica — disse Danieli em voz alta e desdenhosa como sempre. Sempre me perguntei se sou invisível, pela maneira como as pessoas falavam se referindo à minha pessoa como se eu não estivesse presente. Danieli era só mais uma realidade, estudamos juntas desde que me mudei, mas ela nunca fala comigo, não sabe meu nome, ela deve me achar estranha, não sou de fazer amizades, as pessoas da minha idade têm tendência a ter bom relacionamento, mas não é o meu caso, eu faço parte da porcentagem que não se encaixa na pesquisa do número perfeito, todos são 7 x 7 e eu sou 8, apenas 8, igual um zero à esquerda, lembrando que independentemente de onde o zero esteja ele vai ser sempre zero e 7 é 7 e 8 não é perfeito.

Suspirei.

Às vezes tudo é matemática, até meus pensamentos.

— Adoro alunos que sabem interagir na aula e como você está disposta hoje e prestando atenção nos dias de leitura dos poemas, vou deixar você ler o poema do dia, já que a chuva molhou o seu no dia do teste-relâmpago. — Danieli esqueceu que a professora nunca deixa assuntos pendentes, principalmente quando os alunos não fazem as atividades interativas, a sala criou vida e todos começaram a rir da amiga que se deu mal. — Estamos esperando! — pressionou a professora.

Danieli leu um poema de Vinicius de Morais e sentou na cadeira antes de terminar de ler o poema, envergonhada. A professora foi para o quadro escrever uma atividade e todos aproveitaram para caçoar de Danieli, eu como sempre fiquei calada escrevendo. Todos riam, jogavam papel e eu estava invisível na sala lotada, eu sabia que não era por sentar no canto, mas por não gostarem de mim. E assim fiquei na aula de matemática, português, história até a última aula do dia, para finalmente ir à biblioteca, onde tenho autorização para ficar até a escola fechar.

Se a marca estranha que tenho no pulso não estivesse doendo tanto, ficaria mais tempo lendo. No caminho para casa a dor ficou mais forte, me deixando com impressão de que estava queimando.

A casa da vovó Ana estava escura, com certeza ela se enganou com a hora quando viu o céu escuro e foi dormir; olhei para a casa modesta que parecia casa de uma vovó de filmes, com cerca branca, um belo jardim na frente e um tapete branco com "seja bem-vindo"; morar com ela era quase um sonho, suspirei serenamente e entrei na casa escura.

— Ana? — chamei, mas não houve resposta, olhei na sala e na cozinha, mas ela não estava, subi as escadas preocupada, mesmo na cama ela sempre responde. — Vó? — A luz do quarto estava apagada, ela deve ter saído, o quarto não tinha o som de sua respiração forçada. Andei apalpando a parede para ligar a luz do quarto. — Vó Ana, cadê você?! — perguntei com um enorme sorriso, joguei os livros na mesinha de canto em seu quarto, ela gostava de ser chamada pelo nome, e quando tudo ficou claro entrei em desespero.

O grito ficou abafado na minha garganta, as lágrimas jorraram dos meus olhos como as águas de uma cachoeira sem destino; quando vi Ana caída no chão, me arrastei até ela com medo de saber o que já estava visível.

— Ana?! Vovó, Ana… você prometeu que não ia me deixar, você prometeu que ia me esperar! Acorda, por favor, acorda! — Mas nada aconteceu, depois de vários gritos em vão reuni as poucas forças que me restavam e toquei no seu pulso, que já não tinha batimentos. Peguei o telefone no criado-mudo, quase não consegui digitar o número do médico que eu já sabia de cor, disquei o número do médico dela várias vezes até que finalmente deu certo, o tremor não estava ajudando, ele quase não entendeu o que eu falei, mas disse que viria imediatamente.

Olhá-la no chão me deixou triste por não estar quando ela precisou. O médico logo chegou com a equipe e tentou me tranquilizar quando me encontrou chorando no canto do quarto abraçando meus joelhos como apoio.

— Seus pais estão vindo, é melhor você ficar lá fora e esperá-los — disse o médico sendo solidário ao ver meu estado de nervos.

Sacudi a cabeça em negativa com as lágrimas que não paravam de jorrar.

Os assistentes do médico a levaram para a ambulância, me deixando com o médico, que não sabia o que fazer.

— Doutor? — chamou um enfermeiro. — Veja o que encontramos com a senhora. — O médico foi até o enfermeiro ver o que era e colocou algo no bolso do casaco branco, pedindo alguma coisa que não entendi.

— Lívia, esse é seu nome, não é? — Só assenti com a cabeça. — Eu sinto muito pela sua avó, mas agora ela descansou e não sente mais dor, vou deixar uma das enfermeiras aqui com você.

Uma mulher loira entrou no quarto segurando um copo com água.

— Vou te dar esse remédio para você se acalmar um pouco — disse a enfermeira.

— Eu não quero — foi a única coisa que falei.

— Por que não toma uma ducha para relaxar e esperar seus pais, você tem que tentar relaxar, já que não tomou o calmante — disse a enfermeira, prestativa e comovida com meu estado de choque.

Eu assenti e me levantei sem sentir as minhas pernas.

— Matilde vai ficar com você...

— Eu não estou doente — interrompi o médico.

— Ela não vai lhe dar remédio, só vai ficar com você até seus pais chegarem — disse o médico saindo antes que eu rebatesse novamente.

Matilde ficou andando atrás de mim como uma sombra, entrou no meu quarto, pegou minha escova, penteou seus longos cabelos loiros e me fez várias perguntas sem sentido, vesti a primeira roupa que vi na frente e sentei no sofá abraçando meus joelhos. A enfermeira tentava conversar, mas eu estava muito triste e a deixei falando sozinha, eu estava perto dela, mas não conseguia ouvir sua voz.

— Lívia? — chamou minha mãe. — Eu já cheguei, meu anjo. — Ela me abraçou e eu finalmente pude desabafar, depois de alguns minutos me conformei com as doces palavras da minha mãe e lembrei do meu pai.

— Cadê o papai? — perguntei olhando a sala.

— Está cuidando de tudo, querida, não se preocupe.

Quando a olhei percebi que havia chorado, é uma pena que o momento não fosse bom para dizer que era maravilhoso estar em família. Do outro lado estava minha irmã, Patrícia, com óculos escuros para não deixar as olheiras visíveis, Ana era especial para todos.

Matilde, a enfermeira, se despediu e foi embora para ficarmos à vontade e chorar, a noite foi um pesadelo, ninguém queria dormir, meu pai não chegava.

Devo ter dormido enquanto mamãe me fazia cafuné no sofá, quando abri os olhos tudo estava claro, levantei num pulo pensando que a noite passada tivesse sido um pesadelo.

— Lívia. — Papai abriu os braços e nós nos abraçamos, ele era filho dela e pela aparência dele estava muito triste, não falou muito, só me confortou, a sala estava lotada, vi alguns vizinhos e parentes.

— Onde ela está? — perguntei.

— Vim buscar vocês para a pequena igreja em que Ana tanto pediu para ser velada. Vá se aprontar para as últimas homenagens — respondeu meu pai com a voz embargada.

Meu quarto parecia outro, escovei os dentes, molhei o rosto sem vontade, mas não adiantou, peguei a toalha, tomei um banho gelado, tudo parecia um sonho dentro de um pesadelo, as roupas pretas nunca me agradavam, nem a Ana, peguei a blusa branca com mangas que ela me deu de presente com desenhos de peixe. Na igreja eu parecia um ponto branco no preto que predominava, depois de algumas horas, a hora do enterro chegou. A chuva banhava os carros que nos esperavam, no cemitério todos estavam calados embaixo de seus guarda-chuvas pretos, fiquei com Patrícia no mesmo guarda-chuva, a estrada de pedras tornava tudo mais triste; mas o que fez todos chorarem sem esconder as lágrimas foi quando todos da família jogaram terra enlameada no caixão em vez de flores como de costume, pois essa foi mais uma das exigências de Ana, ela sempre disse que terra era para enterrar um livro sem folhas e, flores, o começo dos bons momentos da vida de todo ser apaixonado. E aos poucos todos foram saindo.

"— Lívia, um dia vou dormir para sempre e quero que prometa que não vai chorar, ficar triste ou se lembrando dessa velha enrugada; por favor, não faça isso — ela sorriu de leve.

— A vida é uma vela e quando se apaga os outros têm que viver, lembre-se dos meus livros maravilhosos, dos momentos bons, das nossas viagens e, quando se sentir sozinha, cante — ela tentou cantar, mas mal conseguia falar. — Se vocês ficarem tristes, vou ficar triste também e, por favor, diga isso para o chorão do seu pai. — Sorrimos por alguns instantes, ela ficou séria e esperou a minha resposta.

— Eu prometo! — falei antes que ela dormisse.

Tivemos essa conversa há três semanas. Ela nunca me pediu nada e não seria agora que iria falhar.

Saí andando na chuva sem me importar com as roupas molhadas, todos ficaram sem entender, mas nada disseram.

Chegando em casa, a minúscula sala de visitas onde também assistíamos televisão ficou lotada com nossos parentes ali aglomerados; mas parecia vazia por ninguém ter coragem de dizer alguma coisa boa ou ruim.

— Há três semanas Ana me fez prometer que não ficaria triste como estamos hoje quando ela partisse, acho que todos deveríamos fazer o que ela pediu. Papai, ela disse que o senhor era o mais chorão de todos e que eu devia dizer isso para o senhor parar de chorar.

Todos sorriram da última parte, a sala criou vida e o dia foi de recordações.

— Ivi, comece a arrumar suas coisas, vamos embora amanhã — disse minha mãe saindo antes que eu pudesse protestar. Peguei as malas em cima do guarda-roupa e comecei a arrumar as roupas, já que não tinha argumentos contra; deixei os livros por último por serem mais fáceis de guardar.

— Ivi, tem uma pessoa querendo falar com você — disse meu pai entrando no meu quarto. — O doutor quer lhe entregar uma coisa.

— Oi, Lívia. — Era o médico de Ana. — Eu ia lhe entregar ontem, mas você estava um pouco nervosa. — Ele não estava de branco como ontem, tirou uma pequena caixa da sacola que segurava. — Sua avó segurava esta caixa e no seu bolso estava este bilhete.

Agradeci e ele saiu com meu pai, a caixa era de papel amarelo e dentro havia um cordão com um pingente de flor e no centro da flor uma pequena estrela.

"A história renasceu o segredo está escondido e tudo pode acontecer a marca não é um mito.

Observação: Este cordão deverá ser usado pelo escolhido."

"Para minha pequena neta que adora histórias com fantasias e mistérios. Lívia, esta é uma história diferente de todas que você já leu e tenho certeza que vai adorar! O cordão é o meu presente para você, o livro que lhe dei vai contar a história desse lindo cordão, que encontrei em uma das minhas escapadas do hospital.

O livro está na segunda gaveta do meu guarda-roupa, e por favor nunca retire esse cordão ele será a sua proteção quando eu não estiver ao seu lado. E por favor leia com Atenção."

A folha era velha, as letras do início da carta não eram a letra de Ana, e parecia ter sido escrita há vários anos.

Coloquei o cordão no pescoço e fui pegar o livro que me deixou curiosa; mas fui impedida de entrar por uma mulher que estava trocando de roupas.

— Lívia, eu já não estava aguentando ficar com aquelas roupas molhadas...

Era tia Marta que estava no quarto, eu sorri e entrei deixando ela falando sozinha, puxei a gaveta com tanta força que ela quase caiu no meu pé, ela arregalou os olhos e sacudiu a cabeça falando alto o suficiente para que eu escutasse ela dizendo que adolescentes são todos iguais.

O livro estava embaixo da pilha de caixas de remédios, ele era do tamanho do meu caderno que uso na escola, na capa tinha o desenho de um pássaro muito bonito de asas abertas, mas o que chamou a minha atenção foi o desenho que tinha no coração do pássaro igual à marca do meu pulso, o livro estava mudando de cor saindo do amarelo e ficando vermelho, as cores eram diferentes, o amarelo tinha um brilho que doía os olhos como o sol e o vermelho parecia que ia sangrar a qualquer momento, abracei o livro como um tesouro e o guardei no fundo da minha mala de roupas.

— Ivi, vamos jantar — chamou minha mãe me tirando de meus devaneios.

A mesa de jantar era enorme, mas todos os lugares foram ocupados pelos adultos, tia Marta ficou encarregada de nos vigiar sentando-se na cadeira de balanço da vovó, ela nos olhava desconfiada como se fôssemos prisioneiros na sala de espera, sempre gostei do seu jeito, ela era professora de matemática e inspetora de um colégio militar e pelo jeito ela adorava mandar. Saí para procurar Patrícia para falarmos de alguma coisa, tia Marta só olhou pelo canto do olho, mas nada disse. Patrícia estava sentada na minha cama falando no celular, nunca fomos amigas pelo fato dela ser popular e eu nerd, mas talvez isso tivesse sido só quando éramos pequenas, pensei.

— Patrícia. — Entrei e deixei a porta aberta, ela fez sinal de pare, mandou eu voltar e fechar porta.

— Lívia, o que você quer? — ela perguntou desligando o celular.

— Nada — respondi timidamente. — Só pensei que podíamos conversar um pouco — ela sorriu.

— Sobre o quê? — Ela colocou o dedo indicador na testa como quem pensava. — Já sei! Que tal falarmos dessas suas roupas ridículas ou da sua maquiagem, ah, esqueci... você não usa... — Ela adorava debochar de mim. — Que tal falarmos de garotos... — Eu a interrompi.

— Já entendi, você não quer conversar e continua sendo a idiota de sempre.

Ela ficou sorrindo e logo parou quando o celular começou a tocar uma música estridente, saí e fechei a porta voltando para a sala; os adultos estavam no mesmo local me obrigando a sentar no sofá, a tia sargento continuava vigiando meus primos enquanto conversavam e brincavam. Eu nunca fui boa em fazer amizades nem com meus parentes.

A noite passava lenta como tartaruga a galope, eu parecia uma estátua no sofá que ouvia os risos dos meus primos e as gargalhadas na sala de jantar, o cansaço me embriagou me empurrando para um sono sem sonhos no velho sofá da sala de visitas.

Quando estiquei as pernas para levantar percebi que estava na minha cama, provavelmente Sérgio me carregou até o quarto; pobre papai, está novo, mas não para carregar 50 quilos subindo uma escada. Eu não estava sozinha na minha cama, me assustei quando alguém puxou o edredom, olhei com cuidado e vi Patrícia, ela dormia com o celular do lado para não perder as ligações e as conversas nas redes sociais; vê-la tão quieta era estranho, ela nem parecia a idiota mais mandona que conheço. Olhei mais uma vez para ela e me fiz a pergunta de sempre: se realmente somos irmãs; me encostei na cabeceira da cama e comecei a me perder em pensamentos.

— Finalmente vamos embora — disse ela bocejando e esticando os braços. — E voltar para minha vida maravilhosa. — Ela levantou-se, foi para o banheiro, voltando no mesmo instante para levar o celular. — Quase esqueço o "precioso" — ela suspirou. — É uma pena que você não saiba como é maravilhoso ser famosa.

Patrícia era garota-propaganda de algumas lojas e desfilava para uma empresa de vestidos caros, ela é bonita e tem um corpo bonito, eu sempre a admirei por isso, mamãe sempre que ligava tinha algo para contar sobre minha irmã.

Somos completamente o oposto uma da outra, Patrícia é alta, tem cabelos pretos e cacheados com mechas vermelhas, adora roupas da moda e está sempre maquiada. Eu sou baixa, acho que não passo de 1,62m, meu cabelo é liso, sou nerd e minhas roupas são confortáveis, mas para o resto do mundo são bizarras no sentido ruim da palavra, e o que me deixa mais tímida é quando perguntam se sou oriental por ter os olhos puxados.

O café da manhã foi agitado com todos indo embora, eu era a única que não tinha o que dizer. Tia Marta gritava com meu tio Antônio para pegar as malas enquanto ela ia procurar seus três filhos que se esconderam embaixo da mesa. O dia foi de conversas e despedidas com vários "em breve vou na sua casa", fomos os últimos a deixar a casa. Com todas as malas no táxi e o relógio marcando seis da tarde, me despedi da casa da vovó enquanto Sérgio entregava as chaves para o vizinho do lado, no caso de possíveis interessados em comprar a casa de Ana.

— Vamos! — Ele pegou meu ombro e abriu a porta do táxi para mim.

Olhar as cercas brancas e saber que nunca iria voltar ali me fez derramar algumas lágrimas que logo se transformaram em um sorriso.

O trajeto para o aeroporto não era distante e como o taxista pegou a via expressa logo chegamos.

— Não fique triste, você tem uma família que te ama... — Antes que minha mãe terminasse, a voz de uma mulher começou a avisar que o nosso voo era o próximo.

— Você está voltando para casa, querida — disse Sérgio.

Entramos no avião e eu não pude sair correndo para a casa que estava com placa de venda, porque tinha muita gente querendo sentar em seus lugares no avião.

— Eu não sei por que você está triste, até parece que está indo para a forca — disse Patrícia acomodando-se do meu lado. Eu dei um meio-sorriso para não dizer que ela podia estar certa, seria cruel com meus pais que estavam bem atentos à nossa conversa, sentados nas poltronas atrás de nós, pois eles sabiam que tinham filhas diferentes e que nunca concordavam com as mesmas coisas e, para a tristeza dos dois, essa foi a nossa única conversa enquanto éramos obrigadas a ficar juntas.

Estávamos próximas como um livro e um computador numa mesa e distantes como um foguete que sai na velocidade máxima e nunca consegue chegar na lua no mesmo dia. Sei que é trágica essa comparação, estou deprimida, mas é verdade, nós duas nunca estamos na mesma sintonia.

CAPÍTULO 2

Olhar pela janela e ver as nuvens me fez lembrar de um sonho que nunca vai se realizar, voar no céu com asas, um sonho bobo, um sonho de criança, suspirei.

Pensar nisso me fez lembrar dos meus únicos amigos, Lana e Tony, os únicos que sabem o que é ser estranho e nunca se enturmar.

— Quando chegarmos, vou na casa da Joice, para saber as novidades — disse Patrícia para si mesma.

Até parece que ela não sabe, só fica no celular, pensei sacudindo a cabeça.

— E então como é a escola, é do mesmo jeito ou... — Ela me interrompeu.

— Aquela escola é a mais maravilhosa de todas! — ela sorria entusiasmada. — É grande, não falta nada e tem os garotos mais lindos da cidade e os mais ricos. — Ela estava em êxtase!

— Eu sou a garota mais popular, todos querem ser meus amigos e ainda faço parte do grupo de "elite", isso não é o máximo! — ela colocou a mão na boca para não gritar.

Ao que parecia ela era popular, namorava o segundo garoto mais bonito da escola, porque um tal de Yale que parecia um Adônis não dava bola para nenhuma das garotas da cidade; conversar, ou melhor, ouvir Patrícia era a única forma que tínhamos para nos comunicar sem brigar, perguntei dos meus amigos, mas ela não sabia quem eram e isso não me surpreendeu.

Chegar no aeroporto foi um alívio, porque ficar olhando todos dormindo e ver os sorrisos congelados das comissárias era um tédio. Eu conhecia todo o percurso para casa, minha irmã estava vibrando a cada momento que ficávamos mais perto de nossa casa.

Eu nunca tive motivos para ficar alegre, acho que não sou normal. A rotina da família Lins estava voltando ao que era.

Minha mãe ligou para o trabalho avisando que logo retornaria às suas atividades. Clarice era corretora, ela adora o que faz.

Sérgio também ligou para seu chefe avisando que seria o primeiro a chegar, ele com certeza queria pescar ou sair com os amigos para se tranquilizar um pouco. Depois de vinte minutos de táxi e uma chuva forte, chegamos à nossa casa, tudo parecia do mesmo jeito, exceto o jardim e o muro de plantas que havia na frente da casa, as paredes tinham sido pintadas de verde com detalhes brancos na porta e nas janelas, a varanda estava como antes, o banco velho que tinha no canto agora estava reformado com estofado vermelho.

— Bem-vinda ao lar, filha — disse minha mãe me abraçando. Sérgio pegou as malas e as levou para dentro.

— Sorria, Lívia, essa casa também é sua — disse ele me olhando junto com minha mãe e vendo minha expressão de intrusa.

A escada de três degraus parecia enorme, olhei para a cerâmica branca da varanda, ficou com a combinação perfeita. A casa por dentro estava quase do mesmo jeito, se não fosse a nova cor das paredes e alguns móveis novos.

— Você está parecendo uma estranha dentro de casa — disse Clarice descendo as escadas do segundo andar. — Eu sei que a casa da Ana era legal, mas essa é sua verdadeira casa, vá para seu quarto arrumar suas coisas e desça para o jantar. — Sempre que minha mãe falava alto era porque estava chateada com alguma coisa e o motivo era óbvio para mim, nunca fui boa em mentiras e isso não ajudava quando tentava colocar um sorriso no rosto. É incrível que mesmo tendo se passado seis anos eu conhecia a minha família como se nunca tivesse saído de casa.

A escada para os quartos tinha um tapete amarelo; como minhas malas já estavam no quarto, era só subir, pois ele era o último do corredor, ficava ao lado do quarto de Patrícia.

Sérgio dizia que se fugíssemos à noite ele nos pegaria na porta, já que o quarto dele ficava na frente, eu sorri com a lembrança.

A cada passo dado eu conseguia me lembrar de como era a minha vida com meus pais, no fim do corredor estava o banheiro que eu dividia com minha irmã, as brigas eram todos os dias, isso também me fez sorrir. Meu quarto estava diferente, pintado de rosa com branco, sempre gostei desse quarto, Sérgio nos mandou escolher, Patrícia quis o primeiro porque era maior e eu o segundo porque tinha uma janela grande com uma sacada estreita, sempre gostei da história de "Romeu e Julieta" e com a sacada eu me sentia mais "Julieta", era isso que estava faltando para me sentir em casa. Arrumei tudo no guarda-roupa e fui organizando os livros na estante branca.

Olhei várias vezes para minha cama perto da parede, e não resistindo acabei colocando-a como sempre gostei, de frente para a janela que eu deixava aberta para ver as estrelas, deitada.

Agora nessa sacada do meu quarto, percebi que sentia saudades de estar aqui, saudade dos meus pais, de chorar todas as vezes que via o sol se pôr e a noite reinar.

A noite logo nos alcançou e o jantar que Clarice fez estava de lamber os dedos, a noite foi de recordações das bonecas de Patrícia e do meu laboratório de insetos. Dormi rapidamente, foi uma noite sem sonhos, o cansaço me dominou.

Geralmente eu acordo cedo, mas algo estava errado quando olhei o relógio da parede que parecia uma flor marcando 10:30 da manhã, levantei num pulo e fui para o banheiro tomar banho para me livrar do calor.

— Dormiu bem, Ivi? — perguntou minha mãe.

— Sim. Por que não me chamou? E a escola e...

— Calma, mocinha — ela me interrompeu. — Eu olhei você e notei que estava exausta; e quanto à escola, o diretor de sua escola nos entregou seu controle de notas e disse que como você estava fazendo revisão das matérias para o último bimestre você pode fazer as provas aqui em uma escola que adote os mesmos procedimentos deles.

— E quando serão as provas? — perguntei.

— Dia 31, falta 20 dias — ela respondeu fazendo careta.

— E o que vou fazer antes disso? — perguntei preocupada de repente.

— Você é uma aluna excelente, tirou dez em todas as matérias desde o primário e isso é incrível, não sei por que se preocupa — ela sorriu da piada que fizera. Clarice colocou um copo de suco e torradas na minha frente. — Fique tranquila, filha, amanhã você estará na escola a essa hora, eu estou procurando vagas nas escolas.

— Onde está Patrícia? — perguntei.

— Foi para a escola — respondeu minha mãe.

— Ela parece que adora estudar nessa nova escola.

— É a Cinco Estações, é a melhor escola da cidade, é bem organizada, parece perfeita, sua irmã diz que lá é igual às escolas que passam nos filmes e novelas. — Nós duas sorrimos.

— Mas as estações do ano são apenas quatro! — Ela sorriu quando falei, sem entender a piada.

— Eu também achei estranho no começo, mas descobri na reunião que a quinta estação é a qualidade do ensino, que é superior às outras escolas privadas.

— Eu pensei que Patrícia terminaria este ano e iria à faculdade — disse confusa.

— Patrícia provavelmente vai repetir de ano — ela suspirou, era tão estranho, minha irmã estava bem entusiasmada.

— Posso ajudá-la? — perguntei.

— Ela não vai querer e pelo que descobri ela e os amigos decidiram reprovar.

Fui para a varanda, o sol brilhava, estava numa temperatura de 40 graus, parecia que estava usando as minhas roupas de frio e não meu short amarelo predileto, que uso quando faz sol, e com base nas minhas anotações sobre o clima, só um milagre para fazer chover. Agora eu podia ver todas as casas e as poucas mudanças que ocorreram desde a última vez que estive aqui. Estava estranho minha mãe cuidando de tudo e eu olhando da varanda, suspirei, estava acostumada a fazer tudo na casa da vovó.

— Por que não vai na casa de Lana e Tony hoje à tarde, conversar, matar a saudade? — disse minha mãe chegando na varanda.

— Eles ainda moram nas mesmas casas? — perguntei, era uma boa ideia.

Clarice era uma mãe maravilhosa e bonita, eu sempre tive vontade de parecer com ela ou com Sérgio, mas para minha infelicidade eu não parecia com ninguém da família. Minha mãe é morena de olhos castanhos e cabelos cacheados, meu pai é bronzeado, louro, com olhos pretos. Não fico nem perto dessas semelhanças. Patrícia é a única que herdou traços dos dois, é alta e bronzeada, tem cabelos cacheados e vários outros traços que a definem como filha dos nossos pais.

— Claro! — ela sorriu. O celular começou a tocar. — Só um momento, filha.

Eu assenti e fiquei observando-a; como posso ser tão diferente?, me perguntei.

— Eu acho que vou visitá-los — disse dando um sorriso. — Quem era?

— Era o Valter me avisando que tenho dois compradores interessados na casa que estou vendendo — ela me sorriu em desculpas.

Minha mãe sempre foi sorridente e isso cativava a todos à sua volta, eu adoro vê-la sorrindo. Ela voltou para a cozinha cantarolando para terminar o almoço, ao que parecia tudo estava normal, eu ainda estava com calor e não com frio, como sempre acontecia quando voltava para casa. Essa lembrança me fez lembrar do livro de Ana, que ainda não lera, e como minha mãe não queria ajuda era melhor dar uma olhadinha.

Achei melhor guardá-lo em uma gaveta do guarda-roupas, assim ninguém o encontraria. O meu guarda-roupas novo era branco e tinha um espelho do mesmo tamanho e as portas deslizavam de um lado para o outro, tenho certeza que foi ideia do meu pai, ele sempre é exagerado em tudo.

O livro estava diferente, estava amarelo-dourado e o pássaro da capa não existia mais, no lugar estava uma flor colorida e diferente de qualquer flor que já vi, eu o joguei em cima da cama com medo, sentindo meu coração bater mais rápido, mas alguma coisa queria que eu o abrisse, estava sentindo a curiosidade de ler em meus sentidos, e como um cientista louco, que se emociona quando faz uma descoberta, me joguei na cama e peguei o livro.

— Ivi? — chamou minha mãe se aproximando da porta aberta; joguei o livro embaixo dos travesseiros para ela não ver. — Vou ter que sair para o trabalho, você pode dar uma olhada nas panelas enquanto tomo banho?

Eu assenti e fui para a cozinha deixando o livro para depois.

Tudo estava pronto, era só esperar ficar no ponto e comer, fiquei na janela que tinha vista para o fundo do quintal cheio de gramas e plantas, mais à frente ficava a pequena cerca com o portão. Isso me fez lembrar de como era fácil ir para o bosque pegar insetos para minha coleção e pesquisa científica. Desliguei o fogo das panelas e fui ver mais de perto o nosso quintal, a lavanderia continuava do mesmo jeito, mas com uma máquina de lavar maior, as cordas de colocar as roupas para secar estavam vazias, olhei a pequena cerca da altura do muro verde que tinha na frente da casa, no lado direito tinha cerâmicas, com certeza ideia de minha mãe para não sujar de terra as roupas, e do lado esquerdo tinha um jardim colorido e bem cuidado que ocupava as proximidades da cerca, essas eram algumas das ideias do meu pai, ele adora plantas. Caminhei em cima das tábuas para não pisar na grama até o portão branco que tinha no fundo do quintal, tudo parecia do mesmo jeito.

O bosque era meu refúgio quando ficava com raiva da minha irmã e foi lá que encontrei os meus primeiros insetos para colecionar, quando ia entrar no bosque senti que estava sendo observada e, para confirmar o que senti, me virei e vi meu pai com as mãos na cintura e com um largo sorriso.

— A pequena Ivi está de volta! — Quando era pequena eu adorava ouvir ele me chamar assim. — A minha pequena de olhinhos puxados voltou. — Dei um tímido sorriso para ele, acho que já passei dessa fase.

— O superpai chegou. — Esses eram os nossos códigos secretos.

— O que está fazendo? — perguntou ele.

— Estava olhando o jardim e o bosque, eu ia fechar o portão que estava aberto.

Ele passou na minha frente, fechou o portão e me puxou para voltarmos para casa, geralmente quando ele chegava do trabalho eu corria e me jogava em seus braços, acho que ele percebeu essa mudança.

Clarice já estava pronta, com um terninho branco, para o trabalho e havia arrumado a mesa para o almoço.

— Você já vai trabalhar, querida? — perguntou meu pai.

— Sim, o Valter me ligou, você sabe como é... — ela piscou para ele.

O almoço foi em silêncio e minha mãe foi logo para o trabalho, fiquei sozinha com meu pai, que logo retornaria ao trabalho. Lavei e guardei as panelas do almoço enquanto meu pai falava de como era bom seu trabalho de vendedor de carros.

— O que a pequena Ivi... — Eu o interrompi.

— Pai... acho que já estou bem grandinha para ser chamada assim. — Estava me sentindo uma bruxa ao magoá-lo, mas isso era fato, ele tinha que entender.

— Tudo bem — disse ele. — Então como quer que eu chame você, que tal "grande Ivi"?!

— Não acho uma boa ideia — fiz careta.

Sua cara desmoronava enquanto pensava em apelidos.

— Acho melhor continuar chamando você só de Ivi. — Assenti concordando. — Por que vocês têm que crescer? — perguntou para si mesmo em voz alta. — Sua mãe disse que você vai na casa de seus amigos.

— É, eu estou pensando... — Ele me interrompeu.

— Vá e se distraia, Patrícia não vai ficar em casa hoje, assim você não fica aqui sozinha.

— É, acho que vou — respondi.

Ficar com meu pai nunca foi difícil, ele ficava no quintal cortando a grama ou sentado na varanda antes do programa de esportes começar, mas ele sempre dava um jeito de saber tudo que fazíamos.

— Aonde você vai? — perguntou Sérgio aparecendo na janela da cozinha.

— Vou andar um pouco no bosque.

— É melhor se aprontar enquanto estou assistindo... — ele deu um sorriso tímido. — Eu levo você.

Sempre superprotetor, pensei, e mais uma vez voltei antes de chegar no bosque, ele sentou no sofá e eu fui para meu quarto. Abri a porta do guarda-roupa e sentei na beirada da cama, fiquei alisando o tapete que cobria quase todo o quarto, adorei aquelas listras coloridas. Nunca tive cor preferida, acho que esse foi um dos motivos por que gostei do tapete; olhei para o quarto e percebi que as cores das paredes Patrícia deve ter escolhido por ela adorar rosa, e o branco era para não ficar parecido com o quarto dela.

Seria difícil encontrar uma roupa, já que todas eram confortáveis e eram adequadas para o frio. Tomei um banho de "gato" e vesti a primeira coisa que encontrei na frente.

— Lívia, vamos — chamou meu pai; isso me fez pular, olhei no espelho a calça jeans e a blusa laranja de alças finas que parecia me deixar mais magricela e desengonçada do que já era; quando ia trocar, meu pai chamou novamente e não me importei com nada, calcei os sapatos que mais gostava, eram vermelhos com cadarços amarelos; olhei no espelho enquanto penteava os cabelos, nada combinava com nada, mas pelo menos meus pés estavam confortáveis.

Sérgio já estava no carro deixando a porta do carona aberta; o carro era vermelho com quatro portas, de modelo simples e velho para a maioria dos carros, dei um sorriso tímido e sentei a seu lado, ele parecia impressionado com minha falta de estilo.

Sorri internamente da sua expressão preocupada, geralmente isso acontece com os pais, eles têm medo que os filhos se tornem viciados em videogame, no caso de Sérgio que eu me torne uma cientista fracassada e crie gatos.

A casa de Lana era longe da minha, dando a chance para Sérgio contar as novidades da cidade. Quando chegamos ele estacionou, eu desci envergonhada por não saber o que dizer depois de tanto tempo. Sérgio acenou e saiu me deixando na frente de uma casa de muro com altura de um metro com grades em cima, mas ele voltou antes de eu tocar a campainha.

— Quer que eu venha buscar você? — perguntou.

— Eu não sei que horas volto — respondi.

— Tudo bem, eu passo por aqui e se estiveres pronta eu te levo, se quiser, é claro... — Só assenti.

Toquei duas vezes a campainha, quando a porta da frente se abriu não a conheci de imediato, se era Lana ou uma de suas irmãs; ela foi ao portão e o abriu, eu fiquei calada ao ver que era Lana, mas ela não teve a minha atitude, ela gritou, deu alguns pulos e me abraçou.

— Ivi, é você! — ela gritou mais alto enquanto me soltava para olhar a minha cara e pular, definitivamente essa era minha amiga Lana.

— Oi, Lana — disse com um sorriso tímido quando ela me deixou falar.

— Vamos. — Ela pegou minha mão e me puxou para dentro.

Lana continuava a mesma e isso me fez esquecer a vergonha que senti quando cheguei, a casa estava mais bonita, mas não pude ver o que mudara porque ela me arrastou para seu quarto no segundo andar. — Ivi, você não sabe como senti saudades! — Ela estava radiante.

— Eu também senti saudades — disse sentando na cama dela.

— Lívia… — Sempre que Lana me chamava pelo meu nome não era boa coisa, ela me olhou estreitando os olhos e tocando o meu queixo com o dedo, passou a mão no meu cabelo e por fim olhou a minha roupa e sacudiu a cabeça desaprovando o meu sapato. — Você cresceu um pouco e está bonita — ela sorriu. — Mas ao que parece continua a mesma desajeitada e tímida como sempre. Sinceramente eu sinto muito por sua avó — ela suspirou e mudou de assunto. — Vou ligar para o Tony e acertar a comemoração de sua volta permanente. — Ela pegou um celular grande com capa colorida em cima das almofadas e discou.

— Tony!! — ela gritou. — Na minha casa agora, tenho novidades e uma ótima surpresa. — Ela desligou o celular antes que ele pudesse dizer alguma coisa.

— E você continua a mesma tagarela e como sempre está maior que eu e… — Ela não me deixou terminar.

— E bonita — completou.

Lana era mesmo bonita, morena de cabelos cacheados, tinha um corpo perfeito e olhos castanho-claros, ela adorava moda e sempre estava com roupas combinadas, sempre me perguntei por que ela não participava dos grupos "populistas" da escola. Sempre fomos unidas, ela era a única garota em toda a escola que queria ser minha amiga. Conhecemos Tony em uma bela partida de xadrez, eu ganhei dele com um xeque-mate e agradeci a boa partida e continuamos conversando, Lana não parava de falar.

— Tony já está vindo — disse.

— Adorei a decoração do seu quarto — elogiei para ela não voltar a me fazer perguntas e querer falar de mim, o quarto era bem decorado.

— Eu nem acredito que vamos nos unir novamente — disse ela em êxtase. — Vai ser maravilhoso... — Ela nem se importou em querer falar do quarto.

Lana falou de seus pais, de sua vida e de sua vida com Tony, acho que não esqueceu ninguém e como sempre ela falou dos defeitos de todos, eu estava sorrindo de suas conclusões engraçadas e me sentindo feliz. Não lembro quando foi a última vez que falei bobagens só para sorrir. Depois de meia hora, a conversa em dia, a campainha tocou nos interrompendo.

— Ele chegou! Espere aqui — ordenou ela.

— Lana, para de drama... — pedi inutilmente, mas ela já descia as escadas correndo.

Era legal saber que além de meus pais existiam pessoas que se importavam comigo e que gostavam de mim, me sentia como se nunca tivesse ficado tanto tempo longe, não adiantava negar, eu estava em casa e até agora tudo parecia normal.

Ouvi os passos no corredor e uma música de marcha improvisada antes da porta se abrir, Tony parecia desconfiado, Lana não era muito confiável com surpresas, quando me viu um sorriso enorme apareceu em sua boca agora sem aparelhos.

— Ivi, é você! — Ele estava radiante ao me ver, me levantou do chão e me girou no quarto em seu abraço de urso.

— Sim, sou eu, Tony, me coloque no chão — eu dizia sem conter meu sorriso.

Depois de alguns segundos ele me colocou no chão, e eu cambaleei um pouco tonta, me apoiando na cama para não cair.

— E então: gostou da surpresa? — perguntou Lana se apoiando em Tony.

— Adorei! — ele sorriu para mim. — É sempre bom ter amigos de volta.

Tony continuava o mesmo, não no tamanho, é claro; os óculos agora tinham armação verde e seu cabelo continuava encaracolado parecendo macarrão se não fossem pretos, e como sempre ele parecia que ainda gostava de Lana.

— Você está mais bonita, sabia? — disse ele me olhando.

— E você um bobo — eu sorri ficando vermelha. — E então: como você está?

— Estou bem, melhor agora com sua chegada — ele sorriu, era profissional em me deixar sem graça. — Mas como a novidade é você, o palco é seu. — Lana o fuzilou com os olhos e ele acrescentou: — Sinto muito por sua avó.

— Obrigada..., mas eu não tenho nenhuma novidade — suspirei sendo dramática e eles me abraçaram. — Acho que já chega de abraços, pensei que já tivéssemos passado dessa fase. — Todos sorrimos juntos.

— Seja bem-vinda — disse Lana.

— Sentimos saudades — completou Tony.

A tarde passou cheia de risos, conversamos sobre tudo, ou melhor, quase tudo, faltou muita coisa para discutirmos. Fizemos um bolo de chocolate e foi a maior bagunça, mas por sorte ficou comestível e brindamos com refrigerante de uva.

— Onde estão seus pais e suas irmãs? — perguntei.

— Minha mãe está na floricultura com minhas irmãs e meu pai está viajando — ela sorriu. — Hoje a bagunça é por minha conta.

E como toda bagunça era nossa, tivemos que arrumar e limpar, depois voltamos para a sala e fui olhar as fotos nas paredes enquanto meus amigos disputavam uma almofada rosa.

— Quando você vai à escola? — perguntou Tony desistindo e entregando para Lana a vitória.

— Só quando começar o ano letivo, o diretor da minha escola do sul disse que eu podia fazer as provas, já que estávamos só revisando.

— Você vai voltar? — agora a pergunta foi de Lana.

— Não, ele disse que eu podia fazer as provas aqui — suspirei. — Mas não gostei da ideia e acho que é melhor voltar e...

A porta da frente se abriu e reconheci Helena, mãe de Lana, sacudindo a cabeça, só então percebi que a chuva estava forte lá fora, as duas garotas atrás dela estavam maiores do que eu esperava.

— Lana, temos visitas? — ela sorriu, Helena não mudara muito desde a última vez que a vi.

— É, a Ivi voltou, isso não é ótimo!? — ela piscou para mim.

— Oi, Ivi, é ótimo vê-la — ela fez uma pausa. — Sinto muito por sua avó. — As duas garotas atrás dela com certeza eram Angélica e Sara, que acenaram e subiram a escada. — Você fez muita gente ficar chorando pelos cantos da casa — disse olhando para meus amigos.

— É bom vê-la também, senhora Helena.

— E você tímida como sempre! — ela foi para a cozinha entregando um jarro sem flor para Lana colocar em algum lugar perto da janela.

— Você ainda não disse por que quer voltar — disse Tony, voltando para a nossa conversa que fora interrompida.

— Eu comecei a pensar nisso hoje, não é certo fazer só as provas...

— Ivi, pare de bobagens, ok! — Lana sacudia a cabeça. — Não acredito que você continua com esses pensamentos bobos, se fosse eu aproveitaria tudo, qual o problema de férias antecipadas? — ela sorria.

A chuva continuava forte, era quase impossível ver do outro lado da janela.

— Isso é incrível, a previsão para hoje era de 38 a 40 graus — disse Tony olhando no celular as previsões para hoje; depois de algum tempo de jornal a mulher da previsão do tempo informou que os meteorologistas estavam surpresos com essa mudança repentina do clima. — Deve ser o aquecimento...

A campainha tocou enquanto discutíamos sobre o clima e a chuva. Era meu pai todo molhado.

— Acho que está na hora de voltar, mocinha — disse Sérgio entrando na sala.

Assenti de má vontade, eu não queria ir, estava adorando nossas conversas, mas já estava tarde.

— Não vão agora, esperem o jantar — disse a senhora Helena.

— É melhor deixar para a próxima visita. — Meu pai já estava abrindo a porta da sala para irmos embora.

— Venha, Tony, a gente leva você — chamei.

A mãe de Tony olhava pela janela, ficando aliviada quando paramos e viu Tony no banco de trás.

— Diga oi para sua mãe, ok!?

— Tudo bem, boa noite — disse ele saindo do carro.

Tentei conversar com Sérgio, mas ele não concordou em me deixar voltar sozinha para terminar as provas, ele ligou o som do carro e me deixou falando sozinha, encerrando o assunto, era bem típico dele. As luzes já estavam acesas na casa dos Lins, abri o portão e me ensopei por demorar para abrir a fechadura. Clarice me entregou uma toalha e olhou para Sérgio em desaprovação.

— Eu estou bem. — Eu conhecia aquele olhar preocupado.

Nunca tive uma saúde muito boa, sempre frequentei os hospitais como um passeio de rotina, mas nunca soube o motivo, os médicos diziam que iriam pesquisar as crises que me aconteciam, mas nunca descobriam, e para minha mãe isso não era uma boa lembrança.

Foi em um domingo, nós duas brincávamos na chuva e de repente comecei a ficar tonta, sentindo uma dor insuportável no corpo, quando acordei estava no hospital, isso não me assustou, era mais um quarto para minha coleção secreta. Clarice dizia que estava tudo bem, ela falava tentado convencer a si mesma. E como sempre, eu estava perfeita quando abria os olhos, nenhuma dor ou sinal de vertigem. Os médicos que me atendiam diziam a mesma coisa, nada fora encontrado, tudo estava bem, fui levada em vários especialistas e tivemos as mesmas respostas, que eu estava bem.

Foi esse o motivo de eu ir morar com Ana, meus pais não queriam deixar eu ir, então minha avó os manipulou dizendo que se eu não gostasse de calor como ela, era melhor ficar no sul, lhe fazendo companhia, pois se sentia sozinha e sem netos, eu seria sua luz na escuridão. Meus pais permitiram que eu fosse, mesmo sabendo que ela era boa manipuladora, impondo uma condição de que, se eu tivesse alguma crise, eu voltaria para casa no mesmo dia. E por incrível que pareça, eu nunca fui para o hospital para ser a paciente, enquanto estava com minha avó. Tudo voltou ao normal comigo e em uma consulta de rotina o médico disse que talvez eu não me adaptasse com o clima do Rio de Janeiro.

Mas tudo desabou quando fui passar as férias com meus pais e passei mal com a comida, Ana me levou de volta sem ouvir o que eu dizia, que era apenas a comida, ninguém me deu ouvidos, no hospital o médico que conhecia o meu caso disse que seria melhor permanecer onde estava, já que não tive outra crise e, assim, fui morar definitivamente com minha avó.

— O que houve? — perguntou meu pai saindo do carro e ficando a meu lado, com certeza ele lembrou o acontecido anos atrás, eu brincando na chuva e que fui parar no hospital.

— Pai, eu estou bem — disse para seu rosto desolado à minha frente.

Ele ficou nervoso e então percebi que todos ainda estavam apreensivos sobre meu estado de saúde, saí em silêncio para meu quarto, seria inútil dizer que tudo estava bem.

— Você está horrível — disse Patrícia saindo do banheiro. — Parece um gato à procura de abrigo.

Entrei no meu quarto ignorando-a com seus deboches e me sentindo melhor por ela me ver como uma pessoa normal. Depois de um banho demorado, vesti os velhos moletons e fui para minha janela que me permitia apreciar o céu com nuvens carregadas.

— Ivi! — Patrícia entrou no meu quarto enrolando uma mecha vermelha de seu cabelo. — Hoje é a sua vez de... — ela se interrompeu. — Em que baú achou essas coisas? — perguntou sorrindo.

— Obrigada por reparar — respondi com sarcasmo. — Mas tenho certeza que você não veio só para falar da minha roupa, o que ia dizer?

— Esqueci, já perdeu a graça mesmo. — Ela saiu e voltou. — Que bom que ainda não destruiu esse quarto com seu mau gosto.

— Não conte com isso por muito tempo, ele só está assim porque ainda não tive tempo de decora-lo à minha maneira.

Ela bufou e bateu à porta, com certeza eu estava errada quando achava que minha irmã estava crescida para nossas velhas briguinhas.

Na mesa, o clima estava tenso, até minha mãe quebrar o silêncio dizendo que o diretor da minha escola do sul havia ligado e dito que, segundo o regimento da escola, não era permitido fazer provas sem estar na escola e que se desculpava, dando a alternativa de entrar em outra escola com o mesmo padrão de ensino ou voltar e terminar o ano letivo. Minha mãe disse que procurou vaga nas escolas do Rio de Janeiro, mas não encontrou, então decidiu que, como já tinha um comprador para a casa de Ana, era melhor eu ir com ela para o sul e estudar.

Ela já tinha organizado tudo, como sempre da melhor maneira para ajudar a todos.

Arrumei minhas coisas em uma mala menor, já que seriam poucos dias fora; Clarice disse que iríamos de madrugada e se possível eu ainda assistiria aula no mesmo dia; quando a mala ficou pronta liguei para meus amigos dando a notícia. Lana pediu o número do meu celular e ficou chateada quando eu disse que não tinha. Ana me dera dois celulares, mas eu sempre distraída deixei um cair na máquina de lavar roupa e o outro esqueci no supermercado e desde então não ganhei outro. Lana disse que estamos no século XXI e que todos têm obrigação de ter e-mail e celular, eu até concordo com ela, mas nunca ia admitir tal verdade.

Dormir foi praticamente impossível com os sonhos que sempre me seguiam e ansiosa com a viagem para acordar cedo, Sérgio nos levou ao aeroporto e esperou que embarcássemos.

A casa da minha avó estava do mesmo jeito, e para nossa surpresa, o comprador não apareceu e minha mãe começou a exercer sua profissão, para vender a casa o quanto antes. Na escola, os professores foram os únicos que perceberam que faltei e isso me fez lembrar do livro que ganhei da minha avó.

Falávamos com meu pai e minha irmã todos os dias e eu sempre sorria quando ouvia a minha mãe dizer para fecharem as janelas e colocarem o isqueiro longe do fogão.

Os dias se passaram e tudo estava quase pronto, a revisão tinha acabado e as provas já tinham começado, minha mãe conseguiu vender a casa e ganhamos alguns dias até eu terminar as provas. Pegamos a transferência, me despedi dos professores gentis e fomos direto para o aeroporto. Minha mãe disse que eu podia me despedir dos meus amigos, que a gente ainda tinha tempo, era melhor dizer que eu estava com pressa do que admitir que não sou boa em fazer amigos. Tudo já estava superado e resolvido, era melhor ir para casa.

Olhando o mundo à minha maneira, todos aqueles alunos egocêntricos e fúteis da escola nunca entenderiam uma pessoa como eu, espero que eles aprendam álgebra com a mesma facilidade que é somar 2 + 2. Minha mãe era legal demais para eu ter que falar que pessoas com ideias e facilidade de aprender são ignoradas no mundo em que vivemos.

CAPÍTULO 3

Voltar para casa foi ótimo, encontrei meus amigos e esqueci que tinha viajado e ficado quase um mês longe de quem me aceita.

— Você vai adorar o Cinco Estações, é a melhor escola da cidade — disse Lana.

— Patrícia diz que lá é perfeito — comentei.

— Com você aqui podemos entrar no grupo de populares da sua irmã, ela não vai deixar você e então ficaremos todos populares...

— Lana, me coloca fora disso — interrompeu Tony.

— Minha irmã nunca faria uma coisa dessas, principalmente para eu ser popular, sinto muito, amiga, mas eu também estou fora desse plano.

— Hello... Eu só estava sonhando alto, não posso?

— Até onde eu sei, nerds não são populares, principalmente esquisitos como nós — disse Tony, todos concordamos e caímos na gargalhada.

Conversamos e eles foram embora, quando Lana percebia que as piadas estavam ficando muito sérias e cheias de coisas lógicas, dizia que não entendia a linguagem que eu e Tony falávamos, quando eram coisas lógicas sobre o planeta ou qualquer coisa que ela ainda nem tinha pensado em estudar.

Procurei minha mãe, ela estava em seu quarto brigando com Patrícia por ter reprovado, ela disse que eu podia ficar, mas saí fechando a porta atrás de mim, deixando-as sozinhas, essa era uma conversa que eu não queria ouvir mesmo com permissão.

O jantar foi calado, Clarice mandou nós duas irmos dormir, que ela queria falar com meu pai. Patrícia não parecia nem um pouco triste pela bronca que levara ou por ter reprovado. Ela passou na minha frente falando ao telefone e chamando a pessoa do outro lado de "amor", com certeza era o garoto de que ela tanto se gabava.

Olhei o céu estrelado, as estrelas pareciam estar onde as deixei há tanto tempo, as árvores do bosque estavam mais altas, sempre adorei essa vista, encostei-me na sacada e olhei meu quarto lembrando que teria que dar uns ajustes nas paredes, Patrícia retirou meus enfeites fora de moda para o lixo, mas minha mãe os guardou para eu decidir o que fazer. A cama branca combinava com o guarda-roupa e com a escrivaninha também, o abajur roxo com a estante, eu adoro cores, por isso fiz curso de desenhos, eu não ia mudar tudo, só iria fazer uns desenhos na parede, nada de mais, pensei.

Me joguei na cama e fiquei decidindo o que fazer.

Andei de um lado para outro e, sem decidir o que fazer no quarto, lembrei-me do livro na gaveta junto com as meias e pulseiras de pano. O livro estava como da última vez que o vi, na capa estava uma flor branca que parecia mudar de cor. Fui até a porta do quarto me certificar de que estava sozinha e tranquei minha porta, peguei o livro curiosa e com medo do que iria descobrir quando começasse a ler; enquanto me decidia um papel caiu de dentro do livro, era velho e de espessura diferente, o papel exalava um cheiro bom, parecia cheiro de flores, mas eu não sabia justificar qual era a flor ou se era cheiro de flor. Abri o papel e nele tinha o desenho de um coração que sangrava; suspirei, era um mau sinal, e continuei; no meio da segunda dobra, tinha uma pequena mensagem escrita à mão com letras elegantes, que dizia:

"O amor destruiu o reino da perfeição

O amor apareceu onde não devia

O amor misturou espécies

O amor gerou o fruto da perdição

O amor é culpado

E o erro será reparado"

Não entendi o que aquela mensagem queria dizer, a curiosidade me fez abrir a folha e ver o que continha ali, ainda não sei o que eu estava esperando encontrar, mas definitivamente não estava esperando ver a marca do meu pulso desenhada ali em traços habilidosos em tamanho maior. Antes que eu pudesse pensar, bateram em minha porta.

— Ivi, o que está aprontando? — perguntou Patrícia tentando abrir a porta. Escondi o livro embaixo do travesseiro com a folha.

Ela me olhou desconfiada quando abri a porta.

— Preciso ficar sozinha para decidir as cores que vou usar — suspirei dando de ombros. — Agora que sabe, já pode sair.

— Seu quarto está lindo, não como o meu, mas está. — Ela olhava admirada de si mesma. — Você vai estragar tudo, venha, vou lhe mostrar o meu.

Ela não esperou resposta, simplesmente me arrastou, era incrível como ela adorava a si mesma. As paredes mudavam a tonalidade de rosa, à primeira vista parecia uma casa de bonecas, mas os pôsteres na parede indicavam que uma adolescente dormia ali.

— Nunca vi tanto rosa na minha vida! — exclamei.

— Incrível, né!

Não era um elogio, mas eu não ia tirar aquele sorriso que estava de orelha a orelha para magoá-la. Foi difícil voltar para meu quarto, minha irmã contou tudo sobre combinações de cores e moda.

Acordei cedo e fui pegar as caixas que guardavam minhas poucas coisas de quando morava aqui, coloquei os livros na estante, o relógio na parede, guardei outros objetos e por fim encontrei o meu cubo mágico que nunca consegui deixar completo.

Comprei as tintas e o que faltava para começar o trabalho, tentei passar na sala sem ser vista, mas não deu certo.

— Amigas, aquela é Lívia, minha irmã — ela me chamou. — São tantas coisas que esqueci de dizer que ela voltou para casa. — Isso foi o bastante, parei, sorri sem vontade para as garotas de cabelo colorido, com certeza é moda. — Ivi, essa é Joice — ela apontou para a loira com mechas azuis. — Aquela é Marcela. — Ela tinha cabelo curto com mechas loiras. — E aquele gato ali é Felipe, meu namorado. — Ele era bonito, os dois juntos formavam um belo casal. Cumprimentei a todos e saí para meu quarto, era melhor não escutar o que acharam a meu respeito. Estava óbvio que as amigas de Patrícia eram tontas e sem noção como ela, esse tipo de garotas são fofoqueiras e têm a língua afiada, mas antes de concluir essa primeira impressão vou observá-las, porque falando assim eu pareço uma revoltada, e o namorado de Patrícia é o típico jogador que não sabe soletrar paralelepípedo e ainda esquece o acento agudo, isso se ele souber o que é <u>acento agudo</u>. Sorri comigo mesma, não sou perfeita, mas tenho uma facilidade que surpreende, de analisar as pessoas, e sem querer me gabar, eu sempre acerto.

Tranquei a porta, liguei meu som para Patrícia chamar e eu dizer que não a ouvi, porque se eu fosse descrever tudo o que imaginei da primeira análise de suas amigas estaria começando uma tese.

Desenhei estrelas e a imensidão do mar e no resto do quarto coloquei pingos coloridos como se fossem a chuva e escrevi uma frase no meio dos pingos:

"... A ciência também desaparecerá.
Pois o nosso conhecimento é limitado..."
(1 Coríntios. Cap. 13)

Amo a perfeição da Bíblia, mesmo com séculos de história ela continua atual, mesmo com facilidade de entender matemática, física... compreendo que o ser humano é limitado, isso é fato, não sou muito de ir à igreja aos domingos, mas tenho minha fé.

No dia seguinte, confiante de que tudo já estava seco, mostrei para minha irmã, que ficou sem palavras, dizendo que azul e amarelo não têm harmonia com a sacada pintada de vermelho.

Os dias se passaram, comemoramos as festas de final de ano com muita alegria.

CAPÍTULO 4

Finalmente, 5 de janeiro, meu primeiro dia na famosa "Cinco Estações"; a escola não era perto de casa, resolvi chamar Patrícia para ir comigo, mas ela disse que seu namorado iria levá-la. Peguei minha bolsa e saí mais cedo, afinal era uma boa caminhada, ironicamente falando, e eu não gosto de chegar atrasada, porque quando eu me atraso alguma coisa desastrosa acontece.

Fiquei impressionada com o tamanho da escola enquanto seguia o muro branco, esperei na entrada, mas meus amigos não apareceram me obrigando a ir para a secretaria pegar o mapa da escola para não me perder nesse labirinto.

— Em que posso ajudá-la? — perguntou a secretária sorridente.

— Meu nome é Lívia Lins, gostaria de um mapa e meus horários, as informações que preciso.

— Você estudará na sala 5 aulas teóricas e aulas práticas na sala 8, também segundo andar.

— Obrigada — disse e saí.

Os corredores tinham armários e estudantes que conversavam.

— Pensei que não viria? — disse Lana.

— Estava passeando pela escola, aí eu encontrei a secretária...

— Esperei no portão, você demorou muito — Lana me interrompeu. — Alguém tinha que guardar nossos lugares, porque quem chega tarde senta onde estiver vazio, lugares fixos até o fim do ano.

— Fui pegar as chaves do meu armário, mas não encontraram...

Lana guardou as últimas cadeiras, eu fiquei na última, ela na minha frente e Tony a seu lado, olhei pela janela e vi a biblioteca, que logo me alegrou com seu tamanho.

— O que houve? — perguntei quando algumas garotas me interromperam falando alto.

— O Yale voltou e vai estudar nesta sala, isso não é incrível?! — Lana estava eufórica como as garotas da frente, eu dei de ombros, para mim tanto faz.

Uma mulher com roupas caras entrou na sala.

— Meu nome é Claudia, sou professora de português e espero que possamos nos conhecer e interagir neste ano que se inicia, gosto de alunos dedicados e que aprendam e tirem as dúvidas com perguntas, para fazerem uma boa prova. Alguns aqui já me conhecem e sabem que gosto de tudo certo e não tolero desculpas para não entregar as atividades no dia combinado. Ela entregou as folhas e explicou passo a passo como iria trabalhar. O segundo professor se chamava Manoel e dava aula de matemática, outros professores apareceram, mas logo esqueci o que iriam ensinar.

A hora do intervalo me fez lembrar da fome, o refeitório parecia uma lanchonete de shopping com tanta gente, sentei onde meus amigos sentavam todos os dias. Vi minha irmã passar para uma mesa abarrotada, seguida por outras garotas que também usavam a moda de cabelos coloridos, e na mesa seu namorado e outros garotos as esperavam.

O assunto do momento era o famoso Yale, que deixava todas as garotas suspirando por ser bonito e indiferente.

— Yale? — perguntei, já ouvi algumas coisas sobre ele, mas não pensei que era tão exagerado.

— O nome dele é Yale Mackenzie, ele é muito lindo, rico e não tem namorada — disse Lana me respondendo.

— Se ele é tão cobiçado por que está só? — indagou Tony carrancudo de repente. — Não entendo as garotas, vocês só querem quem nem olha para vocês.

— Até parece que você gosta de alguém — disse Lana curiosa com a resposta.

— Prefiro as garotas que andam com ele, todas são lindas e da moda — disse Tony sorridente.

Voltamos para a sala e ficamos em silêncio, já que os dois brigões estavam com ciúmes um do outro e isso nos deixou livres para ouvir as fofocas dos outros, que eram justamente sobre os Mackenzie. Depois de pegar minha chave do armário na secretaria, enfrentei o sol escaldante até em casa. Clarice perguntou como foi meu primeiro dia, mas acho que ela não gostou da minha falta de empolgação, mas não disse nada. Patrícia disse que eu tinha muita sorte por estudar com o garoto mais bonito da escola, mas até agora ainda não vi motivo para tanta empolgação ou sorte por estudar com um desconhecido que com certeza era metido, com a fama que tinha. Entrei no meu quarto antes que ela voltasse a falar da escola.

Peguei o livro que estava na gaveta e que por ser dia tinha uma flor na capa que reluzia, preferi não olhar o papel que já tinha visto, porque desde que o vi não abri o livro.

As folhas eram amareladas por serem muito velhas, as primeiras folhas não tinham nada escrito, passei para as próximas páginas, em que dizia:

O segredo da Fênix

Esse era o título do livro, no mínimo; na próxima folha, tinha uma mensagem bem no meio...

Diz a lenda a Fênix renascerá das cinzas para salvar seu Amor

As frases não tinham ponto e com um distanciamento de dois dedos a continuação:

Quando souber a verdade

As primeiras frases de início podiam ser uma afirmação, mesmo não havendo pontuação, mas com a continuação poderiam ser uma pergunta que queria transmitir sem mostrar as reais intenções. Até agora nada fazia sentido, olhei novamente as frases, e nada se encaixava, era melhor ler para entender.

Nam nam nam nam nam

Na verdade eu sou uma pobre dor

A flor que broxou e um dia brilhou

Um cardo virou e agora murchou

Na verdade o amor

Em fruto virou e será o amor

Que vencera o que foi dor

Na verdade eu sou o céu que brilhou

E nunca mais acordou

E a Fênix em dor se transformou

Nam nam nam nam nam

Depois de reler várias vezes, me dei conta de que era uma cantiga que Ana cantarolava a escreveu não queria ir direto ao assunto, ou talvez fosse por ser melancólica. No canto da folha com letras menores mais outra observação, ou assim eu acredito que seja.

Apenas o escolhido tem o dom
de chamar com sua voz
a Fênix que desconhece a verdade

— Que fênix? Que verdade? — me perguntei enquanto lia e relia as palavras de um livro maluco que parecia um quebra-cabeça e como nunca chegava a nada tive uma ideia não às vezes, também não tinha pontuação, mas foi possível entender que quem

muito espetacular, era ridícula até, mas ninguém ia ver mesmo. Peguei o livro, fui para a sacada cantar a melodia sem sentido, esperei ver alguma coisa, talvez uma bruxa numa vassoura ou uma fênix, sorri comigo mesma. Cantei outra vez e como era de esperar nada aconteceu, eu devo estar com muita fome para estar fazendo tal bobagem, guardei o livro e fui procurar o que comer, aquelas bobagens poderiam esperar. Patrícia estava na sala com algumas garotas com seu visual estranho.

— Essa é Cristina. — Cabelo loiro, mechas verdes. — Zaira. — Preto com branco. — E Estefani. — Preto com laranja, eu só conseguia pensar em seus cabelos, acenei e saí, hoje não posso esquecer de perguntar à minha irmã o motivo delas pintarem os cabelos dessa forma, juntas pareciam uma caixa de lápis de cor em tamanho G.

Olhei o pôr do sol da varanda, mas não conseguia tirar a melodia da cabeça, e me peguei cantando o refrão, tentei dormir, mas os sonhos eram eu cantando e vendo a fênix do livro.

— Patrícia, agora é minha vez! — gritei batendo na porta do banheiro.

— Só um minuto, Lívia — disse ela despreocupada trancada no banheiro.

Clarice me chamou para tomar banho em seu quarto ou chegaria atrasada por causa da minha irmã, que era lerda. A primeira gota de água que tocou em meu corpo me fez pular, vesti a calça jeans, uma blusa branca e meu sapato favorito, vermelho com cadarços amarelos, e saí quase voando para a escola.

Os boatos sobre o tal Yale só aumentavam, segundo as fontes mais confiáveis de minha irmã ele voltaria na quarta-feira da próxima semana junto com sua irmã e primas, ouvindo elas falarem dava até para pensar que era algum famoso que estava chegando de viagem. Meu terceiro dia de aula estava ótimo, ainda não tinha apelidos e ninguém falava das minhas roupas. Hoje era o dia da escolha de parceiros para a aula de química com a professora Eloísa, que odiava atrasos e talvez eu chegando cedo fizesse parceria com uma pessoa legal, para meus amigos ficarem juntos.

Quando cheguei no corredor vazio que devia estar abarrotado de alunos, lembrei que a aula de química começaria mais cedo que o normal e como sou uma tonta esqueci de anotar o mais importante, olhei para trás para me certificar de que estava só, não gosto de violar regras, e os corredores não são para correr quando não se está em uma corrida, pois o corredor é apenas uma passagem, podendo ser estreita e longa no interior de uma edificação, é isso que afirma o dicionário, mas eu estava atrasada e não tinha ninguém me vendo, comecei a correr para a sala que infelizmente era a mais distante, enquanto corria criei milhares de desculpas para tentar justificar o meu atraso, e como todo ser humano eu tenho falhas, para mentir eu sempre me atrapalho ficando vermelha e nunca dá certo.

Bati na porta e esperei, bati novamente e entrei, minha cara com certeza estava vermelha, sentindo os olhares em mim e a vergonha aumentando.

— Licença. — Minha voz quase não saía.

— Isso são horas?! — disse a professora, que olhava para mim séria; ela colocou a mão na cintura.

— Desculpe pelo atraso, professora — disse sem conseguir sair do lugar.

— Espero que isso não se repita mais. — Ela pegou um caderno e o segurou. — Detesto ser interrompida, sentem-se em suas cadeiras — ela falava no plural, talvez estivesse me usando para dar o recado aos demais, dei um passo e ela me parou.

— Qual seu nome? — perguntou a professora.

— Lívia Lins.

— E o seu? — perguntou, mas eu era a única atrasada, ou não?

— Yale Mackenzie — respondeu a voz atrás de mim.

Minhas pernas tremeram com o susto, mas a curiosidade de conhecer o famoso Yale Mackenzie falou mais alto. Olhei de imediato para ele e pela primeira vez nosso olhar se encontrou, eu fiquei presa ali em seu olhar. Uma coisa muito estranha aconteceu quando nossos olhos se encontraram, a marca em meu pulso, que há muito tempo não doía, começou a dar algumas pontadas demostrando sua existência. Ele me olhava como se eu também lhe provocasse alguma coisa diferente, ou assim era seu jeito de ser?

— Agora podem ir para seus lugares — disse a professora nos tirando do transe em que estávamos.

Ele saiu primeiro e eu fui para o lado oposto para não o olhar novamente e ficar feito uma boba. Ele não era simplesmente bonito, mas exageradamente lindo, era o retrato de um anjo, foi só uma comparação com o que poderia explicar tamanha perfeição, acho que os anjos não iriam ficar com ciúme se eu votasse em Yale Mackenzie. Os olhos eram de um azul-escuro, um azul que eu conhecia muito bem, o azul do céu à noite.

— Eu disse que a aula era em dupla, juntem-se vocês dois que chegaram atrasados.

A marca não doía, mas eu podia sentir que ela estava ali quase sangrando, sem sair sangue; ficamos na mesa que seria para eu ficar com o meu parceiro por ficar atrás dos meus amigos. Eu podia sentir vários olhares em nossa mesa e mesmo assim tive coragem de olhá-lo novamente e mais uma vez, um choque me atingiu quando nossos olhos se encontraram, pois ele também me olhava, a marca em meu pulso definitivamente tinha acordado; mas agora ele parecia apavorado, não de medo, mas de curiosidade, me deixando sem jeito e olhando para a mesa.

— Ivi, eu pensei que você não viria hoje, por isso me sentei com Tony. — Lana era especialista em falar alto nas horas erradas.

— E para quem ainda não sabe, as duplas serão assim até o fim do ano. — Eloísa, esse era o nome da professora de química, e com certeza ouviu a nossa conversa como todos ali presentes. — Se tem alguém que não gostou do parceiro, sinto muito se não chegou cedo como foi planejado.

Ela é legal e exigente ao extremo, o silêncio reinou na sala depois que a professora terminou. Enquanto escrevíamos, lembrei de quando estava no corredor, isso me deixou confusa, tinha certeza de que estava sozinha e de repente ele fala atrás de mim sem fazer barulho com os pés para andar e nem para fechar a porta, alguma coisa estava errada, como ele chegou tão rápido na sala? Com base na física esse comportamento é... Mas meu raciocínio lógico se esvaiu quando lembrei de seu rosto.

O sinal finalmente tocou para o intervalo.

— Lívia, você é a garota mais sortuda da escola — disse Lana a meu lado. — Todas as garotas estavam se preparando para sentar ao lado de Yale Mackenzie na semana que vem e ele chega assim de surpresa deixando-as sem armas. — Nos corredores a notícia já havia se espalhado, os celulares vibravam em constante chegada de mensagens.

— A semana mal começou... as aulas...

— E você já pegou um lugar garantido até o fim do ano — ela me interrompeu.

— É, mas antes eu...

— Antes era a prima dele que não desgrudava — ela me interrompeu novamente. — Agora chegou você, uma novata, e tomou o lugar delas, isso é maravilhoso.

— Ele nem vai me notar. — Que bobagem, ele é só mais um popular, pensei.

— Ele não nota ninguém, Lívia, mas elas querem ficar perto dele e nem isso conseguem. Fui andar na escola ou Lana não iria parar de falar, a quadra era coberta com arquibancada para uma torcida enorme e havia vários carros no estacionamento para alunos. As próximas aulas seriam na sala 5, que parecia ter ficado mais distante, eu nunca ia admitir que estava nervosa por causa do garoto popular, isso é ridículo. Meus olhos percorreram a sala e encontraram o que eu queria esquecer, ele é bronzeado, os cabelos bagunçados eram vermelhos com fios amarelos, o que lhe caiu muito bem e não parecia tinta como o de Patrícia e companhia, agora entendi o motivo do colorido na cabeça das garotas.

Sempre fui covarde e quando ele ia levantar a cabeça olhei para meus pés e fui para meu lugar, que supostamente era a seu lado, ele escolhera a cadeira vazia que ficava atrás de Tony.

Meu dia estava estranho, assistir às aulas seguintes foi praticamente uma tortura; as horas se arrastavam no relógio lento e eu mal conseguia conter a vontade de olhá-lo, era como se alguma coisa me atraísse para ele. O que estava acontecendo? Eu estava nervosa só por estar ao lado daquele metido de que tanto fofocavam na escola, ou melhor, ele que foi sentar perto da minha mesa.

Abandonei a ideia de ficar na biblioteca depois da aula, o que eu mais queria era ficar longe da escola, meus amigos me acompanharam até o portão e nos separamos.

Olhei a marca no meu pulso, agora com um vermelho cor de sangue, era como se ela sentisse a presença do garoto desconhecido, ou talvez eu estivesse exagerando.

Foi difícil dormir à noite, o tal de Yale Mackenzie aparecia todas as vezes que eu fechava os olhos, acordei várias vezes, levantei e fui ficar um pouco na sacada do quarto, e como de costume olhei para o céu, mas hoje era como olhar os olhos do estranho que não saía da minha cabeça.

— Lívia... — chamou Clarice. — É melhor acordar ou chegará atrasada.

A palavra atrasada me fez pular da cama, isso era a última coisa que eu queria. Encontrei meus amigos que me esperavam no portão da escola e fomos juntos para a sala, meu coração batia acelerado ao entrar e ver Yale sentado no mesmo lugar de ontem, ele olhava alguma coisa no celular caro e não me viu sentar. Era tolice, mas eu estava muito estranha com a presença dele.

A rotina se formava aos poucos, hoje passei no salão de eventos e fui para as árvores floridas, que ficavam mais distantes, parecia um deserto, os bancos vazios, ninguém ia para aquele lado da escola. E assim foi o resto da semana.

— Lívia... — disse Lana se interrompendo. — Quero falar com você.

— Pode falar. — Era grave, no mínimo; dava para perceber só pela forma que ela me chamou. Ela me puxou para um canto no corredor.

— Você acha que Tony gosta de mim? — Ela me olhou nos olhos para ter certeza da resposta.

— Sim, ele sempre gostou de você.

— Mas nós sempre fomos amigos e...

— E se gostam, qual é o problema nisso? — eu a interrompi.

— O que vocês cochicham aí no canto? — perguntou Tony.

— Não é da sua conta — disse Lana mudando de assunto.

Acho que de tanto ouvir falar em Yale Mackenzie, eu não conseguia tirá-lo da cabeça e a marca em meu pulso também não me deixava esquecer que ela estava ali.

Vi no livro o desenho de um pássaro e comecei a cantar aquela melodia estranha, que por sorte me ajudou a me concentrar na aula de português.

Um vento muito estranho começou a levantar meu cabelo, como se eu estivesse fora da sala, não era forte, dava a impressão de um sopro em minha orelha, mas essa teoria não se encaixava, o garoto que sentava a meu lado estava perto, mas não o suficiente para soprar meu cabelo, e estava levantando muito alto e a sala não tinha ventilador e as janelas estavam fechadas. O vento parecia um chamado, olhei para o garoto que estava ao meu lado que não tirava os olhos de mim, isso eu podia sentir, e o mais estranho, se é que pode piorar, é que o vento parou quando nos olhamos.

Ele parecia estar procurando o que dizer ou simplesmente estava olhando para a janela que ficava a meu lado, abaixei a cabeça para o caderno aberto e novamente senti o vento em meu cabelo, passei a mão para abaixá-lo como fazia quando passava perto de um ventilador e bagunçava meu cabelo, mas não deu certo, resolvi deixar e o vento parou como se soubesse que eu tinha desistido.

— Lana, você sentiu algum vento ou viu se tem alguma janela aberta? — cochichei.

— As janelas não podem ser abertas e eu não senti vento algum — respondeu no mesmo tom de cochicho.

Mas eu não imaginei aquele vento!, disse para mim mesma enquanto voltava para casa. Pensei em várias possibilidades sobre o vento, a única probabilidade lógica era que tinha alguma janela aberta ou com defeito que fazia o vento entrar para dentro da sala de aula. Sempre que entrava na biblioteca conseguia relaxar com a tranquilidade e o silêncio que havia lá, a biblioteca era grande, fui para a seção de clássicos, peguei alguns livros e fui para as mesas que ficavam no lado esquerdo, onde tinha menos movimento.

Lana diz que sou maluca, em tempos de tecnologia superavançada eu largo tudo e vou ler um livro dos séculos passados, ela nunca me entende, mas é uma ótima desculpa para esperar a aula de educação física começar.

— Ivi... — chamou Tony.

— Tony?! — perguntei surpresa, a aula com meninos era só quarta e sexta. — O que faz aqui?

— Dois mais dois é par, eu e Lana somos ímpares — ele foi direto ao assunto e me pediu algumas ideias para falar com minha amiga, que estava na mesma situação, mas esse detalhe era segredo meu e dela.

— Tony, tome coragem e chame ela para sair, ela gosta de sorvete e de você. — Saí para a quadra de esportes deixando ele refletir.

Ser conselheira era minha especialidade, mas nunca seguiria o que eu falo, acho que sou movida pela razão e esses sentimentos irracionais não têm espaço na minha vida, eu não passo de uma covarde, adoro William Shakespeare, mas o amor o deixou lunático demais, era melhor pensar em outra coisa, esses pensamentos me deixam nervosa.

Depois de enfadonhos e cansativos exercícios, jogamos handebol para finalizar a aula, vi Patrícia entrando em um jipe sem capô e com música alta, seria legal ganhar uma carona, mas isso era um sonho distante, será que elas me levariam se eu dissesse que também gosto da Lady Gaga? Sorri comigo mesma de tal pensamento absurdo, gostar das mesmas coisas não significa que vivemos no mesmo "universo", não adiantaria, era mais fácil elas tirarem as minúsculas blusas que vestiam do que me levarem se eu falasse isso.

— Você demorou — disse minha mãe quando entrei.

— Estava andando devagar, aqueles exercícios são um pesadelo.

— Por que não trouxe sua irmã? — ela se dirigia a Patrícia, que apareceu arrumando a blusa cheia de brilho.

— Eu... é... — ela gagueja para terminar. — Tinha gente demais, mãe.

— Pois trate de arrumar lugar para sua irmã — disse ela ameaçando. — Ou ficará de castigo.

— Mãe, eu não ia querer vir com elas...

Clarice me interrompeu dizendo que éramos irmãs e que devíamos andar juntas. E como se não bastasse, Patrícia ficou olhando de cara feia para mim a noite toda, a tola não percebia que eu também não fazia questão de andar com ela.

Eu não esperava ver tão cedo meus amigos de mãos dadas me esperando, sorri feliz por terem se entendido, mas fiquei perdida porque logo que cheguei soltaram as mãos. Esperei a oportunidade para perguntar a Tony quando Lana foi no vestiário.

— E aí, falou com ela? — perguntei.

— Ainda não, ela fala demais...

Nós dois sorrimos sem conseguir disfarçar.

— Quem fala demais? — perguntou Lana aparecendo. Ninguém falou nada e tive que esperar outra oportunidade para falar com ela.

— Hoje de manhã eu pensei...

— Exato, você pensou o que eu pensei, mas não foi nada do que pensamos — disse ela me interrompendo como adorava fazer com todos.

Dei mais de meus conselhos dizendo que ele devia estar com vergonha e que ela devia falar menos, Lana pareceu entender, falávamos de Tony sempre que ele não estava, até ela olhar para minha mesa e dizer que minha bolsa estava inadequada para minha idade. Falei da mochila dela, mas acabei perdendo, eu não tinha muitas armas para defender minha bolsa de lado com chaveiros nos zíperes.

CAPÍTULO 5

Fazer amigos nunca foi uma das minhas qualidades, mas eu estava sentindo falta do garoto metido chamado Yale Mackenzie que não fala com ninguém.

Olhei a capa do livro estranho, mas o cansaço me dominou, suspirei com a situação, eu teria que me acostumar com esses exercícios chatos até voltar ao normal, acho que vou fazer uma pesquisa de por que educação física não se adéqua a algumas pessoas, nossa, como é chato, até meu corpo se acostumar com a rotina terei morrido, pensei.

Sérgio disse que Lana queria falar comigo com urgência no telefone. Quando atendi ela disse que finalmente Tony tomou coragem e que agora eram namorados e até se beijaram, ela estava eufórica do outro lado. Ela desligou dizendo que amanhã me contaria tudo, por medo de que alguém a escutasse.

Será mesmo que ela não percebeu que aqueles gritos deviam ter acordado a vizinhança inteira?

O sono saiu dos meus olhos como o vento que passa em busca de um ciclone que tem pressa, meu pai brigaria se eu fosse passear no bosque para me distrair um pouco, porque ele ficava ranzinza quando o namorado de Patrícia vinha e a levava para passear.

Olhei meu caderno em cima da cama e isso me fez lembrar de Yale Mackenzie, não faz sentido, mas lembrei dele. Abri a janela do meu quarto que meu pai havia fechado, liguei meu som e fui escutar música, sempre gostei de músicas antigas, Roberto Carlos, Elton John, Whitney Houston, atualmente sou fã de Louane Emera, amo músicas francesas, minhas favoritas são: "Je vais t'aimer" e "Je vole", entre outras... Olhei o relógio na parede e levei um choque, duas da madrugada e se eu não dormir agora não vou querer acordar.

— Lívia — chamou minha mãe batendo na porta. Água fria outra vez, pensei quando levantei.

— O que houve? — perguntou meu pai. — Dormiu tarde?

— Estava pensando em como a cidade está diferente — respondi sem ânimo, era quase verdade que eu estava pensando na cidade.

— Não sabia que você pensava em coisas normais — provocou minha irmã entrando na cozinha e beijando o rosto de nosso pai. — Pensei que você só pensasse em estudar e usar essas roupas fora de moda, como essa blusa com uma calculadora periódica.

— É tabela periódica, sua... — corrigi. Eu adoro essa blusa, foi muito cara, eu comprei para uma competição de química e me saí muito bem, nem mesmo os japoneses da escola adversária conseguiram me vencer, lembrei ficando orgulhosa de mim mesma.

— Que seja — ela sorriu vitoriosa.

Queria jogar uma bomba nela, mas não deu, tentei o que tinha na mesa, meu pai não deixou.

— Acho melhor as mocinhas pararem de guerra para não se atrasar.

Meu rosto estava queimando de raiva, mas os risos de Clarice me fizeram parar.

— Eu sentia falta disso — disse ela voltando a sorrir e de repente todos começamos a sorrir.

— Lívia? — chamou Lana batendo na porta. — Vamos?

— Lana, o que faz aqui?! — perguntei surpresa.

— Bom dia, senhor e senhora Lins — disse ela, por sorte minha irmã tinha ido para o quarto ou iria me provocar em dobro. — Vamos! — Ela acenou para todos e me puxou para fora.

— Se a senhorita me permitir, vou pegar minha bolsa, que tem meus trabalhos feitos e meu caderno, eu agradeço — disse com sarcasmo. Ela me soltou e peguei minha bolsa que estava no sofá da sala. — Posso saber o motivo de você não poder me esperar na escola? — perguntei quando andávamos na rua.

— Eu não ia esperar até você chegar, você sabe que não gosto de esperar, agora faça silêncio enquanto falo, ok!?

— Fico feliz que finalmente vocês se entenderam — disse.

Tony ficou espantado quando falei o que Lana fizera, os dois não paravam de se olhar na sala. Peguei algumas frutas que seriam meu lanche e saí. Fui ficar embaixo das árvores, distante, para dar um tempo aos apaixonados.

Uma leve brisa levantou meus cabelos e eu sorri com a suavidade, era como se a brisa tivesse cheiro, mas me interrompi quando senti que alguém estava me olhando, abri os olhos e vi Yale Mackenzie sentado em outro banco me olhando.

Ele é lindo, isso é fato, nem parece real, os olhos me fitavam sem piscar, olhei em volta do local, estávamos sozinhos, e como na sala de aula meu cabelo parou quando olhei para ele. Ele me olhava como se procurasse alguma coisa ou talvez estivesse se escondendo de suas fãs.

O sinal tocou e ele saiu primeiro andando rápido.

Meus amigos se queixaram por eu ter sumido, mas eu sabia que eles queriam ficar sozinhos; assistir novelas e ler livros de romance servia para tais embaraços quando não se é experiente no assunto.

No final da aula vi Yale Mackenzie pegar os papéis que algumas garotas deixaram em sua mesa com números de telefone e jogar no lixo, isso me deixou intrigada, talvez ele não seja tão metido como a maioria dos garotos que se gabavam quando tinham todas as garotas a seus pés.

A noite mal dormida se jogou em meus olhos e piorou com o suco de maracujá que tomei no almoço e para onde eu olhava era como ver várias camas para dormir, parece idiota falar que um suco me deixa dessa forma, mas maracujá tem esse poder de me fazer relaxar, às vezes cura meu estresse, fico tranquila e algumas vezes até durmo.

Faltava meia hora para a aula de educação física começar, coloquei um livro em cima do outro e abri um que era de poemas, peguei os temas mais simples na tentativa de fazer o sono passar, deitei à beça em cima dos livros e resolvi passar alguns segundos com os olhos fechados, pensei que quando abrisse os olhos ficaria livre do sono, mas foi em vão, não consegui acordar, aos poucos fazia parte do mundo dos sonhos e em troca dormi profundamente.

— Ei, garota, acorda... Lívia... — Uma música ecoava em algum lugar. — Ei... — Agora estava mais perto. — Ei, Ivi... — Essa música não existia, era meu nome e definitivamente não era uma música. Passei a mão e senti um livro embaixo da minha cabeça, olhei a montanha de livros a meu lado, para finalmente lembrar que estava na biblioteca, quem me chamou? Levantei a cabeça e vi o rosto mais lindo que se pode imaginar. Ele estava sentado do outro lado da mesa me olhando. Eu o olhei confusa. — O que... — eu parei e percebi a diferença na claridade da biblioteca. — A educação física! — disse levantando rápido do banco.

Ele me olhava e nada dizia, talvez me achando ridícula por ter dormido ali; eu queria conversar, tentar parecer normal e lembrei que nunca nos falamos e nem fomos apresentados, tecnicamente éramos estranhos, esse pensamento me fez parar e observá-lo. O nariz era pontudo, combinava com os lábios fartos, não tinha nada fora do lugar, tudo era perfeito, seus olhos pareciam que podiam ver através de mim. E de repente ele me surpreende com um sorriso sem dentes e como já era de esperar a marca em meu pulso estava acordada e se refazia, meu coração estava a mil.

— Meu nome é Yale Mackenzie. — Sua voz de soprano fez eco em meus ouvidos. Ele estava se apresentando? — me perguntei, Lana disse que ele só falava com sua família.

— Me chamo Ivi, ou melhor, Lívia Lins — sorri. — É que às vezes eu até esqueço… — me interrompi, ele também me chamara de Ivi.

— Já ouvi seus amigos chamando você assim — ele respondeu à pergunta que não perguntei. Sua voz era suave e musical.

Baixei a cabeça para organizar meus pensamentos.

— Estamos presos aqui — disse ele em voz baixa. Isso me fez olhar para ele.

— Como? — perguntei.

— A secretária deve ter esquecido que estávamos aqui e trancou tudo.

— Então ainda dá para chegar na aula a tempo — eu quase sorri.

— A aula acabou mais ou menos duas horas atrás, eu acho — disse ele tirando todas as minhas esperanças.

— Dormi demais… e você dormiu também? — perguntei.

Ele olhava a pilha de livros que estava à minha frente, deu um sorriso encantador voltando a me olhar.

— Não, só estava lendo enquanto a aula não começava.

— Você não viu que estavam fechando tudo… — não era uma pergunta.

— Gosto de ficar no segundo andar, nas mesas que ficam longe da escada.

— Para não ser interrompido — completei, era o mesmo que eu fazia, ele assentiu e continuou.

— Desci para ir à aula, mas a porta estava trancada, enquanto procurava outra saída vi você dormindo e só agora chamei você, já que não acordava e como não temos por onde sair.

— E se gritarmos?

— Ninguém passa por aqui e o vigia está muito longe, não escutará.

Ele me deixou dormir e procurou sozinho uma saída, isso é muito gentil, ou talvez ele só não quisesse minha companhia, ele não parecia com raiva e uma onda de gentileza me invadiu.

— Obrigada por me acordar — dei um sorriso tímido. — E por me deixar dormir enquanto fazia tudo sozinho.

— Não precisa agradecer, você parecia cansada o dia todo.

— Dormi tarde — respondi.

Ele me observou?, me perguntei.

— Imaginei que fosse isso — ele suspirou pensativo.

Depois de alguns segundos pensando em soluções, perguntei:

— Yale, você tem celular? — falar seu nome me fez corar.

— Deixei o meu no carro, pensei que você tivesse.

— Não, eu não tenho — respondi, pensei ter ouvido ele falar alguma coisa ininteligível como "século XXI", mas não tenho certeza.

Ficamos alguns minutos em silêncio, ele olhando as luzes e eu a pilha de livros à minha frente. Eu devia estar apavorada, mas me sentia como se estivesse em casa com aquele estranho.

— Gosta de ler... — Não era uma pergunta, mas respondi.

— Eu adoro, e o cheiro dos livros, principalmente os velhos, é como se eu pudesse chegar mais perto da história.

Olhei para ele e percebi que seus olhos mudaram de cor, o azul estava ficando claro.

— Gosta de química? — perguntou.

Esqueci o que estava pensando e lembrei da minha blusa, esse com certeza era o motivo da pergunta, eu sorri e ele me fitou com intensidade.

— Adoro! Não tenho nenhuma matéria preferida, todas são ótimas, é meu dilema.

— Gostei do seu estilo — disse ele me fitando sem sorrir, mas eu não me contive.

— Você é a única pessoa que diz isso, ou melhor, que concorda comigo — sorri sem acreditar. — Minha irmã diz que eu não tenho jeito, meus amigos querem me acompanhar nas próximas compras, e sem falar nos que não me conhecem — sorri quase em gargalhadas, ele me deixava nervosa.

Não sei o que eu tinha naquela noite que estava falando aos ventos, e o meu ouvinte parecia gostar de ouvir as bobagens que eu falava.

— Quer uma fruta? — perguntei abrindo a bolsa e tentando mudar de assunto, coloquei duas maçãs em cima da mesa, ele só sacudiu a cabeça em negativa.

— Seus olhos são...

— Eu não sou oriental — eu o interrompi indiferente.

— Eu ia dizer que o verde dos seus olhos é diferente — ele sorriu com dentes brancos. — Nunca vi verdes tão escuros, são bonitos — terminou.

O elogio me pegou desprevenida e derrubei a maçã mordida em cima do livro, estava sentindo minha cara queimar.

Mudei de assunto.

— Podíamos derrubar a porta...

— Não dá, o melhor que podemos fazer é esperar nossos pais sentirem nossa falta e virem nos buscar.

Ele levantou e saiu.

Yale Mackenzie era tão alto, olhei minha blusa e sorri quase de orelha a orelha. Eu devia estar nervosa, assustada, que seria o mais correto, lembrei de meus pais, mas não fiquei preocupada.

Fui até a porta de entrada e vi a hora no relógio de parede, faltavam poucos minutos para as 15 horas, o relógio estava parado.

Quando retornei, encontrei Yale deitado em cima de uma das mesas, olhando para o teto. Com todas as fofocas a respeito dele, a única que parecia verdade era sobre sua beleza, o resto parecia inveja e mágoa. Deitei na mesa que ficava grudada com a dele, eu não queria me afastar, nossas cabeças quase se tocando, não sei como tive coragem para tanto, mas o impulso venceu.

A presença de Yale Mackenzie era como preencher o silêncio de não termos assunto. Um leve vento fez cócegas em meu pescoço levantando meu cabelo, a música chata me encontrou e eu cantei o refrão simples, assim como muitas vezes ouvi Ana cantar. Nam nam nam...

Não sei quanto tempo ficamos assim, ele parecia me ouvir mesmo cantando baixo, porque ele estava me olhando quando me virei para ficar de barriga na mesa, nossos olhos se encontraram e eu parei, olhei o azul que estava claro como se o dia estivesse chegando, mas mesmo assim ele continuava incrível.

— Quanto tempo se passou? — perguntei sem conseguir desviar os olhos.

— Devem ser 22 horas e alguns minutos...

Levantei com preguiça, peguei os livros que estavam espalhados na mesa e fui guardá-los em seus devidos lugares, na volta para guardar o que restara encontrei Yale olhando com curiosidade o último livro na mesa, ele sorriu quando levantou os olhos para mim.

— Princesas? — perguntou arqueando uma sobrancelha.

O sorriso dele me desnorteou e eu toquei em sua mão sem querer, ao tentar pegar o livro que ele estendia para eu guardar, e num piscar de olhos o sorriso desapareceu deixando-o sério, o livro quase caiu na mesa em nosso embaraço.

A pele macia e quente, esse rápido contato foi curioso e diferente, mas não sei explicar por que, pois todo ser humano é logicamente quente pelo simples fato de estar vivo, pensei.

— É que...

Eu ia responder, mas fui interrompida.

— Tem alguém aí? — chamou uma voz desconhecida.

Eu andei na direção da voz e Yale foi guardar o livro que não me entregara. Ouvi a voz de minha mãe e andei mais depressa. Meus pais me abraçaram com alívio e várias broncas ao verem que estava tudo bem, procurei meu parceiro para me despedir, mas ele já estava entrando em seu carro seguido por outros que com certeza eram seus pais.

Fui para meu quarto mais cedo, tentando evitar encontrar minha irmã.

— Quem é seu namorado secreto? — zombou Patrícia. — É o Tony ou outro nerd do clube de matemática?

Era melhor não dizer quem realmente esteve comigo ou a biblioteca ficaria movimentada de garotas querendo ficar esquecidas com o galã da escola.

— Não são só nerds que leem livros.

Joguei a bolsa na cama e vesti meu pijama de joaninha.

— Pensei que não gostasse de rosa ou coisas femininas — disse ela, mudando de assunto e começando outra guerra, desistira do outro assunto ao perceber que eu não ia dizer nada.

— Eu nunca disse que não gostava.

Yale Mackenzie não saiu um só momento dos meus pensamentos, nem mesmo quando dormia, no sonho lembrei das coisas curiosas que aconteceram. "Que vento estranho, e só acontece perto dele", aquele garoto é diferente. "Os olhos tinham outra tonalidade"; "talvez ele tivesse um ventilador na mão", essa ideia era ridícula até para uma criança, "mas ele falara comigo".

Andar a pé para a escola já estava sendo legal, até parecia mais perto, será que Yale Mackenzie iria falar comigo ou fingiria que não me conhece?, me perguntei enquanto andava.

Meus amigos me encontraram querendo saber de tudo, reclamando de que seus pais não deixaram me ligar, depois que Clarice ligou para seus pais dizendo que me encontraram. O professor Manoel corrigiu as atividades e passou mais cálculo.

Meu novo amigo não falou comigo como eu já imaginava.

A professora de literatura finalmente chegou, e passou um novo assunto totalmente diferente do que a substituta passara.

— Meu nome é Marina, amo literatura, sou muito exigente, gosto de ver meus alunos em palco e adoro surpresas.

Me peguei cantando aquela música triste novamente, enquanto a professora explicava, me desconcentrando e olhando meu cabelo que subia, eu não ia olhar para Yale, ele não tinha culpa de eu ver coisas estranhas.

— Nam nam nam… — continuei baixinho.

— Essa música é triste — sussurrou Yale.

Me virei de imediato para ter certeza de que era quem eu estava pensando ou saber se era só uma alucinação, mas… ele estava falando comigo.

— Oi, Ivi — disse ele, me olhando com intensidade, e em seus olhos a noite chegara novamente. Todos em um raio de 100 metros olharam para nós, isso não ajudou.

— É… oi, Yale. — Sempre que pronunciava o nome dele uma reação estranha acontecia em meu coração.

— E como nem todos estão prestando atenção… — a professora olhava em nossa direção. — Gostaria de ressaltar que eu me encarrego pessoalmente de escolher os alunos que serão protagonistas, e como eu sei que ninguém quer tal responsabilidade… — ela olhou para os demais alunos e finalizou: — Eu posso escolher qualquer um, eu adoro surpresas, já disse — ela deu um sorriso ameaçador e olhou para nós dois novamente como um aviso. Me virei novamente para ele, que me olhava esperando a resposta sobre a música.

— Ora, ora, vejo que temos dois candidatos para a nossa peça, ou estou enganada?

Todos olhavam em nossa direção, não era porque a professora estava falando com a gente, mas por Yale estar falando comigo.

— Qual seu nome, querida? — ela apontou para mim.

— Lívia — respondi sem vontade.

— E o seu? — perguntou a professora.

— Yale — ele respondeu sério.

Ela anotou alguma coisa na agenda e voltou para a mesa. Lana quase não conseguia voltar a olhar para a frente boquiaberta com o que acabara de ver; ela não foi a única, todos me olhavam sem entender; baixei a cabeça para evitar aqueles olhares curiosos, fiquei assim até o fim da aula.

— Agora você me deixou curiosa, que milagre você fez para fazer Yale Mackenzie falar?, ele nunca fala — disse Lana.

— Deixa de ser curiosa, Lana — disse Tony.

— Depois eu te falo — respondi encerrando o assunto.

Sentamos na mesa de sempre e pude ver Yale, sozinho em sua mesa do outro lado do refeitório.

— Por que ele senta sozinho? — apontei para Yale.

— As irmãs e primas dele vão chegar na próxima semana, fiquei sabendo que ainda não voltaram porque não querem voltar — Lana não era popular, mas sabia de tudo e de todos ali presentes, era só perguntar.

— Vou andar um pouco — disse me levantando.

Meus amigos reclamaram e eu não me importei com suas objeções.

Sentei no banco de todos os dias até o intervalo terminar, dessa vez nem Yale estava ali, fechei os olhos para relaxar um pouco e esquecer a confusão com a professora, não gosto de ficar mal com professores. A sensação de estar sendo observada me atingiu, me obrigando a abrir os olhos e me certificar se meus sentidos estavam certos.

Como ele chegou aqui sem fazer barulho?

Yale estava sentado na outra ponta do banco me olhando.

— De onde você saiu? — perguntei incrédula.

Ele olhou para as árvores e sorriu para mim, parecia cauteloso, nos olhamos por alguns segundos, ele não parecia ser real, e com os reflexos do sol que o tocavam dava a impressão de estar olhando o deus do sol mencionado nas aulas de história, meu coração mudou o ritmo dos batimentos quando um sorriso se formava nos lábios perfeitos.

— Você é estranha — disse ele mudando de assunto e sem responder à minha pergunta.

— Isso não é novidade para mim — desviei os olhos para as outras árvores. — Sempre fui assim, desajeitada, esquisita, nerd, estranha...

— Por que fica sozinha? — ele me interrompeu. — Todos estão juntos e seus amigos estão irritados por você se isolar.

As coisas que ele falava não faziam sentido; na verdade faziam sentido, porém ele falando soava diferente. Será que ele realmente se importava com o que eu fazia?, me perguntei.

— Eles começaram a namorar e eu estou dando um tempo. — O silêncio reinou por alguns minutos. — Posso contar a meus amigos que você estava na biblioteca? — perguntei.

Ele parecia perdido em pensamentos distantes.

— Não vejo problema algum — ele voltou a me olhar, mas não consegui decifrar sua expressão. — Por que a pergunta?

— Talvez você não queira que saibam que você esteve lá, sei lá, ou alguma coisa do tipo. — Ele ficou sério, era como se eu tivesse dito algo absurdo, seus olhos mudaram o rumo enquanto a expressão séria suavizava.

— Aquela música que você canta é...

— Triste — completei e ele assentiu.

— Se importa...

O toque do sinal soou alto interrompendo e lembrando que devíamos voltar, esperei ele terminar, mas não disse mais nada, ficando de pé; esperei ele ir na frente para eu sair depois.

— Não vai? — perguntou com a voz macia e me olhando.

Yale Mackenzie estava me esperando? Senti uma alegria repentina, fiquei de pé a seu lado sentindo-me estranha. Por que ele falava comigo? Eu tinha tantas dúvidas, geralmente sei as respostas de química, física, álgebra... era como saber a tabela periódica, mas Yale era a matéria que nunca estudei.

Suspirei tentando ficar normal, quando estou perto de Yale Mackenzie eu fico mais estranha que o normal, se é que isso é possível.

Os outros alunos nunca gostaram de mim, principalmente os populares, mas ele é diferente, pensei. Demos alguns passos e ele se afastou um pouco, meus pés mal tocavam o piso pintado de verde, era como andar na lua, e quase imperceptivelmente escutei seus passos no piso.

— Está dando um tempo de seus amigos também? — puxei conversa.

— Não tenho amigos, não sou muito bom em fazer amizades, prefiro ficar isolado com minha família.

— Eu quase posso entender, mas isolado não é a palavra certa para você por...

Eu parei quando a marca em meu pulso doeu com algumas pontadas de dor que pareciam andar em meu braço, olhei meu pulso fingindo olhar para trás, mas não tinha nada, além da marca.

— Está sentindo alguma coisa? — ele perguntou com olhos preocupados.

— Não — sorri envergonhada.

— E por que eu não sou isolado? — continuou a conversa que eu tinha esquecido.

— Pessoas populares não são isoladas, principalmente as que são como você. — Ele deu um leve sorriso e sacudiu a cabeça, mas não entendi o motivo.

A maioria dos alunos já estavam na sala esperando a professora de química, todos arregalaram os olhos quando viram Yale sorrindo em minha direção; sentamos em nossos lugares, já que éramos parceiros definitivos.

— Oi, turma, espero que estejam empolgados; já que não foi possível ter aulas práticas nos últimos dias, hoje vamos ter que começar outro assunto para saber se vocês lembram o que já estudaram em outras séries; isso é rápido, só quero testar seus conhecimentos. A dor em meu braço mudou de lugar indo para meu braço direito.

— Qual o número de Avogadro? — ela apontou para mim, não sei por que as perguntas sobram para mim.

— Seis vírgula zero, dois vezes dez, elevado a vinte e três ($6,02*10^{23}$). — Se todas as perguntas fossem fáceis como essa, todos ali teriam sorte, pensei.

Ela assentiu e fez perguntas para outras pessoas; o sinal tocou nos libertando, mas dando tempo para Eloísa avisar que nos passaria trabalho na próxima aula.

Cheguei em casa sem esquecer o que tinha acontecido na escola e continuando sem acreditar. Procurei minha irmã e vi que estava no telefone e enrolando o cabelo enquanto falava, segundo meus pais ela iria fazer outra campanha de moda para uma revista, ela me olhou pelo canto do olho.

— Ivi, o que você estava fazendo ao lado de Yale Mackenzie? — perguntou Patrícia quando estávamos no carro, eu indo para a casa de Lana e ela para a revista de moda.

— Estudando. — Essa foi fácil, por sorte já estávamos perto da casa de Lana.

— O que você falou com ele? — ela parou de se olhar no espelho e olhou para mim.

— Nada. — Quando ela ia questionar, o carro parou e eu desci quase correndo. — Tchau, mãe, tchau, pai! — eu disse na janela, Patrícia me fuzilou com os olhos.

— E então, como conheceu o galã da escola? E não venha me dizer que foi na sala de aula. — Por mais que Lana perguntasse, eu nunca vou dizer como foi ficar com Yale na biblioteca, só contarei o essencial, pensei.

— Conheci o Yale na biblioteca. — Ela ficou chocada, me olhou, sacudiu a cabeça, andou de um lado para o outro e me pareceu triste por não ter nada de legal na história, ou melhor, não tinha para ela, eu adorei. — Era ele o garoto que também ficou preso na biblioteca — concluí.

— Por quê? — ela se olhou no espelho, me pegando de surpresa vendo-a falar só. — Pensei em todos os garotos, mas **Yale Mackenzie?** — ela destacou o nome. — E na aula de literatura? — ela estava absorta imaginando coisas enquanto eu respondia.

— Eu não sei por que ele falou comigo. — Era verdade, não sabia, eu estava esperando que ele não falasse comigo por estarmos em público.

Eu parecia um ladrão na sala de interrogatório, Lana me fez tantas perguntas que me deixou impressionada com sua criatividade em fazer perguntas bobas. Tony chegou quando eu estava prestes a desistir e ir correndo para casa, ele me ajudou a me livrar das perguntas de Lana.

— Vocês falaram mais alguma coisa? — perguntou Lana quando dávamos a segunda volta na quadra de esportes.

— Lana, não foi nada de mais e tenho certeza que ele nem vai lembrar de falar comigo amanhã.

Já estava me acostumando com os exercícios e com os jogos.

— Ivi, você está bem? — perguntou Lana. — Você ficou pálida de repente.

Essas foram as últimas coisas que ouvi até tudo ficar escuro e meu pulso queimar. Tudo estava branco, um bip irritante que eu conhecia bem estava em algum lugar perto de mim, talvez não estivesse grudado em mim, talvez não tivesse agulhas em mim, mas para ter certeza teria que abrir os olhos, e para minha tristeza tudo era real, eu era a paciente. Mas eu já estava bem e não sentia nada, olhei o quarto branco, ficando nervosa por sempre ter medo de hospital.

— Há quanto tempo estou aqui? — perguntei quando Lana entrou.

— Não muito, acho que 20 minutos, seus pais estão vindo.

Comecei a tirar as agulhas e descer da cama, minha amiga tentou me deter inutilmente, fui mais rápida.

— Eu estou ótima, isso tudo é exagero, a bola que caiu na minha cabeça no treino foi muito pesada por causa da altura e no ar ela fica pesada. — Explicar física para Lana era complicado, desisti. — Aí fez efeito quando parei de correr.

Ficar ali me deixava tonta, saí e sentei no banco que ficava de frente para o quarto, para não dizerem que eu teria outro problema.

— Você não é a garota que estava desmaiada? — perguntou a enfermeira.

— Não precisava de tudo isso, foi só um desmaio — respondi irritada. Lana ficou boquiaberta comigo, mas nada disse.

— É! Dá para perceber que aquela bola de basquete afetou seu bom humor também — disse Lana. Depois que a enfermeira saiu, começamos a rir do acontecido.

— Julieta me informou que temos uma paciente rebelde — disse o médico; ele era moreno com um sorriso discreto. — Estou me perguntando o motivo de você não poder me esperar no quarto como a deixei — ele cruzou os braços.

— Vocês... eu não tenho nada, simplesmente senti os efeitos de uma bolada na cabeça um pouco atrasados — respondi.

Ele gesticulou para o quarto e entramos.

— Muito bem, senhorita Lívia, você acertou, "não tem nada" — ele fez aspas com os dedos quando terminou. — Provavelmente vai sentir dor na cabeça durante a noite... — ele me entregou uma receita.

Uma batida na porta o interrompeu, eram meus pais com minha irmã.

— O que ela tem, doutor? — perguntou Sérgio preocupado.

— Nada para se preocupar, só dor na cabeça durante a noite, isso é o máximo.

— Ótimo, vamos embora — eu disse ficando de pé.

— Mais alguma recomendação? — perguntou minha mãe.

— Que ela fique longe das cestas de basquete — brincou o médico.

A enfermaria encheu-se de risos me obrigando a sair quase correndo. Me tranquei em meu quarto, para meus pais não começarem a falar que eu devia ser cuidadosa...

O vento forte me obrigou a fechar a janela e logo começou a chover, peguei o livro da Fênix para ler um pouco.

"Não sei quem vai encontrar este livro, minha missão é apenas escrever, talvez alertar ou só contar uma história.

Tudo começou nas águas cristalinas, onde se encontraram pela primeira vez e, se contaminando com o desejo de ficar juntos, mesmo sabendo que era proibido

Quebraram todas as regras e desequilibraram o curso da existência de ambos, dando a vida a uma criatura repugnante que devia sofrer

Morreram por amor protegendo o ser deplorável que consideravam precioso. Espécies não podem se misturar e assim decretaram, amaldiçoando o fruto da desordem com um veneno que se espalharia em seu corpo e o mataria quando completasse 18 anos essa é a idade máxima de vida se não for encontrado antes pela Guarda.

Mas a criatura conseguiu se esconder da "GUARDA", deixando herdeiros por toda parte com a mesma sentença; uma guerra estava prestes a acontecer, mas por algum motivo todas as crianças estavam limpas do veneno que as mataria, todos se tranquilizaram por muitos anos acreditando que o veneno limpara o sangue das criaturas Mas estavam enganados, o veneno contaminou outro descendente de gerações distantes, fazendo-os compreender que falharam. Depois de muitas discussões chegaram à conclusão de que deviam acabar com o indigno e equilibrar o curso da existência Fizeram uma marca para identificar a criatura que não tinha face por ser desconhecida, sopraram ao vento, que era o único que podia encontrar o hospedeiro de sangue ruim.

Quando detectado seria executado para cumprir o juramento que há muito tempo fizeram"

Era difícil ler sem as pontuações corretas, provavelmente esse livro foi escrito por alguém que não gostava de pontuações. Os remédios sempre me deixam com sono e novamente fui obrigada a dormir.

Como previsto Yale não falou comigo no dia seguinte e isso fez as garotas da escola pararem de me olhar e me ignorarem novamente, eu agradeci. Ele não falou comigo, mas isso não me impediu de observá-lo, ele estava estranho... parecia com raiva e em resposta à minha curiosidade ele me lançou um olhar gélido que me fez tremer. Fiquei com meus amigos no refeitório por medo de encontrar Yale em meu banco preferido.

Patrícia não perdeu tempo em jogar piadinhas quando cheguei em casa.

O professor de educação física me deixou livre da aula de hoje, fiquei no banco, vi Patrícia e as amigas fazendo acrobacias no fundo da quadra, minha irmã também era líder de torcida, ela era ótima. Vi Yale jogando basquete, ele se destacava entre os demais, a beleza evidente parecia favorecer o moletom cinza que estava usando. Ficar no banco era cansativo e olhar para Yale me deixava tonta com vontade de... Sacudi a cabeça, estava pensando besteira demais, o apito do professor me assustou, era melhor tomar água, não estava com sede, mas talvez andando parasse de pensar bobagens.

A água gelada não me causou arrepio como sempre acontecia, Yale Mackenzie também veio beber água, ele continuava estranho, a água se tornara morna comparada com o olhar dele enquanto eu olhei para ele, mas isso não impedia que ele continuasse radiante.

Graças a Deus é feriado, pensei quando voltava para a quadra. Lana pediu para eu dormir em sua casa e ir no shopping amanhã, era uma boa ideia, ela me acompanhou até em casa falando dos gols que fizera e sem esquecer de falar de Tony.

Clarice não gostou muito da ideia, mas eu fui rápida, disse que era feriado e nunca saio. Coloquei o necessário na bolsa rapidamente para sair sem que meu pai visse.

— Sua mãe disse que vai dormir na casa da sua amiga? — disse meu pai, me pegando antes de eu escapar, imaginei ele correndo de roupão para eu não ir. — Ela está preocupada, você pegou o remédio?

Eu assenti.

— É só hoje, amanhã à tarde já estou de volta — tranquilizei-o. Eu sabia que não era só Clarice que era exageradamente preocupada.

Ele me fez parar.

— Eu levo vocês. — Eu conhecia Sergio muito bem para saber que se não concordasse ele não ia permitir.

Esperamos na sala.

— O superpai em uma nova missão — minha mãe sorriu. — Ele adora fazer isso, devia ver a alegria que ele sente quando Patrícia liga pedindo carona — disse ela. Os olhos de Lana brilharam, ela adorava um motivo para ficar me "zoando".

A mãe de Lana nos deu as boas-vindas e de longe vi o pai dela tentando abotoar um botão para cobrir a barriga um pouco grande.

Jantamos no quarto, falamos com Tony por vinte minutos e voltamos a fazer as nossas atividades programadas para a noite.

— Amanhã compraremos roupas novas — disse Lana. — Há quanto tempo você não compra roupas, Ivi? — perguntou.

— Não lembro, isso importa? — Ela revirou os olhos.

Como em toda festa de pijama, arrumamos as unhas, falamos das pessoas da escola, ficamos acordadas até tarde falando coisas sem sentido. O despertador nos acordou com um toque estranho e Lana indo em direção ao espelho.

— Espelho, espelho meu, existe uma Lana mais bonita do que eu?

Levantei do colchão me sentando na cama para olhá-la e ter certeza de que não estava dormindo.

— Pensei que tinha esquecido isso — eu disse feliz.

— Eu sei que sou a mais bela — disse ela para o espelho.

Sempre fazíamos isso quando éramos pequenas e para não ser só uma a mais bela falávamos nossos nomes para as duas serem bonitas, isso me fez perceber que estive muito tempo longe. Os pais de Lana tinham saído e a casa era nossa, ela ligou o som no último volume e começou a dançar, suas irmãs apareceram na porta com cara de sono e voltaram irritadas para seus quartos, quando Lana não deu importância a seu pedido para abaixar o volume.

— Elas não gostaram — eu disse gritando para que ela ouvisse.

— Não se engane com elas, elas adoram me colocar em confusão, veja isso como uma vingança — respondeu Lana.

Ficamos o resto da manhã no quarto com muito barulho e eu na plateia vendo os passos esquisitos que minha amiga definia como "arte".

— Podíamos dar um novo corte em seu cabelo, Ivi? — Ela pegou uma tesoura. — Vai ficar lindo e moderno.

— Vamos com calma, Lana, uma coisa de cada vez, você viu que eu quase não consigo dormir na sua casa e se eu chegar com cabelo curto em casa...

Ela pensou um pouco no assunto e concordou comigo, ela não podia saber que eu não queria cortar o cabelo, passei os dedos nas pontas e gostei de senti-las ali.

Tony nos esperava na frente do shopping, hoje seria o seu dia como sacoleiro. Entramos em várias lojas do primeiro andar, mas Lana preferia andar em todas para depois comprar. Gostei de várias peças de roupa e no fim comprei uma calça jeans e uma blusa com babados de renda e brilho azul. Aproveitei que minha amiga estava no provador para ir na livraria que ficava na frente da loja em que estávamos e dar uma olhada nos preços dos livros; eu procurava *Dom Casmurro*, era o meu preferido, mas fui pega em flagrante enquanto lia algumas críticas.

— Pensei que tivesse entrado no clima para as compras. — Ela sacudiu a cabeça.

— Esse é um clássico — tentei me defender.

— Eu sei... — Ela cruzou os braços para demonstrar que não estava convencida.

— Dei o meu de presente... — disse quando nos sentamos na lanchonete. Era verdade, a professora de literatura da escola do sul havia perdido o dela e eu dei o meu.

— Para um garoto? — Ela arqueou a sobrancelha demostrando que não acreditava.

Tony nos interrompeu quando percebeu que eu estava sem respostas com o interrogatório. Alguns gritinhos e risadas chamaram nossa atenção nos fazendo virar, era Patrícia e suas amigas de cabelos coloridos com várias sacolas nas mãos entrando na mesma lanchonete. O olhar interrogativo da minha irmã quando me viu ao lado de Tony a fez deduzir que ela estava certa quando desconfiava de mim; óbvio que ela não falou comigo, seria mais fácil chover canivete. Todos na lanchonete a conheciam e começaram a apontar para ela, obrigando-a a dar atenção à sua plateia com um sorriso congelado.

Depois de fazer os pedidos Lana sentou ao lado de Tony, mas minha irmã não viu esse detalhe.

— Esse carro é muito bonito — falei quando estávamos indo embora e um carro preto passou em alta velocidade.

— É dos Mackenzie, todos os carros são assim caros e brilhantes — disse Tony com apreço.

— Chega de falar de carros, vamos falar de moda e você, minha amiga, está precisando de umas dicas.

Minhas roupas não eram feias, ou melhor, eu não achava, sempre gostei de roupas confortáveis e básicas como calça jeans, blusas e sapatos, era incrível como todo mundo pensava que minhas roupas espantavam os garotos, eu sempre soube desse detalhe, ninguém nunca teve coragem de me dizer para não me magoar, mas eu sempre fui uma boa crítica e nunca me importei com a opinião dos outros.

Tony tentou me defender, mas Lana foi mais rápida.

— Tony, não se meta, você não entende nada de moda.

Os dois discutiram até nos separarmos, indo cada um para sua casa depois de passarmos a tarde fazendo compras.

Minha mãe gostou do que viu nas sacolas e disse que eu devia fazer compras mais vezes. Fui para meu quarto antes que ela começasse a falar de roupas, moda...

"Só encontrará a criatura que carrega a marca da maldição quem não a procura e assim o destino de ambos estará traçado e será perigoso"

Virei a folha e continuei, mas já era outro começo.

"Quem não procura verá a bela flor desabrochar na vida dos humanos e com sua voz encontrará a mais jovem e sensível das Fênix. Há mais de mil anos a marca não aparece para ser encontrada e destruída, mas a Ordem está em guarda, esperando um jovem de 18 anos, musculoso, com muita força e que carrega a marca da maldição."

Suspirei, esse livro é estranho. Que guarda? Que marca da maldição?, me perguntei. Com certeza é alguma lenda boba sobre a Fênix, pensei olhando a outra folha.

"Segundo os egípcios a Ave mais bela e rara tinha o poder da cura, porém o que eles não sabiam é que elas podiam se transformar em humanos quando quisessem."

Perfeito! Aves que viram gente, me joguei na cama e olhei o céu estrelado. Por que lendas são tão cheias de histórias patéticas, por que Ana queria que eu lesse?, me perguntei.

"Esses pássaros são pessoas que ganharam a cura no leito de morte e se transformaram para ajudar, mas essa ajuda só foi possível até a Ordem estar completa."

— Até parece que lendas são reais! — falei alto e guardando o livro na gaveta, tentar dormir era a melhor coisa a fazer.

O dia estava ensolarado e todos estavam felizes por ser domingo. Saí pela porta da cozinha indo para o bosque quase correndo, Sérgio sempre me interrompia quando eu chegava ao portão.

Entrei no bosque verde e cheio de vida, pássaros cantavam no alto das árvores e o cheiro de verde era acolhedor, encontrei meu laboratório de pesquisas e experiências, algumas coisas não mudaram, como meu banco feito de tronco de árvore e a mesa que era uma árvore caída; sempre que chegava da escola pegava minha coleção de insetos e os livros de biologia para mais descobertas, isso me fez sorrir, sentei no tronco de árvore que era meu banco e comecei a me lembrar de todas as minhas pesquisas que eram importantes com direito a anotações. É incrível como nerds nunca inventam brincadeiras normais, ou eu que não sou normal?, meu laboratório era cercado de troncos, mas agora estava cheio de folhas secas.

Andei em todos os lugares que fingia ser minha sala de observação, agora tudo estava abandonado, o mato tomou conta e as folhas cobriam todo o chão de barro, o bosque parecia grande e sombrio, de repente e por um momento tive a sensação de estar sendo observada. Esse lugar sempre foi meu refúgio quando chegava da escola e não queria fazer as coisas que minha irmã fazia, como todas as meninas da nossa idade faziam, brincar de boneca; eu gosto de bonecas, mas como pacientes; eu tinha duas bonecas como cobaia; Patrícia gostava de ser estilista...

Eu queria andar pelo bosque, mas a sensação estranha continuava e fiquei com medo de me perder, já que as folhas e os galhos secos cobriram todas as trilhas que eu havia feito. Fiquei ali lembrando a cara de reprovação do meu pai sempre que eu lhe mostrava um inseto diferente, e ele pegava alguma boneca de Patrícia e pedia para eu brincar com ela. Mas essas lembranças foram interrompidas pelo rosto de Yale Mackenzie, isso me trouxe um sorriso involuntário, lembrei da aula de química quando cheguei atrasada e o vi pela primeira vez, isso me fez esquecer o que estava pensando, vi os lábios cheios, que pareciam macios, a linha reta do nariz perfeito e os olhos mais lindos que já vi na vida, eu não devia estar pensando nele, mas não conseguia parar, lembrei da noite em que ficamos presos na biblioteca e que ele parecia o oposto do que Lana falara por não se enturmar, mas algo que nunca saiu da minha cabeça, ou melhor, que eu nunca consegui esquecer um só momento foi o nosso contato, que em um dos meus desastres aconteceu, foi muito rápido, mas ainda assim pude sentir um choque elétrico de nossos dedos, essa lembrança sempre me procurava antes de dormir.

Melhor voltar para casa, estou devaneando muito.

— O que estava fazendo no shopping ontem? — perguntou minha irmã, quando me viu entrando na cozinha.

Será que é tão difícil aceitar que até os estranhos fazem compras?, me perguntei.

— Era um disfarce para ver seu namoradinho? — provocou, como eu não disse nada.

— Ele não é meu... — não terminei. Nossa conversa chamou a atenção do meu pai e isso me indignou ainda mais.

— E então, Ivi? — insistiu ela.

— Aah... me deixa em paz!!! — gritei e fui para o meu quarto resmungando e imaginando os piores lugares para minha irmã perder a língua, talvez a minha raiva fosse pelo fato de eu nunca ter namorado, mas eu nunca iria seguir essa linha de raciocínio.

Peguei o pen drive de músicas eletrônicas que Lana disse que eu iria gostar, liguei meu aparelho de som deixando-o no último volume; nunca fui de agir assim, talvez a rebeldia adolescente estivesse escondida nos tempos em que estava com minha avó. Meus pais pareciam admirados por me ver ouvindo música naquele volume e deixando todos que estivessem no segundo andar surdos. Desci para tomar água, e enquanto estava na cozinha pude ouvir o final da conversa dos meus pais na varanda: "ela é adolescente", foi só, era sobre mim com certeza.

A música continuava alta e eu por incrível que pareça estava gostando das músicas, mas já estava na hora de desligar. Apreciei as estrelas e dormi enquanto tentava montar as cores certas do cubo mágico.

CAPÍTULO 6

A semana começou novamente e mais uma vez acordei atrasada e sem tempo para o café da manhã.

Peguei meu chapéu verde-musgo na gaveta do guarda-roupa e saí correndo. O chapéu era arredondado com abas pequenas e uma fita marrom no meio, ele não era novo, mas nunca tinha usado.

Hoje a professora Marina dava aula nos terceiro e quarto tempos e talvez assim ela não lembrasse que eu estava conversando em seu primeiro dia, a outra serventia do chapéu era tentar inutilmente me esconder de Yale, o garoto cuja beleza me deixava tonta, mas como sempre sem admitir tal verdade.

Peguei as apostilas já lidas no meu armário e fui para a sala de aula, o rosto que eu temia ver e que me deixava nervosa foi o primeiro que vi e no lugar que eu esperava ver; por um segundo a sala parecia vazia, mas completa com a única pessoa que eu via, Yale Mackenzie, ali éramos apenas nós dois na sala vazia por alucinações indesejadas.

— E esse chapéu? — perguntou Lana me tirando dos meus devaneios. — Pensei que fosse proibido.

— Mas não é. — Minha voz quase não saiu, meu coração estava acelerado e minhas pernas... era melhor eu sentar. — É incrível como você não conhece o regulamento da escola, estuda aqui há mais tempo. — Sacudi a cabeça em reprovação.

— O que você tem? — Ela se virou para me olhar. — Não dormiu direito, foi? — Acenei e sorri para Tony, eu não ia responder porque nem eu estava me entendendo, mas ela não era do tipo de ficar calada. — Elas chegaram — disse Lana mudando de assunto.

— Quem? — Isso me tirou dos meus devaneios.

— A irmã com a prima de Yale Mackenzie — ela continuou cochichando. — O outro gatinho também veio, o namorado da irmã dele. — Ela se arrumou na cadeira para ficar de frente para mim. — Olhe — ela apontou discretamente para a terceira fila ao lado de Yale pegando minha caneta, por sorte ele estava com as mãos nas têmporas com olhos fechados, parecia muito concentrado, olhei a garota ao seu lado com certo interesse. Ela era linda, isso fez meu estômago palpitar, mas continuei olhando, sua pele era branca como a neve, com certeza não esteve no Brasil nos últimos tempos. Ela olhava o quadro branco, mas parecia não ver, seu rosto tinha traços perfeitos, os lábios com um batom vermelho bem forte, seu cabelo era vermelho, longo e liso, era incrível! Nesse instante seus olhos me flagraram. Seu rosto não tinha expressão, eu devia ter olhado para a frente, mas continuei olhando-a, os olhos eram negros e distantes. Perto dela a miss universo está no lugar errado, pensei. Nos olhamos por alguns segundos e Yale também me flagrou, olhou para mim com olhos calmos.

— Bom dia — disse a professora de física; foi minha chance de desviar os olhos; puxei o chapéu o máximo que pude na cabeça. Foram dois horários de cálculos e atividades, mas o que me afligia era ser alvo da professora de literatura.

A professora Marina quando entrou na sala colocou seus materiais na mesa e começou a analisar a turma.

— Você — ela apontou para a novata. — Não lembro de você na minha última aula. — A garota que ficava do lado direito de Yale ficou de pé.

— Me chamo Melina Giardiny — ela deu um sorriso sem mostrar os dentes, na turma todos olhavam para ela, exceto Yale, que fechava os olhos novamente.

A marca no meu pulso parecia um gelo embaixo da pulseira de pano, isso me sobressaltou, quase pedi para ir ao banheiro, mas a professora podia lembrar de mim, era melhor ficar quieta. A professora foi para sua mesa fazer a chamada e quando terminou arrumou os óculos e sorriu.

— Já avaliei todo o histórico de vocês na minha matéria, tenho que admitir que aqui teremos vários prodígios.

— Eu não entendo — disse a garota loira que sentava na frente.

— Quero dizer que posso escolher um aluno ou vários desta turma para atuar. — Ela explicou a apostila que eu já tinha lido, passou uma atividade e uma análise detalhada do que entendemos.

— Essa mulher deve ser maluca — disse Lana me esperando.

Esperei Yale e sua prima saírem, Lana pareceu gostar, para olhar as roupas da novata.

— Olha o tecido dessas roupas — disse Lana.

A garota popular estava com botas pretas, calça jeans e uma blusa com listras brancas; segundo minha amiga aquela combinação era muito arriscada, mas nela tudo estava lindo.

— Ela é muito bonita — falei chegando no refeitório.

O refeitório estava abarrotado e todos falando a mesma coisa: "o quarteto", esse era o apelido de Yale e companhia.

Não consegui ver o rosto dos outros na mesa, só deu para notar que o outro garoto era forte e que a outra garota era loira com cabelos quase brancos, assim pensei.

— A garota de cabelos brancos é irmã de Yale, Sielo, o outro garoto é Allan, primo dele. — Ela olhou para o grupo e continuou: — Alguns dizem que Yale e Melina são namorados, mas eu tenho minhas dúvidas — ela suspirou triste. — São um belo casal.

Observei a mesa da fama, eles pareciam tranquilos com tantos olhares.

— Vocês estão com frio? — perguntei, a marca no meu pulso estava cada vez mais fria e me deixando com frio.

— Não — responderam juntos.

— Acho que vou andar um pouco no sol.

Sentei no banco onde a sombra não alcançava e relaxei sentindo minha temperatura voltar ao normal. O quarteto resolveu sair e andar pela escola, o piso verde servia como passarela, a garota chamada Sielo andava com as mãos nos bolsos do jeans, acho que ela sorria, mas não tenho certeza, ela tinha os traços perfeitos como Yale e Melina, Allan estava no mesmo pacote.

O frio voltou e achei melhor sair da vista indo ficar atrás de uma árvore, puxei a pulseira para cima e quase gritei de espanto, a marca estava azul, toquei com o indicador e ela estava fria como gelo. O que estava acontecendo comigo? As estrelas estavam azuis, tudo estava azul... Já era estranho ter uma coisa como aquela e agora mudar de cor, era demais. Estava com frio, onde a temperatura era de 40 graus.

Depois de não saber responder às minhas próprias perguntas, voltei para a sala.

A semana foi meio estranha e comecei a levar minha jaqueta para a escola, sem contar as várias desculpas esfarrapadas que dava para explicar o motivo de usar roupas de frio no verão. Tudo voltava ao normal quando chegava em casa, mas quando chegava na escola era o mesmo que ligar o frio em um interruptor. O professor de matemática desligou as centrais de ar, mas não mudou nada; quando a aula acabou falei ao professor para deixar tudo ligado, dando a desculpa de que gosto de usar jaqueta.

Na aula prática de química fiquei triste quando vi Melina no meu lugar ao lado de Yale, mas a professora disse que ela não podia sentar ali porque Yale já tinha parceira. A competição de roupas parecia maior a cada dia e com direito a maquiagem de modelo. Depois de várias semanas sem pegar o livro da Fênix, resolvi lê-lo novamente.

"Cante a música e chame a criatura rara"

Essas eram as únicas palavras em uma folha enorme, como na primeira vez comecei a cantar a música triste que eu já sabia de cor, mas nada aconteceu e isso me deixou irritada me fazendo guardar o livro.

— Eu não vejo a hora de fazermos a sua festa — disse Lana na terça-feira pela manhã.

— Eu não quero festa — trinquei os dentes.

Meu aniversário é amanhã e eu não consegui fazer ninguém desistir da festa.

— 29 de fevereiro, o dia da pequena Ivi — zombou Tony.

Minha cara estava quente, mas era melhor relaxar, cantei a música do livro bem baixinho, ninguém poderia ouvir. **"Na verdade, eu sou... nam nam nam"**, quando eu cantava me sentia mais calma.

Hoje vesti a blusa da tabela periódica em cima da blusa de frio e finalmente o frio começou a cessar, meu cabelo levantou um pouco, mas hoje as janelas estavam abertas. Olhei para o garoto ao meu lado como sempre fazia, mas fui surpreendida, Yale estava olhando para mim e eu não estava com o chapéu para inutilmente me esconder. Não consegui desviar os olhos e ele continuou me encarando, seu rosto parecia macio, os olhos curiosos me deixaram tímida e senti o rubor em meu rosto esquentar.

— Yale? — alguém chamou, mas ele não reagiu e eu continuei presa ali, meu estômago parecia cheio de vida, sempre que olhava aquele garoto, sentia algo diferente, como agora, mas não sei explicar o que é... — Yale? — chamaram novamente, a voz era bonita e todos se viraram para olhar, eu podia sentir os olhares. Melina olhou para mim seguindo o olhar de Yale, que não se importou com a prima ou com a plateia, mas o olhar gélido que ela me lançara me incomodou e me tirou do transe em que estava.

Olhei para as perguntas respondidas no meu caderno e por sorte a janela ficava ao lado para me distrair.

Por que ele me olhava daquele jeito?, me perguntei.

— O que fez para chamar a atenção de Melina? — perguntou Lana curiosa.

— Nada. — Abaixei a cabeça para que ela não perguntasse o que me atormentava.

O refeitório estava abarrotado como sempre, mas mudei de ideia quando encontrei os olhos de Yale me fitando.

— Eu vou para a biblioteca — disse, me virando automaticamente.

— Ivi, você tem que comer, até parece que os livros que você lê têm doce e...

— Qual é, Tony!? — interrompi. — Vai dizer que não gosta de viajar na "maionese" — fiz aspas com os dedos.

Tony olhou para Lana querendo saber o que perdera, mas Lana também não sabia.

— Estou lendo um livro de gírias — respondi à pergunta que estava em seus rostos.

— Sinto dizer, amiga, mas essas estão ultrapassadas, devem ser do século passado, no mínimo; não leia mais essas coisas, ok — disse Lana e todos rimos.

A mulher com cabelos de algodão estava lendo um livro de romance e sempre arregalava os olhos quando lia algo exageradamente romântico, era o que parecia. Fui para o segundo andar, olhando os livros mais altos que ficavam perto das grades de madeira que iam até a escada. Um livro com letras pequenas chamou minha atenção, olhei a escada com rodinhas e comecei a subir, o livro escolhido estava na última prateleira, enquanto tentava tirar o livro do lugar, algo que eu não esperava, e não estava em meus planos, aconteceu, a escada virou comigo me jogando para trás, fiquei pendurada na escada longe das grades do corredor e longe do primeiro andar, preparei a garganta para gritar. A escada não iria aguentar por muito tempo, pelos meus cálculos se partiria no meio das grades de madeira onde estava apoiada.

— Yale, por favor, me ajude... — Não sei de onde ele veio, estava tão nervosa que não percebi sua presença.

— O que pensa que está fazendo aí? — ele parecia irritado.

Eu estava pendurada, segurando o último degrau de uma escada que a qualquer momento se partiria ao meio, se eu caísse me machucaria, poderia até quebrar um braço, e ele ainda me fazia perguntas.

— Pode chamar alguém para ajudar você a me tirar daqui? — perguntei com voz irritada e nervosa de repente.

Ele pegou na escada e puxou para o lugar de onde não devia ter saído sem fazer careta ou esforço de quem coloca muita força, eu sou magra, mas para fazer aquilo era preciso mais pessoas para ajudá-lo, ele segurou e esperou eu descer como uma lesma tremulante, eu não estava sentindo minhas pernas, e como sou teimosa peguei o livro.

— Obrigada. — Minhas pernas estavam sem controle me fazendo sentar ali mesmo, vi Yale arrumar a escada na prateleira e consertar a roda de aço que soltara em cima. — Se importa em me dar uma mãozinha? — Estiquei a mão e ele a olhou por alguns instantes. — É, eu já estou abusando da sua ajuda, não é? — Coloquei a mão na perna, que não parava de tremer.

— Claro que não — respondeu estendendo a mão com um sorriso sem dentes.

Estiquei a mão e ele segurou me ajudando a ficar de pé e mais uma vez eu senti uma força diferente, um choque, sei lá o quê… A mão dele era macia, mas quando percebeu que eu estava equilibrada, soltou minha mão rapidamente e me olhou tão confuso quanto eu, se virou e saiu.

Meus amigos me esperavam na sala e parecia que estavam discutindo alguma coisa óbvia.

— Tony, me dê sua mão. — Olhei em volta e Yale e a prima não estavam presentes, meus amigos me olharam achando hilária, imaginando que eu estava lendo livros de magias ou coisa do tipo, mas a mão de Tony estava normal, não senti nada de diferente.

— O que houve? — perguntou Tony.

— Nada. — Os dois sorriram e sacudiram a cabeça.

Talvez tenha sido o medo que provocou o "choque", pensei enquanto ia para casa, ele é muito forte…

Meus pais me abraçaram quando acordei e mandaram minha irmã me abraçar também, mas ela disse que teria o dia todo para me abraçar e me felicitar, eu até gostei, não gosto de ser o centro das atenções. Na escola Lana não desgrudava de mim. A marca no meu pulso queimava e meu corpo parecia uma geladeira de frio.

Oficialmente 17 anos.

— Você devia ter se arrumado, esse sapato, essa jaqueta… — disse Lana, sacudindo a cabeça. Meu sapato amarelo é quente e confortável e minha jaqueta me ajudava com o frio. Talvez, se não fosse o frio e meu pulso não queimasse como em um animal que recebe o selo do dono com um ferro que acaba de sair de uma fornalha, eu estivesse melhor, até mesmo alegre. Consegui despistar Lana demorando no armário e mandando ela ir na frente, fui na enfermaria medir minha pressão, que sempre foi normal, Julieta, a enfermeira da escola, disse que tudo estava normal, eu agradeci e sorri.

Sentei no banco de sempre e fiquei observando o céu.

— Parabéns — disse uma voz familiar e que sempre deixava meu coração acelerado, Yale, me virei confusa.

— Como você?...

— Seus amigos falam um pouco alto — respondeu.

— Obrigada! — sorri em resposta.

Se anjos existem de verdade, Yale os deixaria com inveja, ele deu um sorriso e as covinhas apareceram deixando-o mais perfeito. Ele olhou para o céu me deixando livre de seu olhar, foi quando percebi que minha jaqueta estava esquentando e o frio sumindo de repente.

— Não estou com frio? — me perguntei, mas falei alto demais e Yale me olhou confuso.

— A temperatura é 38 graus — ele respondeu como um detalhe óbvio.

Eu o olhei nos olhos azul-escuros, era como se ele tivesse trazido o calor e me deixado aquecida, com a temperatura normal, como qualquer outro ser humano que vive no paraíso tropical. Ele devia me achar maluca com aquela jaqueta.

— O que estava olhando? — perguntou ele ainda olhando para o céu, tirei a jaqueta e amarrei na cintura. — Você não parece feliz para quem está aniversariando hoje. — Ele me olhou.

Será que estava tão óbvio?

— Eu adoro admirar o céu — respondi sem vontade, ele sorriu pensativo, mas deixei passar. — Este ano é bissexto, sou do dia 29 de fevereiro; quanto ao aniversário, eu não gosto de surpresas e sei que estão tramando nas minhas costas.

Ficar perto dele era bom.

Mas como tudo que é bom dura pouco, as coisas ao meu redor começaram a rodar e o meu equilíbrio estava trêmulo e eu estava desmoronando em direção ao chão, a única coisa que percebi foi o lindo rosto de Yale que também girava, meu sangue parecia lava de vulcão em minhas veias. Esperei sem controle o chão de concreto que me machucaria com a queda, mas algo me impediu evitando que eu caísse.

— Ivi?... — chamou a voz que deixava meu nome doce.

— É... — tentei falar, mas tudo estava rodando e a escuridão me alcançou fechando meus olhos.

— Você está bem? — a voz melodiosa agora estava angustiada.

Algo tocou meu rosto, devia ser alguma coisa cara porque era tão macio, leve e me tocava com carinho, afagando minhas bochechas, o fogo que queimava minhas veias começou a cessar. Abri os olhos para me localizar, será que estava sonhando ao ver Yale Mackenzie tocando meu rosto?

— Você está bem? — perguntou novamente, tirando a mão do meu rosto.

— Onde estou? — Perdi a noção de tudo quando seu rosto apareceu na minha frente. Estava deitada, ele me ajudou a levantar e como sempre senti a mesma sensação diferente, mas era uma sensação boa. E quando ele sorriu, percebi que me segurava nos braços para eu não cair novamente.

— Você está sentada, ou melhor, deitada — respondeu.

— Mas eu estava... como cheguei... — ele me colocou no banco ao perceber que eu estava bem. Fiquei sentada ao seu lado, ele me olhava minuciosamente como quem procura alguma coisa, mas não sabe o que procura.

Olhei para seus braços e tive vontade de voltar e tocar seu rosto, seus braços eram tão confortáveis, era melhor que minha cama, pensei, sacudindo a cabeça, acho que não estou 100% bem, pensei. — Posso te fazer um pedido? — Ele assentiu sem entender. — Não diga a ninguém que eu desmaiei, eu estou bem e não quero preocupar ninguém. — Esperei a resposta enquanto ele pensava, pela primeira vez desviei os olhos do rosto dele e percebi que era musculoso, não do tipo exagerado, era um modelo para modelos, as roupas caíam bem, ele ficava lindo de amarelo, suspirei, eu devia me afastar, perto dele eu só penso bobagens.

— Tudo bem — disse levantando-se e me olhando nos olhos. — O que gostaria de ganhar? — A pergunta me pegou de surpresa.

— Não preciso de nada — sorri. — Já ganhei o melhor.

— É incrível como raridades existem, são delicadas e quebradiças... — disse andando a passos largos e me deixando confusa.

Na educação física Lana conseguiu "enrolar" o professor com a desculpa do meu aniversário, me colocando em uma situação pior do que fazer flexões ou correr em volta da quadra. O professor chamou todos os alunos para cantar parabéns. Perfeito, o troféu de mico do ano já era meu, Lana me empurrou para o meio e começaram a cantar, meu rosto estava vermelho de vergonha, tentei sair, mas todas as vezes me impediram. "E o Oscar de maior mico do ano vai para Lívia Lins, a estranha", pensei.

— Obrigada. — Minha voz saiu quase inaudível.

— Como presente, pode ficar no banco — disse o professor, como se o mico que paguei não fosse o bastante para a aula; meus amigos me abraçaram rindo de mim. E pelo canto do olho percebi que Yale me olhava do fundo da quadra.

Chegar em casa era a última batalha a enfrentar; à primeira vista tudo estava tranquilo como devia estar, tomei banho e me vesti com a porta trancada, mas estava calmo demais, Sérgio sempre ficava no meu pé no meu aniversário, talvez pela primeira vez tenham me ouvido e não fizeram festa.

Mas quando cheguei na escada o tradicional coro de parabéns começou, tentei parecer alegre e surpresa. Eu sabia que não dava para confiar no silêncio repentino. Na sala estavam meus amigos com seus pais, o namorado de Patrícia e uma de suas amigas que usava mechas amarelas, e no meio da sala estavam meus pais com sorrisos de orelha a orelha e cantando.

Meu pai me deu uma caixa grande e exigiu que eu abrisse, era um notebook, eu gostei. Minha mãe, uma caixa menor, e lá estava um celular moderno, com base no design era o que todos os fissurados em tecnologia sonham em ter, os outros presentes eu deixei para abrir depois da festa, para cortar o bolo.

— Pelo menos seus pais se importam com a tecnologia, você sabe o que é isso, não sabe… não sabe? — zombou Lana apontando para os eletrônicos.

— Não exagera, Lana, tenho certeza que sei mais coisas que você…

— Eu aposto em você, Ivi! — disse Tony me interrompendo.

— Não sei o que faço com a galera nerd — disse Lana.

A música eletrônica aumentava aos poucos enquanto Patrícia estava imitando as dançarinas dos vídeos. Até que foi divertido, todos foram embora cedo porque amanhã tem aula, levei os presentes para o quarto com um sorriso de gratidão. Lana me dera um urso de pelúcia um pouco grande, Tony dois livros: *Amor de perdição*, uma linda história de amor, porém muito trágica, e *Dom Casmurro*, outro lindo romance, de Bentinho apaixonado pelos olhos de ressaca de Capitu, dois clássicos da literatura brasileira, agora entendo a curiosidade dele em saber se eu tinha todos os clássicos. Minha irmã me deu um estojo de maquiagem, o namorado de Patrícia e a amiga me deram caixas de bombons.

Eu sorri e coloquei todos os presentes em lugares de destaque, mas por mais patético que pareça eu esperava ver Yale na festa, que bom que ele voltou a falar comigo, apesar da situação eu adorei estar em seus braços, foi um ótimo presente.

Fiz um gráfico mental e com base nas probabilidades observadas a chance de estar nos braços de Yale novamente seria de 0000,01 a 0000,03, isso se eu desmaiasse perto dele e ele me ajudasse. Suspirei! Era mais fácil ganhar na loteria.

Joguei os sacos de presentes no lixo para ir dormir, quando voltei para o meu quarto, no meu travesseiro preferido havia uma linda flor, ela era branca como marfim; quando a peguei, um brilho discreto caiu de suas pétalas deixando-a delicada; não precisei colocá- la perto do meu nariz para sentir seu cheiro maravilhoso. Fiquei alguns minutos, talvez horas, apreciando a flor branca, o presente mais simples e que mais gostei de ganhar. Pode parecer cruel com os outros presentes, mas não sou materialista, nas horas vagas sou romântica e adoro flores, mesmo que eu pareça gostar da praticidade é o romantismo que me atrai.

Uma leve brisa fez cócegas em meu rosto, olhei para as árvores do bosque, era como se alguém me olhasse de lá, talvez um pássaro?...

— Quem está aí? — perguntei feito uma idiota, como se tivesse alguém ali nas árvores, e como não tive resposta, sussurrei para o vento bem baixinho. — A flor é o segundo melhor presente que ganhei hoje, o melhor foi... é segredo — sorri e fui para a cama dormir com a flor ao meu lado.

Desde o dia em que cheguei atrasada na aula de química, sonho com Yale Mackenzie, todas as noites, e todas as minhas lembranças com ele me procuram à noite, é inevitável, mesmo ele ficando calado ao meu lado todos os dias. Eu o observo mesmo sem querer, é inútil tentar negar, eu talvez esteja ficando obsessiva como as demais garotas que ele ignora, mas o meu clube é solitário, apenas eu e eu, até minha melhor amiga não é bem-vinda no mundo sombrio da minha mente.

Yale estava com raiva de alguma coisa, observei, ele ficava batendo o dedo indicador em cima da mesa sem parar, isso não era típico dele.

Geralmente quando uma pessoa tem esse tipo de comportamento está preocupada, com raiva ou algo do tipo, fiz uma pesquisa há algum tempo sobre comportamento humano, para eu afirmar tal pensamento.

— Aos tagarelas de plantão peço silêncio — disse o professor Andrade, que dava aula de biologia. — Em duas semanas faremos o passeio de conhecimento, estudo de campo. — Os alunos começaram a assoviar de alegria interrompendo-o.

— Nesse passeio iremos conhecer a natureza, alguns laboratórios e outras atividades, os professores de história e geografia também irão. — Ele entregou as folhas para os pais assinarem autorizando e outra explicando com detalhes o passeio.

Não era exatamente um passeio, e sim um acampamento, para os alunos aprenderem a viver com a natureza.

— Entreguem esses formulários a seus pais e tragam amanhã. — Ele se virou e começou a aula.

— Esses passeios são ótimos — disse Tony. — Vamos ficar na mesma barraca quando escurecer — ele sorriu para Lana.

— Até parece que vou deixar Lívia sozinha... — Eles discutiram até o professor mandar todos fazerem silêncio novamente; olhei para a janela esperando impaciente a hora do intervalo. Estava me sentindo como qualquer outra pessoa na escola, os alvos para os falatórios eram Patrícia e companhia e o famoso quarteto "elite".

Minha rotina era a mesma e sempre me distraía tentando resolver os mistérios do livro estranho e da flor que aparecera em meu travesseiro no meu aniversário. Interroguei todos os suspeitos de ter deixado a flor no meu travesseiro, mas era fácil, percebi que diziam a verdade e que não me deram nada além dos presentes que ganhei.

Os dias se passavam e a flor continuava linda como na primeira vez que a vi, pesquisei na internet como é possível ela continuar linda e não murchar como é esperado, mas não encontrei nada parecido.

CAPÍTULO 7

Por favor, por favor... — Patrícia implorava para Clarice. — Esse show vai ser maravilhoso, eu não posso perder, por favor, mãe...

Joguei minha bolsa na escada e me joguei no sofá, vi pelo canto do olho minha mãe arqueando a sobrancelha, percebendo que os meus modos desde que voltei para casa mudaram, talvez a convivência com pessoas da minha idade tenha acordado meu lado rebelde e bagunceiro.

— Você só vai se Ivi for com vocês. — Eu olhei para as duas na cozinha sem entender como fui parar na conversa. — Você age como se ela não fosse sua irmã e está na hora de fazerem alguma coisa juntas — finalizou nossa mãe.

— Ah, não, mãe... essa menina não sabe nem se vestir — disse Patrícia.

— Eu não quero ir. — Deitei de novo no sofá.

— Olha aí, mãe... ela também não quer ir — disse Patrícia se comportando como uma criança de cinco anos.

— Eu já disse e está dito, você só vai se Lívia for e pronto. — Ela se virou para o fogão e mexeu na panela com carne cozida, com certeza essa era a palavra final.

"Na verdade, eu sou uma pobre dor A flor que broxou e um dia brilhou..." Cantarolei a música do livro enquanto ia para meu quarto.

Passei a tarde lendo o livro *O segredo da Fênix* e olhando a flor no criado-mudo ao lado da cama.

— Ivi?... — chamou Patrícia, com certeza querendo alguma coisa, ela só falava com a voz gentil quando queria algo. — Eu não posso perder esse show, já falei com Felipe e você já tem um lugar no carro.

— Eu não sei me vestir! — lembrei o que ela disse para minha mãe.

— Desculpa — ela suspirou forçando o drama. — Mas eu só posso ir se você for, eu sei que você não é rancorosa, por favor. — Ela sentou na minha cama esperando a resposta.

— Tudo bem, eu vou. — Sempre fui fraca para pedidos de desculpa, mesmo sabendo que era coisa de momento.

Ela me abraçou e saiu correndo para dizer à nossa mãe as boas novas.

Patrícia tem 18 anos, mas Sérgio disse que enquanto estivermos em sua casa teremos sempre 5 anos e seguiremos suas regras, só podemos sair de casa quando terminarmos o ensino médio e formos para a faculdade, mas as regras continuaram porque ele é o financiador dos estudos, se sairmos antes desse período de casa, estamos assumindo que engravidamos.

— Lana, minha irmã disse que vai ter um show amanhã, podíamos nos encontrar lá, o Tony leva você — falei olhando para ele, que confirmou.

— Não vai dar, tenho que fazer o trabalho de sociologia II, as atividades de português e a redação — ela suspirou pesarosa. — O que deu em Patrícia dessa vez? — Realmente era de espantar eu saindo com Patrícia, sorri.

— Clarice me colocou como opção e eu detesto ser chata — sorri. — Lana, o trabalho é só para segunda — lembrei.

— É, amiga, mas falta o de português, filosofia, duas folhas de cálculo, sem esquecer a redação de português. — Tony e eu ficamos de boca aberta. — Essa é a diferença entre vocês e eu, eu sempre esqueço dos trabalhos.

Não tinha como evitar, eu estava sozinha com minha irmã e seus amigos malucos. As amigas de Patrícia nos deixaram em casa na maior animação depois da educação física, foi a primeira vez que me deram carona no jipe das populares.

— Você vai sair com Patrícia? — perguntou meu pai com um sorriso animado em ver as filhas juntas.

— Minha boa ação para ela — respondi como se estivesse admitindo que seria enforcada junto com "Tiradentes".

— Fico muito feliz com isso — disse ele ignorando minha ironia.

Vesti a blusa branca com babados que comprei no shopping, a calça jeans e o sapato lilás apagado. Esperei Patrícia na sala olhando o namorado dela que ficava impaciente a cada segundo que passava, depois de meia hora de atraso ela apareceu na escada com um vestido preto cheio de brilho e uma maquiagem forte.

— Patrícia, é a primeira vez que você sai com sua irmã, tome conta dela e não demore muito — disse minha mãe na porta.

— Tá legal, mãe, agora vamos, Ivi.

— Estou confiando em você, Patrícia — disse Sérgio na porta da varanda sem esconder a alegria de nos ver juntas.

Passamos na casa de mais duas garotas e só descobri no carro que o show seria na cidade vizinha. Todos estavam animados e nem pareciam me notar no banco de trás perto deles. A banda era de adolescentes que estavam começando, segundo as conversas, e para meu espanto todos começaram a cantar junto com a música que tocava no carro. Acho que foi uma hora de viagem e finalmente chegamos no show, eu já não estava aguentando tanta gente cantando junto, os amigos de Patrícia já estavam na fila e nos colocaram na frente causando raiva em quem estava atrás.

Se eu fosse uma vidente teria esperado no carro, mas como não sou, cometi a idiotice de entrar com eles, os empurrões não eram nada comparados com o que estava por vir.

A música que tocava era alta e a claridade ficava nas barracas de comida e bebida, perto do palco era escuro com luzes coloridas e lasers verdes, essas cores estavam em toda as partes da entrada ao palco. Consegui acompanhá-los até o meio da multidão embaixo do globo de luzes que infelizmente me cegaram com os flashes e quando consegui me acostumar com as luzes eu já estava perdida, não tinha nenhum dos amigos de Patrícia, nem ela mesma para eu ficar calma. Corri e gritei, mas não adiantou, me enganei com várias pessoas pensando ser minha irmã, porque a maior parte das pessoas estavam de roupa preta.

Procurei por horas, mas era praticamente impossível encontrá-los, o espaço do show era muito grande e estava lotado de adolescentes pulando como malucos. Olhei para o céu e não tinha estrelas, as nuvens carregadas estavam a ponto de explodir, todos iriam se molhar porque nada era coberto além do palco e das barracas. Fiquei perto das barracas onde era claro e Patrícia logo me encontraria ou talvez eu a visse se estivesse comprando alguma coisa.

A chuva estava forte, pensei em esperá-los do lado de fora, mas logo mudei de ideia com um som muito alto de guitarra que ecoou por toda parte anunciando que a banda estava entrando no palco, todos gritaram em êxtase, a chuva era apenas acessório da multidão que gritava.

Não sei quanto tempo fiquei agachada ali perto das barracas, já estava cansada de procurar Patrícia, a chuva estava cada vez mais forte, pensei em várias maneiras de ir para casa, a primeira foi ligar para meus pais, mas deixei o celular em casa, para variar! Não dava para ir a pé porque o show era em outra cidade. Meus dentes estavam batendo uns nos outros de tanto frio, mas não tinha outro lugar para ficar, o melhor lugar era perto do muro, que ajudava a diminuir o vento, nas barracas não deixavam ninguém entrar ou ficar perto para não atrapalhar as vendas. Abaixei a cabeça sem saber o que fazer, eu nunca fiquei numa situação como esta, eu só precisava me acalmar para raciocinar direito.

— Lívia? — chamou uma voz doce e familiar, levantei a cabeça, não deu para ver o rosto da pessoa que me chamava, mas eu sabia que era Yale Mackenzie. — O que está fazendo aqui sozinha? — perguntou.

— Eu... é... — Os dentes não ajudaram. — Me perdi da minha irmã...

— Quer ir para casa? — perguntou, ele também estava encharcado.

Eu não queria deixar Patrícia, mas não sabia se a encontraria, talvez ela nem tivesse percebido que não estou com ela, pensei enquanto decidia.

— Quero — disse com voz tremulante de tanto frio, ele gesticulou para que eu passasse em sua frente, minhas roupas estavam encharcadas e a chuva não parecia que iria parar, com base na meia hora sem cessar um segundo, enquanto eu me espremia no muro tentando fugir um pouco do vento; geralmente essas chuvas fortes que não diminuem um instante podem durar até a noite toda.

Eu estava andando devagar, minhas pernas estavam duras de frio, mas Yale não parecia impaciente com minha lerdeza.

De longe pude ver o carro que Tony dissera ser dos Mackenzie, que mesmo na chuva forte brilhava reluzente, olhei para Yale, ele parecia calmo e relaxado olhando para a frente, todas as garotas se viravam para olhá-lo, mas seu rosto estava sem expressão.

Ele desligou o alarme do carro quando nos aproximamos e me lembrei das minhas roupas encharcadas.

— Yale, não acho uma boa ideia — eu disse quando ele abriu a porta do carro para eu entrar. Ele me olhou por alguns segundos.

— Não se preocupe, eu prometo que só a levarei em casa — disse entendendo errado.

— Não é isso, é que minhas roupas vão molhar seu carro. — Seu rosto ficou sereno novamente.

— Não se preocupe com isso — disse abrindo a porta.

Tirei um pouco da água do cabelo antes de entrar e por sorte os bancos eram de couro. Ele fechou a porta, dando a volta e entrando. Eu estaria me sentindo confortável se não fossem as roupas encharcadas.

O SEGREDO DA FÊNIX

Ele deu a partida e eu estava encolhida no banco depois de tirar os sapatos molhados.

— No banco de trás tem um cobertor, se aqueça com ele — disse delicado e gentil.

Pensei por um minuto e peguei o cobertor que mais parecia um edredom, o frio venceu qualquer sentimento de vergonha com relação a pegar o cobertor e sujá-lo.

— Cabem duas pessoas — eu disse com um sorriso tímido e ele retribuiu o sorriso.

— Obrigado, mas não estou com frio. — Ele não estava molhado, era como se suas roupas estivessem na secadora.

Olhei para ele e pensei em puxar conversa, mas não sabia o que falar e talvez ele não quisesse falar, desisti da ideia e me recostei no banco olhando para ele. Então, como uma ordem, a música do livro da Fênix me veio à cabeça e algo em mim exigia que eu cantasse, não resistindo ao impulso comecei a cantar bem baixinho.

— Você tem uma voz encantadora — disse ele olhando para mim.

— Obrigada — disse confusa, eu estava cantando tão baixo, como era possível?

— Se importa em cantar para mim? — Seus olhos me fitavam com intensidade.

Meu rosto ficou vermelho, mas seus olhos me convenceram, abaixei os olhos e comecei; quando cheguei no refrão, olhei para ele, que não piscava os olhos, ele parecia enfeitiçado e isso me deu inspiração para continuar. E o sorriso em resposta era branco e alegre.

— Você encanta meus ouvidos. — Ele continuava sorrindo. Fiquei em silêncio olhando para ele sem acreditar que estava ali, e o mais importante: com ele.

— É uma música que às vezes minha avó cantava, mas raramente ela cantava a letra, apenas usava lá lá... nam nam... — sorri. A temperatura estava ótima, eu já estava seca, mas não queria ficar sem o cobertor macio. — Você também gosta daquela banda? — mudei de assunto.

— Não, eu só vim para acompanhar minha irmã — respondeu.

— Minha nossa! Você a deixou lá? — quase gritei.

— Ela preferiu ficar e não a deixei sozinha, ela ficou com o namorado e com Melina. — Sorri aliviada, nos calamos até ele começar a falar cortando o silêncio.

— Continua lendo livros de princesas? — zombou ele.

— Não, aquele eu terminei — sorri ficando vermelha.

— Do que está rindo? — perguntou.

— Não sei, de mim mesma como sempre.

Olhei em seus olhos, o azul estava claro e intenso como se fosse meio-dia e sem nuvens, era impressionante como ele parecia ficar mais lindo a cada dia.

— O que estava fazendo no show? — perguntou depois de um tempo. Mordi o lábio inferior pensando em como fui idiota.

— Estava fazendo minha boa ação, minha mãe me colocou como opção tentando unir as duas filhas, mas como você percebeu não deu muito certo, eu tentei ajudar minha irmã e agradar minha mãe, em troca ela me esqueceu lá — fiz silêncio e depois continuei. — Obrigada, eu não sei o que seria de mim sem você. — Corei novamente.

Estávamos entrando na rua da minha casa.

— E agora? — perguntou parando antes de chegar na minha casa. — Vai entrar ou vai esperar por sua irmã? — ele me olhava esperando.

— Será que ela já está em casa? — me perguntei pensando nos prós e contras da situação.

— Provavelmente não, se sua irmã gostar da banda; e ela não teria coragem de entrar sem você. Porque seus pais ficariam preocupados e chamariam a polícia — terminou.

— Está com sono? — perguntei.

— Não.

— Então vou esperar aqui com você, se não se importar.

Ele desligou o carro, tirou o cinto de segurança e se virou para me olhar, sentando-se como eu, mas com os pés fora do banco.

— Ganhou muitos presentes? — Sua súbita curiosidade cortou o silêncio.

Era estranho ele lembrar de tudo que conversamos, não era assim que eu o imaginava, ou melhor, sempre pensei que populares fossem como minha irmã, sem noção.

— Sim, ganhei vários, o que eu mais gostei foi de uma flor branca que apareceu em meu travesseiro e até hoje é um mistério. — Ele ficou em silêncio e me olhando com intensidade, parecia que estava tentando entender o que eu disse. — O que está olhando? — perguntei sem graça.

— Acreditando no impossível — respondeu, mas não entendi.

A maioria das coisas que ele falava não fazia sentido para mim, ele tinha enigmas em suas repostas.

— Por que você é isolado?... — eu disse, mas ele me interrompeu.

— Você disse que não sou, mudou de ideia? — fez outra pergunta.

— Não. Por que vocês se isolam? — insisti colocando no plural.

— Preferimos assim. — Ele com certeza não ia falar mais nada sobre o assunto. Me abracei no cobertor macio, ele ainda me olhava.

— Adorei o cobertor — eu sorri para ele mudando de assunto. — É da cor dos seus olhos. A expressão de Yale endureceu.

— Por que sempre fica na defensiva quando fala comigo? — Ele estreitou os olhos. — Podíamos ser amigos. — Estendi a mão para ele.

Mas ele não respondeu, deixei a mão cair na minha perna desistindo, então ele afagou as costas da minha mão, o toque de sua mão macia não me assustou, como sempre me deixava alerta quando nos tocávamos sem querer. Era tão bom ficar com ele, sentir sua mão na minha, Yale olhou nossas mãos e me fitou com uma serenidade angelical, mas continuou calado. A marca em meu pulso aquietou-se enquanto ele segurava minha mão e me observava, não sei o que ele estava pensando, só sei que pela primeira vez me senti normal, completa.

— Isso é sinistro, não é? — Agora eu que o olhava. — A garota estranha querendo sua amizade.

— Você nem imagina como isso não está certo, as leis não permitem... e você é só uma humana... existem monstros de verdade, o estranho sou eu, pode acreditar. — Sua resposta desconcertante não ajudou em nada.

Me inclinei para a frente por impulso ficando perto dele.

— Que leis? Você só me deu uma carona...

— Você não entenderia... — ele sussurrou me interrompendo.

Nós dois estávamos inclinados a centímetros um do outro, ele me olhava com intensidade me deixando sem argumentos e me fazendo recostar no banco. Ele parecia indeciso com algum dilema, soltou minha mão e ficou de cabeça baixa pensando. Pensei que tivesse ficado com raiva de alguma bobagem que eu falei sem perceber, mas ele me surpreendeu levantando a mão para tocar em meu rosto, parando de imediato quando luzes de faróis de carro entraram na rua da minha casa.

— Sua irmã chegou — disse ele abaixando a mão e colocando o cinto de segurança. — Vou deixá-la na porta de sua casa e vou embora.

— Não precisa, você já fez muito por mim, agradeço.

O carro em que Patrícia estava parou na frente da nossa casa, ela sorria com as amigas sem sentir minha falta.

— Eu não quero criar mais problemas para você. — Toquei na maçaneta da porta para sair, mas ele me interrompeu segurando a minha mão; quando me virei seu rosto perto do meu me deixou sem jeito.

— Eu insisto — disse ele. — E você nunca vai me criar problemas.

Eu assenti incapaz de dizer não, ele sorriu e ligou o carro, embolei o cobertor nas mãos.

— Posso te entregar na segunda? — Mostrei o cobertor. — Ficou um pouco molhado.

— Sem problemas. — Ele pegou e jogou o cobertor no banco de trás. — Talvez me ajude a dormir — ele sorriu para si mesmo.

Ele me deixou confusa mais uma vez.

Parou na frente da minha casa, ele não seria reconhecido por causa dos vidros pretos e faróis acessos que deixavam os outros cegos.

— Obrigada, mais uma vez. — Ele assentiu. — Eu ainda não entendo… — E um sorriso branco apareceu em sua boca. — Se importa de me explicar na segunda?

— Eu não vou poder explicar, mas se quiser conversar no banco de sempre, estarei lá — disse com o sorriso. — Boa noite, Lívia. — Meu nome nunca ficou tão lindo como quando ele falava.

Era hora de descer e ir para casa.

— Boa noite, até segunda. — Abri a porta e saí.

Ele esperou que eu chegasse no portão e saiu cantando pneu. Todos ficaram boquiabertos quando me viram descer do carro, curiosos para saber se era quem estavam pensando.

— Obrigada por me trazer, Patrícia — eu disse com sarcasmo. — Como você é responsável! — continuei destilando ironias. — Nem percebeu que eu não estava com você?!

— Ivi, desculpa, eu estava... — ela parou e olhou para o namorado e as amigas que também não lembraram de mim e ficaram com cara de idiotas.

— Quem trouxe você? Você está bem? Lívia? — Ela pegou no meu rosto, se dando conta de sua irresponsabilidade.

— Não é da sua conta, e sim, eu estou ótima, obrigada por perguntar. — Abri o portão e entrei.

— Por favor, não conte a nossos pais — ela pediu vindo atrás de mim.

— É claro que eu não vou contar, mas não estou fazendo isso por você. — Eu não ia contar. Eu sei que minha irmã estava errada e sei que mesmo com tudo que aconteceu comigo a minha noite foi maravilhosa, meus pais iriam querer saber quem era o garoto que me levou para casa, seria pior. Andamos na ponta dos pés para não fazer barulho, tirei as roupas molhadas para um bom banho e só descobri o que estava faltando quando vestia o moletom listrado, pois não vi o sapato lilás junto com a roupa molhada.

— Lívia, temos que pensar no que vamos dizer quando nossos pais acordarem. — Ela saiu do banheiro e foi direto para meu quarto segurando uma camisola de seda vermelha, para se vestir enquanto pensávamos em algo.

Eu dei de ombros olhando para o tapete, talvez eu tivesse colocado o sapato encostado na parede perto da escada, pensei, mas Patrícia respondeu minha dúvida.

— O que houve com seus sapatos, por que chegou em casa descalça? — perguntou colocando as mãos na cintura.

Claro! Eu desci do carro e saí esquecendo o sapato embaixo do banco, eu devia estar envergonhada, apenas sorri.

— Eu tirei os sapatos e esqueci no carro do meu carona — respondi.

— Por que está assim?

— Assim como? — Não entendi a pergunta dela.

— Com um sorriso bobo e toda animadinha, a propósito quem te deu carona?

— Saímos, nos divertimos, voltamos e foi só, você ficará livre de um castigo e me deixará em paz.

— Eu sou sua irmã mais velha...

— Você não acreditaria — interrompi. — E no momento o seu grau de responsabilidade está baixíssimo.

— Você está parecendo uma adolescente birrenta igual a todas as outras, o que quer que eu diga sobre seus sapatos? — Ela ficou irritada.

— Eu sou uma adolescente — lembrei a ela. — E não precisa se preocupar com os meus sapatos. — Deitei na cama e fiquei olhando para ela enquanto me cobria. — Estou com sono — sibilei.

Ela saiu resmungando para seu quarto, definitivamente essa madrugada foi a melhor de todas, pensei. Yale apareceu em meus sonhos novamente e eu dormi feliz com sua presença em meus sonhos.

O despertador insistia em fazer barulho para me acordar, o sol estava alto clareando o quarto.

— Bom dia! — disse minha mãe. Eram dez da manhã quando fui tomar café. — E então, como foi o show? — Ela estava curiosa como eu já imaginava. — Foi legal — falei tentando aparentar empolgação.

— Patrícia levantou antes de você, lavou as roupas de vocês duas, ela disse que a chuva foi forte. — Apenas assenti.

Voltei ao quarto para arrumar a bagunça e vestir o short de final de semana. Meu rosto estava corado, um sorriso involuntário de alegria. Meu celular começou a tocar, saí da frente do espelho, com esperança de que fosse Yale do outro lado, mas não era, e ele também não tinha meu número.

— Oi, Lana! — falei ao atender o celular.

— E aí, como foi a festa ontem, arranjou algum gatinho?

— Não — respondi sem vontade.

Era verdade, Yale não conta, porque éramos amigos, eu acho.

Ela mudou de assunto falando de sua noite com Tony, e depois de muita conversa desligamos. Esperei Patrícia vir falar comigo, ela não apareceu. Sérgio e Clarice fizeram várias perguntas sobre o show, mas eu tinha a desculpa de que não conhecia os amigos de minha irmã e que tinha vergonha deles e tudo correu bem.

— Nem acredito que amanhã vou conversar com ele — disse começando a rir sozinha no meu quarto; só de pensar em Yale Mackenzie meu coração fica acelerado.

— Com quem?

Eu me assustei caindo na cama, era Patrícia na porta do quarto perguntando.

— Não sabe bater? — Fechei a cara.

— Quer dizer que a nova rebelde está namorando? — Ela ergueu a sobrancelha e fechou a porta, infelizmente ficando do lado de dentro do quarto.

— Não enche, Patrícia!

— Quer dizer que você aproveitou para ver seu "nerdzinho" e agora quer me deixar como culpada por você desaparecer?

O que Patrícia tinha contra os nerds, ou melhor, por que ela achava que era Tony?

— O que você está insinuando? — indaguei, me preparando para a guerra.

— Agora vai dizer que aquele garoto não alugou aquele carro para fazer charme a você! — ela sentou na minha cama e começou a me ameaçar. — Sinto muito, Lívia, mas mamãe e papai vão adorar saber dessa história — ela sorriu com satisfação, tentando se livrar da culpa que carregava na consciência.

Subi na cama e fiquei de frente para olhá-la nos olhos.

— Tudo bem, mas eu vou dizer a minha versão da história, sua falta de responsabilidade e ainda vou fazer questão de falar para mamãe procurar meu sapato e dizer que esqueci no carro de um estranho porque você não se lembrou de mim e ainda chegou rindo e que se eu não conseguisse uma carona estaria perdida em outra cidade... — Estreitei os olhos puxados e arqueei a sobrancelha, eu já estava irritada com aquela conversa que não ia dar em nada.

Patrícia me fuzilava com os olhos, entendendo que ela continuava errada e que eu não ia baixar a guarda para ela se dar bem com nossos pais. Eu não me importava se ela falasse para eles, eu só não queria arrumar problemas para Yale.

— Posso saber o motivo de vocês duas estarem se olhando desse jeito? — perguntou Sérgio abrindo a porta do meu quarto.

— Não é nada, pai, eu só queria que a Lívia me emprestasse seus olhos verdes. — Ela pegou no meu queixo. — Eu ficaria ainda mais linda, mas não quero ser confundida com orientais e não quero atrair aqueles meninos esquisitos que só sabem estudar... os famosos nerds como a Lívia. — Ela fez careta e saiu.

Passei o domingo andando no bosque com meu notebook, lendo os meus e-mails e pesquisando sobre a marca no meu pulso, que já dava sinal de que estava ali, mas me perdi quando lembrei de Yale pegando minha mão.

O que estava acontecendo comigo?

CAPÍTULO 8

Peguei minha bolsa e o celular, o caminho para a escola parecia maior que de costume. Acho que era a única aluna em toda a escola, exagerei no horário, era cedo demais, no mínimo meu relógio está adiantado, até imagino por quem, mas era melhor não pensar em formas de matar Patrícia. Fui para a biblioteca, mas estava fechada me obrigando a ir para a sala 8, onde teríamos aula de química. A sala estava vazia como imaginei, guardei minhas coisas na minha mesa e olhei da janela que tinha como vista a quadra de esportes. Pode parecer loucura o que eu vi, mas eu não estava maluca e nem sonhando acordada, a janela tinha vidro transparente.

Eu vi, sem nenhuma interferência, Yale sentado no telhado de zinco que cobria toda a quadra de esportes, me encostei na janela e continuei a observá-lo, estava sentado como se estivesse meditando, seus olhos estavam fechados, as mãos estavam em movimento e ele parecia brincar com a água, que seguia seus movimentos.

Fiquei boquiaberta sem conseguir piscar, ele estava movimentando a água no ar com as mãos? — me perguntei impressionada.

— Yale... — Minha voz saiu entrecortada e sem som, mas ele pareceu escutar, pois olhou na minha direção atordoado. Nossos olhos se encontraram e ficamos presos em uma surpresa evidente, não sei por quanto tempo.

— Ivi, o que está olhando? — perguntou Tony ficando a meu lado, olhei para ele e voltei os olhos para o telhado de zinco, mas Yale não estava mais lá.

— Estava esperando vocês — dei um sorriso e saí da janela.

— Você está parecendo que viu um fantasma — disse Lana me puxando para a cadeira. Ela queria saber como era andar com os "descolados" da escola, mas eu ainda estava resolvendo o que vira Yale fazer.

Yale entrou na sala atrás de Melina e com os olhos em mim, Lana foi para o lugar dela e ele sentou-se ao meu lado, meu coração estava irregular e meu cérebro formulava várias perguntas para interrogar Yale Mackenzie.

Lembrei do meu chapéu que estava no armário, ele não me cobria, mas dava a sensação e como sempre o desejo de olhá-lo venceu a vergonha.

Ele já olhava para mim, o rosto lindo era tão inocente que me perguntei se estava sendo injusta com minhas perguntas sem sentido, olhei suas mãos em cima da mesa branca e lembrei como eram macias, ele também me observava, mas não pude desvendar seu rosto.

— Hoje vamos fazer algumas experiências — disse a professora Eloísa, com seu jaleco branco e luvas, queria que pesássemos e colocássemos quantidades exatas dos líquidos de cor laranja que estavam em tubinhos de vidro, pegamos os uniformes médicos no armário da sala e luvas na mesa da professora. — Como percebem não dá para ser feito individual, se organizem que estou avaliando tudo.

— Eu posso pesar... — falei para Yale, que era meu companheiro na matéria de química, ele assentiu pegando os tubos.

— Quero isso antes do final da aula. — Ela olhou para nós dois, percebendo que a gente não parava de se olhar e não começava a fazer o trabalho.

Depois de meia hora de concentração, falando apenas do trabalho, terminamos em tempo recorde, continuando em silêncio e olhando para todas as partes exceto um para o outro. A professora ficou empolgada e orgulhosa de si mesma ao perceber que seus alunos estavam prestando atenção nas aulas.

As aulas foram lentas e mil vezes demoradas, entreguei meus trabalhos e ri com Tony ao ver Lana tentando convencer os professores de que entregaria na próxima aula; não teve sucesso e entregou os trabalhos dizendo que ainda faltava o importante, mas ela precisava de tempo.

Fiquei sentada no banco com os olhos nos meus sapatos vermelhos, que batiam um no outro enquanto eu balançava as minhas pernas. Yale disse que conversaria comigo, mas eu já não tinha tanta certeza, como tinha ontem.

— Oi — disse ele sentando-se no banco.

— O que estava fazendo no telhado? — Olhei nos olhos dele, sem me importar com a educação. Ele me olhou por um instante sem responder.

— Gosto de mágica — respondeu, sua voz era tão convincente que me deixou em dúvida por uma fração de segundos. — Cores fortes — disse mudando de assunto e olhando meus pés com um sorriso disfarçado. — A propósito eu esqueci de trazer seus sapatos.

— Não tem importância. Não veio de carro? — perguntei, agora ele olhava no meu rosto, sei que não devia agir desse jeito, mas não me contive.

— Sim, estou de carro, mas coloquei seus sapatos para secar quando os encontrei — suspirou relutante. — O que houve? Sua irmã contou alguma coisa para seus pais?

— Não. Até agora está tudo bem, ela não falou nada. — Ele falava, mas eu sentia que ele estava escondendo algo e isso me deixou curiosa.

Ele sorriu e eu não resisti e sorri junto, a mão dele estava apoiada no banco perto de sua perna e por impulso estiquei a mão para tocar com o indicador, mas ele tirou a mão ficando sério de repente.

— Você está me deixando confusa, você fala coisas sem sentido, disse que não poderia me explicar, anda em cima de telhados... — respirei fundo e continuei. — Está me escondendo alguma coisa! — Não era uma pergunta, eu tinha certeza de que ele estava escondendo algo muito importante, só não sabia o quê? As palavras saíram num jato antes que eu pudesse processar e falar.

— Como chegou na sala 8? — perguntou me deixando mais confusa, ele não respondeu minha pergunta, mas também não negou.

Não era bem essa pergunta que eu esperava como resposta, nos encaramos por um instante, era como se tudo girasse ao nosso redor, a marca se refazia em meu pulso.

— Ei, sorria! — eu disse; desistindo, ele retribuiu o sorriso.

— Você é uma garota diferente — ele se interrompeu. — E parece ser muito teimosa. — Uma leve brisa jogou meus cabelos para trás, não podia ser ele, suas mãos estavam cruzadas no peito, observei.

Patrícia todos os dias me enchia o "saco" para saber quando eu pegaria meu sapato, ela até se propôs a comprar outro, mas eu não deixei. Não consegui falar com Yale o resto da semana, acho que isso afetou meus sonhos, que ficaram confusos me deixando sem dormir direito. O que estava acontecendo comigo? Desde que conheci Yale Mackenzie essa era a pergunta que me fazia todos os dias, mas que nunca consegui responder.

— Professor, o senhor devia nos liberar do treino, amanhã é o passeio, a gente precisa descansar — disse Lana querendo ganhar o professor com uma desculpa esfarrapada.

— Sinto muito, Lana, mas os exercícios de hoje são especiais — o professor sorriu. E um coro de lamentação saiu da boca de todos os alunos, o professor apitou pedindo silêncio e mandou todos começarem a andar porque queria que déssemos dez voltas ao redor da quadra, para iniciar o aquecimento.

— Até amanhã, Ivi, e não atrasa! — disse Lana no portão em êxtase.

O cansaço era parte do caminho e eu teria que ir andando até em casa. No caminho lembrei dos meus planos para o próximo ano, ir para a faculdade e estudar medicina para finalmente descobrir o que há de errado comigo.

Um carro começou a diminuir a velocidade e me acompanhou, fiquei em pânico, era o que faltava ser assaltada, o pânico me fez tremer me deixando sem reação para correr ou gritar.

— Quer uma carona? — Yale parou o carro e esperou com um sorriso tímido mostrando as covinhas salientes quando sorria. Eu estava cansada, queria me deitar e seria ótimo, mas os pensamentos negativos me encontraram, eu aguento até em casa, sou forte, pensei. Olhei para baixo discutindo comigo mesma. — E então? — pressionou.

Ele me atrapalhou nos prós e contras.

— Claro! — respondi sem pensar, na verdade era o que eu mais queria, estar perto dele mesmo que por uns instantes.

Dei a volta e entrei, ele já segurava a porta à minha espera, tudo parecia o mesmo, exceto pelas roupas encharcadas, agora eram suadas.

— E então, está empolgado com o passeio? — perguntei.

— Gosto do ar livre. E você? Gosta desses passeios, não tem medo de se perder ou medo dos insetos?

— É muito legal, acho muito difícil eu me perder, gosto de insetos, é um dos meus passatempos estudá-los, e ando todos os dias no bosque perto da minha casa, estou acostumada. E você? Continua fazendo mágica? — perguntei. Pesquisei na internet, mas ninguém era melhor que ele.

— Não, desisti da carreira — disse ficando sério. — Amanhã eu levo seus sapatos.

— Gosta de pássaros? — perguntei vendo uma pena no painel, ele pegou antes de mim.

— Briga de travesseiros na garagem, coisas da minha irmã — ele sorriu diferente, talvez lembrando de alguma piada interna.

Eu sorri de seu sorriso, já estávamos na frente da minha casa quando ele parou.

— Gosto de conversar com você — sorri tirando o cinto, continuei sentada, ele ficou diferente, mas não entendi sua expressão.

Entrei em casa e fui bem recepcionada.

— Quem era? — perguntou Sérgio.

— Um amigo gentil — disse indo para a escada.

— O que o senhor gentil queria? — Ele estava sério.

— Nada, pai, e para de me tratar como criança.

Minha mãe reagiu diferente do meu pai, ela sorriu e não fez tantas perguntas, Patrícia me encarou a noite toda fazendo perguntas bobas e dando indiretas dizendo que eu estava namorando escondido.

Sábado era dia de acordar mais tarde, mas hoje era exceção, eu devia estar bufando, mas acordei alegre e entusiasmada. Meu pai, desconfiado das bobagens que minha irmã falou noite passada, não desgrudava de mim quando chegamos na escola.

— Sinto muito, mas a viagem foi adiada para o próximo sábado — comunicou o professor Andrade em microfone para que todos pudessem ouvir.

Olhei para todos os lados procurando Yale e o encontrei do outro lado do tumulto, ele já olhava para mim, meu estômago ficou inquieto, cheio de borboletas, meu rosto ardeu quando as covinhas apareceram em um sorriso tímido, ele segurava uma sacola que devia ser meu sapato.

Eu queria fazer algum sinal para ele, mas meu pai estava ao meu lado e não deixaria eu ir sozinha falar com ele, o que eu menos queria era ter que explicar ao meu pai como meu sapato foi parar nas mãos de um garoto.

Sielo, irmã de Yale, o interrompeu quando vinha na minha direção, ele olhou para a sacola entendendo, dei um sorriso envergonhado e sacudi a cabeça em negativa, olhando para meu pai para que ele entendesse. Sielo olhou-me por um segundo e o levou consigo. Eu assenti em suas costas, foi melhor assim.

— Para quem está dando sinal? — perguntou Patrícia me irritando.

— Me esquece! — disse saindo de perto dela, Lana veio ao meu encontro.

— O que ela fez dessa vez? — perguntou Lana.

— Está me vigiando, você acredita?! Desde que voltei, Patrícia está fazendo a cabeça de Sérgio para que ele não perceba que ela está aprontando — desabafei.

A semana estava me deixando embaraçada comigo mesma, olhei para o lugar de Yale, que estava vazio, todos os dias me martirizando e sentindo-me culpada. Resolvi dormir na casa de Lana na quinta-feira, para me livrar da minha irmã e ajudá-la a fazer o trabalho de matemática.

Depois que terminamos, tentei falar com Lana sobre Yale, mas não deu muito certo.

— Lana, como você se sente estando apaixonada e namorando Tony?

— Finalmente nos entendemos, estou muito feliz, ele me faz sorrir, me ouve, na verdade ele é maravilhoso, mas isso só aconteceu porque você ajudou nós dois. — Ficamos em silêncio por um momento. — Não vejo a hora de você arrumar um namorado, Ivi — comentou.

— Como você imagina um namorado para mim? — perguntei curiosa.

— Inteligente, legal e que goste de você — respondeu animada.

— Eu quero que ele seja o mais bonito da escola… — sorri para ouvir sua resposta e para ver se eu tinha chance.

— Hohouu… Isso não é bom quando se trata de Yale Mackenzie — ela sorriu da minha brincadeira pensando que era mentira, mas era tudo sério e bem verdade. — Ele é metido, se acha demais… ele não serve para você, amiga, vou fazer uma lista para encontrar o melhor. — Sorrimos e eu mudei de assunto dizendo que estava com sono. Eu estava frustrada, se minha melhor amiga acha que eu também não sou boa para ele, era melhor não aprofundar o assunto.

Lana tentou me confortar, mas a verdade é que eu não sirvo para Yale Mackenzie, suspirei, pelo menos eu não falei que meu coração fica irregular perto dele, ela iria me chamar de boba.

Fomos juntas para a escola conversando, que bom que ela não entendeu minhas indiretas deixando o assunto esquecido. Na sala de aula, Yale já estava em seu lugar ao meu lado, mas ele foi embora mais cedo e não falou comigo.

E novamente chegou o sábado, meu pai estava mais tranquilo, não estava a fim de ficar me vigiando, Clarice é mesmo um anjo, com certeza ela brigou com Sérgio para ele parar de paranoia e de ficar me vigiando, mas ele disse que nos levaria, eu e a chata da minha irmã, para o caso de ser desmarcado novamente.

Entrei no segundo ônibus quando me certifiquei de que Patrícia estava no primeiro, Lana sentou-se comigo e Tony à nossa frente, ficando o tempo todo olhando para trás para conversar com nós duas.

Chegamos no acampamento depois de três horas de viagem, o refeitório era de frente para os laboratórios, que eram de três andares, com uma sala que seria o vestiário perto dos banheiros, que eram no primeiro andar. Dormiríamos nas barracas como planejado, segundo Tony quem teve essa ideia foram as primeiras turmas, quando a escola foi inaugurada.

O prédio era dividido assim: história no primeiro andar, geografia no segundo e biologia no terceiro. Nesses passeios eram sorteadas duas turmas e para minha infelicidade a turma de Patrícia foi a escolhida para ir com a nossa, não era obrigatório todos os alunos irem, era apenas uma forma de fazer um passeio com estudo e com aula normal na segunda.

As barracas ficavam longe dos prédios para que tivéssemos a impressão de que era um acampamento normal longe da civilização. A única exigência era que os garotos ficariam do outro lado da linha imaginária que a professora de geografia criara.

— Pronto — disse Tony quando terminamos de armar nossa barraca, para depois irmos para o outro lado e ajudá-lo.

— Ele é tão lindo, devia ser modelo — disse uma garota da outra turma para sua amiga.

Eu segui o olhar das duas e meu coração palpitou quando vi que o alvo era Yale Mackenzie, sentado em um tronco na frente de sua barraca já armada, com uns metros de distância de frente para a minha. Ele olhava em minha direção e isso me deixou desnorteada.

— Vamos, Ivi — chamou Lana pegando minha mão. — O professor de história disse que teremos aula agora, depois almoçaremos, andaremos com o professor de geografia e às 16 horas teremos aula de biologia para finalizar. Os garotos fazem uma fogueira e todos nos reunimos e depois nos espalhamos para namorar. — Ela estava maravilhada.

Eu me sentia perdida depois da última aula e pelo que pude perceber eu era a única que estava assim. Os banheiros e o vestiário ficavam perto do refeitório, foi para onde fomos quando saímos da sala, ou melhor, as garotas. A fogueira estava acesa e grande o bastante para clarear tudo ao redor, algumas pessoas estavam contando histórias, outras andando e outros conseguiram refrigerante para dividir com quem estivesse próximo.

— Lana, você viu meu caderno de anotações? — perguntei.

— Não, eu não vi — ela respondeu sentando-se no tronco de árvore ao lado de Tony.

— Você viu, Tony? — perguntei.

— Não, você deve ter esquecido no laboratório de biologia, se não o encontrou aqui.

— Eu vou buscá-lo.

— A gente não pode entrar lá sem permissão — alertou Tony.

— Não se preocupe, ninguém vai me ver — eu disse saindo.

— Quer que eu vá com você? — perguntou Lana ficando de pé.

— Obrigada, mas não precisa — respondi distante e andando a passos rápidos.

Sair foi mais fácil do que pensei, o prédio era atrás de algumas árvores, esse seria o cominho mais rápido, mas o medo de andar no escuro me fez ir pelo caminho mais longo, andei pela estrada de acesso, que estava deserta, devia ter deixado Lana vir comigo, andar sozinha ali dava medo.

— Aonde vai, mocinha? — perguntou a professora de história, que parou de falar no celular. O susto me fez pular.

— Ao banheiro — respondi, ela assentiu me esquecendo e voltando a falar no celular. Entrei devagar com vontade de correr, pude ver pelo canto do olho a professora de história voltando para as barracas, isso significava que eu estava sozinha, suspirei aliviada, subi a escada mais calma, por sorte a porta não estava trancada, corri para minha mesa, encontrei meu caderno caído embaixo da cadeira, meu alívio quando o vi foi tremendo e por não ter sido pega violando as regras.

"miau, miau..."

Escutei quando cheguei na porta para sair, olhei para toda a sala, que estava escura, e vi na janela um gato branco que estava do outro lado da janela.

— Meu deus! — Corri para a janela, mas ele se fora, abri a janela para ver se ele tinha caído, mas não tinha nada na grama.

"miau, miau..."

Olhei para a parede e vi o gato na plataforma estreita que se estendia em toda a parede, ele miava com medo, tentei pegá-lo, mas ele se afastou, ficando com distância de dois metros, eu acho, e longe da janela.

— Como você chegou aí? — me perguntei.

O gatinho olhou para mim e miou, parecia um pedido de socorro, olhei a plataforma estreita, olhei para cima e por sorte vi outra plataforma igual. Eu devia voltar e falar para os professores, por ser muito perigoso andar na borda de um prédio sem segurança, principalmente quando se está alto e bem longe do chão. Mas eu não pensei nisso, só pensei em salvar o gatinho sem noção, que seria salvo por outra sem noção. Ele miou outra vez e eu criei coragem, arrastei a cadeira para a janela que seria usada como degrau e subi na borda do prédio. Os primeiros passos foram fáceis, mas cometi a estupidez de olhar para baixo, meu estômago revirou e isso não ajudou muito. O vento era mais forte e frio, com muita luta consegui chegar perto do gatinho.

— Vem gatinho, vem... — eu disse enquanto ele se esquivava, quando tentava pegá-lo. — Não precisa ter medo. — Isso não está ajudando, pensei, eu só estava me segurando com uma mão e ele ainda queria brincar, foi então que lembrei que teria de usar uma das mãos para voltar. — Eu sou mesmo uma tonta — disse para mim mesma, peguei o gatinho na mão e tentei voltar com mais dificuldade, mas estava conseguindo.

Quando estava no meio do caminho, ele olhou-me e arranhou meu rosto com unhas afiadas e por causa da dor e no impulso do momento soltei a mão que segurava a plataforma de cima e passei no rosto que ardia. O vento bagunçava meus cabelos e o grito ficou preso na minha garganta, enquanto eu caía de costas para o chão duro e coberto de grama verde que me esperava. Se tivesse sorte quebraria várias partes do corpo, mas o resultado final não tinha muitas variações, de que eu me salvaria.

A queda parecia lenta, talvez a morte estivesse me dando uma oportunidade de pensar na minha família, em meus amigos e por último em Yale Mackenzie, pensei em toda minha vida patética em segundos. Meus cabelos esvoaçavam em meu rosto, fechei os olhos, minha garganta continuava presa impedindo que meu grito irrompesse a noite, anunciando minha morte, talvez fosse melhor assim..., pensei. Meus braços livres no ar sem gravidade e assim realizando meu sonho de voar, mesmo que por pouco tempo e pela primeira e última vez.

Algo atrapalhou o trajeto, o vento continuava forte, procurei o chão ou alguma coisa sólida, mas nada encontrei. A morte não seria tão boa a ponto de não me deixar sentir dor, eu podia me encaixar em quase suicida, minha vida era cheia de desastres que pareciam querer me levar à morte em qualquer oportunidade.

Alguém segurou na minha cintura, arregalei os olhos para acordar desse pesadelo. Que estranho, a parede branca do prédio continuava ali, mas a grama verde estava longe dos meus pés, olhei para minha cintura e vi um braço à minha volta, a força voltou na minha garganta e o grito de desespero ia saindo automático, mas uma mão me impediu de gritar tapando minha boca. Olhei para trás assustada, e me acalmando quando vi que era Yale Mackenzie atrás de mim, era ele que me segurava, e atrás dele havia algo que jamais passaria despercebido.

Ele tirou a mão da minha boca devagar, sem desviar os olhos dos meus, e de repente senti algo molhado e duro embaixo dos meus pés, Yale tirou a mão da minha cintura, e percebi que era na grama que estava pisando, finalmente estávamos em terra firme.

Com muito esforço consegui desviar os olhos dos de Yale, e olhar para o que havia chamado minha atenção antes, ele se afastou um pouco, sem virar as costas para mim, mas eu podia ver atrás dele, eram asas vermelhas enormes com um dourado radiante. Ele não tinha como esconder, mesmo com elas fechadas como estavam.

— O quê... o quê... — gaguejei sem terminar.

— O que você estava fazendo pendurada naquela parede? Virou suicida? — ele falava com raiva, sua expressão era severa. Fiquei calada, olhando para ele sem acreditar no que meus olhos viam. — Por que não procura outro meio para morrer? Não pode esperar a velhice? Humanos...

— Eu... eu, é... — gaguejei tentando me acalmar. — Eu estava tentando salvar um gatinho — respondi. Sua expressão mudou, ele me olhou incrédulo com minha resposta, sacudindo a cabeça.

— Ivi, não tem gato nenhum. — Sua voz ficou mais tranquila.

— Tem sim, está aqui! — insisti, levantando as mãos vazias.

— Não é possível, ele até arranhou meu rosto. — Passei a mão no rosto, mas não tinha nada, nenhuma cicatriz ou algum vestígio de sangue.

Nos encaramos por alguns segundos.

— Agora é sua vez, por que tem asas? — Aquela conversa estava estranha e sem sentido.

— Isso não é da sua conta — disse ríspido.

Seu corpo perfeito era de tirar o fôlego, ele estava de calça jeans e camisa preta, quase não consigo me concentrar nas minhas perguntas, mas a teimosia junto com minha curiosidade me ajudou.

— É da minha conta, sim — suspirei tentando manter a calma, aquilo parecia irreal. — Se não fosse por você, eu não estaria viva agora! Como fez isso, é algum tipo de anjo da guarda? Ele suspirou e sorriu com minha pergunta boba até para mim, mas eu não tinha muito o que pensar ou dizer, isso fez as asas aparecerem um pouco mais atrás de suas costas.

— É claro que não. — O sorriso diminuiu, mesmo assim eu me sentia uma idiota, mas eu não ia desistir. — Ficamos flutuando no ar e nem tente dizer que era mágica — disse me recompondo. — Confie em mim. — Abaixei a guarda, tentei me aproximar, mas ele se afastou.

— É complicado — disse ele baixando a guarda também.

— Tenho certeza que já vi e ouvi coisas mais complicadas. — Pensei na marca do meu pulso, aquilo era estranho e complicado para explicar. — Eu sei guardar segredos e acho que é melhor você me contar, não quero pesquisar a seu respeito na internet — eu sorri para acalmá-lo. Sempre fui boa em conseguir acessar sites bloqueados do governo para saber sobre a marca no meu pulso.

— Eu sou um idiota.

— Obrigada! — agradeci calorosamente. — Desculpe — sussurrei envergonhada. — Você não é idiota, a estranha sou eu... — Ele já estava se virando quando terminei, as asas eram quase do seu tamanho, mas não pude ver direito porque estava escuro.

— Não é sua culpa — ele sussurrou para me olhar de esguelha, por uma fração de segundos tive a impressão de ver em seus olhos um amarelo ofuscante, mas acho que era efeito do susto.

Yale entrou na mata escura e sumiu. Tentei voltar para o acampamento, mas meu coração começou a se apertar como se estivesse derretendo, meus joelhos ainda tremiam me obrigando a sentar na grama.

— Você ainda está em choque, acalme-se. — Ele estava ao meu lado, normal como qualquer garoto, sem asas e com uma jaqueta de mangas verdes cobrindo a camisa preta.

— Desculpe se a assustei — sussurrou.

— Você nunca conseguiria me assustar — disse ficando de pé.

Algo no que eu disse deixou Yale pensativo e sério, fazendo-o voltar de onde saiu.

A noite foi longa, meus amigos estavam animados, tentaram me ensinar a dançar, mas eu disse que estava cansada porque subi e desci as escadas correndo, e sem êxito, menti dizendo que a porta do laboratório estava trancada. Todos falavam alto e ao mesmo tempo. Segundo Lana, era para dar a impressão de que estávamos em uma boate curtindo música eletrônica e fingir que o computador que tocava era um carro famoso que sempre animava festas.

Não consegui esquecer o que vira, dormir foi impossível.

Olhei o celular para conferir a hora, faltavam alguns segundos para as três da madrugada, vi minha fiel amiga dormindo ao meu lado e saí. Todos estavam dormindo, andei sem me preocupar em tropeçar, porque a noite estava clara, a lua devia ter pegado um pouco de brilho do sol, ela estava linda. Sentei nos troncos perto da fogueira apagada e me abracei para pensar.

— Ainda não entendi o motivo de você ficar pendurada no terceiro andar de um prédio e... — ele não terminou.

Meu coração acelerou.

— Eu vi um gato na janela, até o segurei na mão, mas não sei o que aconteceu... E você, vai me contar?

— Talvez outro dia, agora quero saber de você.

— Fale baixo, alguém pode nos ouvir — sussurrei.

— Garanto que não tinha gato nenhum, você se enganou. — Lancei um olhar de reprovação.

— Digamos que eu possa rastrear coisas... — ele sorriu de leve pensando em algo distante. Ficamos em silêncio enquanto eu pensava no que ele acabara de revelar.

— Não está tentando me convencer de que estou vendo coisas, está?

— Sentiu falta disso? — Ele era especialista em mudar de assunto. Yale mostrou uma sacola, me entregando.

— Meu sapato! Obrigada por não esquecer, finalmente vou me livrar das paranoias da minha irmã.

— Paranoia? — perguntou sem entender.

— Sim, Patrícia colocou na cabeça que eu estou namorando Tony, já fez a cabeça do nosso pai e tudo... — Ele me interrompeu.

— Tony? — perguntou surpreso. — Pensei que ele era namorado da sua amiga.

— Correto! Mas para minha irmã, que nunca percebe o que acontece comigo... Segundo ela era Tony que dirigia o carro preto na noite do show e na sexta, para se exibir para mim — eu sorri com o final.

— Desculpe pela confusão — disse ele.

— Prefiro que ela pense assim, não quero causar problemas com suas leis, nosso pai tem um livro de regras para nós duas também.

— Está na hora de irmos dormir — ele disse mudando de assunto novamente.

— Não quero dormir, eu quero conversar e entender o que aconteceu. — Cruzei os braços e fiquei de pé em sua frente.

— Podemos conversar quando amanhecer, todos vão fazer trilha para chegar no rio. — Ele estreitou os olhos azuis do meio-dia. — Podemos ficar e conversar, se quiser.

— Você promete?

— Prometo, agora vá dormir.

Nos olhamos por alguns segundos, meu coração batia irregular.

Então Yale deu um passo que o aproximou mais de mim. Ele tocou com a mão direita em meu rosto me fazendo fechar os olhos com o toque macio de sua mão.

Quando abri os olhos ele me olhava como quem admira algo divino. Meu cabelo levantou como sempre acontecia na sala de aula, ele suspirou e atravessou a linha imaginária que dividia nossas barracas, entrando na sua barraca sem olhar para trás.

Sobre Yale Mackenzie? Eu só sei que se ele fosse uma matéria didática me daria várias perguntas. Não sou a única que precisa de respostas, eu podia sentir.

Dormi com o coração irregular de tanta emoção.

— Ivi, acorda! — chamava Lana.

— Argh — gemi. — O que é...

— Vamos nos arrumar antes que os garotos acordem. — Ela puxou meu cobertor.

— Não precisa se preocupar, ninguém vai olhar para mim. — Voltei a fechar os olhos.

— Todas as garotas fazem isso e você não vai ser a única despenteada.

— Tudo bem, tudo bem... — Era melhor aceitar, ela não ia me deixar dormir mesmo.

Todas as garotas estavam lá no banheiro, algumas maquiadas, outras se arrumando, Patrícia e companhia se exibiam na frente do espelho, a sorte das outras garotas era que o espelho ocupava a parede inteira. Lana fez amizades com outras garotas que pediam ajuda e emprestavam maquiagem. Fui para o lado esquerdo, que estava menos tumultuado, porque a luz não estava boa, me arrependendo em seguida quando vi Melina e Sielo, elas estavam me olhando, mas seus rostos não tinham expressão, elas estavam bem próximas da luz fraca.

— Lívia! — chamou minha irmã, empurrando as garotas que estavam na minha frente para que ela pudesse ficar de frente para mim. — Quando entregaram isso para você? — ela apontou para meu sapato lilás que Yale me devolvera na madrugada.

— Não é da sua conta.

Puxei Lana pelo braço, ela estava se admirando no espelho. A mulher que tomava conta dos banheiros deve ter me achado louca por sair quase a empurrando junto com a porta e deixando a histérica da minha irmã gritando meu nome e falando que vai contar tudo para nossos pais. Todos viram o show da minha irmã no banheiro. E obviamente ela não se importa, pois seu status é invejável.

Os garotos não demoraram a acordar.

No refeitório, Patrícia passou na minha frente com raiva, mas isso não me deixou nem um pouco triste como ela pretendia.

Hoje não teria aula, o dia era para descansar e andar. Como Yale previra, todos queriam ir para o rio, meus amigos desfiaram várias histórias tentando me convencer a ir junto, mas fingi que iria fazer o trabalho de geografia, peguei meu notebook e comecei a digitar, eles desistiram. Eu era imbatível quando se tratava de trabalhos, Patrícia veio me chamar ao perceber que fiquei sozinha, mas não conseguiu muita coisa, eu estava irredutível.

Ficamos, eu e a mulher que olhava os banheiros e o refeitório, mas ela logo desapareceu. Tudo parecia muito quieto, até me lamentei por ter ficado, Yale com certeza não viria.

— Bom dia! — Ele apareceu ao meu lado, da forma que só ele faz e eu não percebo.

— Pensei que tivesse me dado um bolo.

— Gosto de cumprir o que prometo, vamos!

Guardei o computador e fomos para o lado contrário que todos seguiram, eu não sabia para onde estávamos indo, mas sua presença me acalmava.

— Posso saber para onde estamos indo? — perguntei depois de vinte minutos andando na mata. Yale não respondeu e continuamos andando.

— Não queria correr o risco de ser ouvido — respondeu depois de muita caminhada. — Aqui ficaremos tranquilos.

Eu não fazia ideia de onde estávamos e com certeza ninguém nos ouviria. Yale sentou-se no chão fazendo barulho nas folhas secas e se encostando numa árvore, fiquei na sua frente, não muito perto. — E então, como se sente? — perguntou descontraído olhando para longe.

— Estaria melhor se soubesse o que aconteceu ontem.

Ficamos em silêncio ouvindo apenas os pássaros no alto das árvores e as folhas balançando com o vento, estava quase desistindo de acreditar que ele me contaria a verdade.

— Ontem quebrei uma das regras mais importantes das nossas leis — disse me olhando pela primeira vez. — E o mais incrível é que eu não estou arrependido — ele sorriu de leve, seus olhos ficaram intensos de repente. — Eu devia estar preocupado ou me martirizando, mas não estou. — Meus cabelos começaram a levantar. — Me sinto tranquilo.

— Eu... É? E por que me salvou se isso te prejudicaria? — gaguejei, mas fui direta.

— Eu tentei salvá-la sem me expor, que é a forma correta, mas não consegui. — fez uma breve pausa e continuou. — Você é diferente, Lívia.

Os raios de sol apareceram nas folhas secas.

— Fiquei atordoado quando você continuava caindo enquanto eu tentava segurá-la no ar. — Seus olhos focavam meu rosto, me permitindo ver a verdade que eu não entendia. — O dilema do certo e do errado me enlouquecia, eu não tinha tempo para pensar, você é mais importante — ele falava perdido em pensamentos. — E então agi como um ser normal, me expondo a você.

— Eu... — Ele me calou com o indicador e continuou em seguida.

— Eu sabia que não era certo me expor, mas eu sabia que não era certo deixá-la morrer.

— Eu não vou contar para ninguém, e mesmo se contasse, ninguém iria acreditar em mim, e eu ganharia uma passagem só de ida, para o hospício — sussurrei.

— Sim, ninguém acreditaria, mas você saberia.

Uma onda de emoção me atingiu, enquanto ouvia de sua voz doce o que ele sentiu, não era nem de longe o que imaginei.

Pensei que ouviria a verdade, mas não com tanta nitidez.

Isso me encorajou a me aproximar dele e tocar sua mão que estava no chão, ele olhou-me e olhou para nossas mãos, a serenidade em seus olhos era translúcida, Yale me surpreendeu quando me puxou para seus braços, meu coração parou e voltou a bater acelerado. Eu devia gritar e sair correndo, mas eu simplesmente me aninhei nos braços em que sempre quis estar, desde que o vira pela primeira vez na aula de química quando chegamos atrasados. Ele sorriu com a minha reação.

— Eu não sei o que dizer — sussurrei.

— Você me despertou quando eu estava adormecido, você me deixou curioso quando chegou na cidade e a chuva anunciou a sua chegada, lavando toda a cidade em pleno verão e sumindo de repente sem deixar rastros — ele falava segurando meu queixo para olhar meu rosto. — Minha família diz que dormi demais e agora fico vendo coisas... — Nós dois sorrimos.

— Foi por isso que voltou mais cedo para a escola? — Lembrei das garotas contando os dias para sentar ao lado dele.

— Sim! E vê-la no corredor da escola, tão perto, me deixou ainda mais curioso. Comecei a mexer em seu cabelo, você me olhava em dúvida, sua desconfiança me animava — ele sorriu. — Sentir seu toque foi simplesmente maravilhoso e estranho...

— Você também sentiu! — sorri, adorei saber que ele sentiu algo diferente também.

— Sim e sua voz me enfeitiçou, quando terminam as aulas é uma tortura e, como se não bastasse, ter que esperar outro dia nascer, você me chamava deixando-me louco... — Eu o interrompi.

— Eu o quê? — perguntei.

— Todas as vezes que está em perigo eu sinto e vou ajudá-la. Quando ficamos presos na biblioteca, eu não consegui deixar você sozinha, eu não entendia o motivo de você conseguir me deixar alerta. Você é só uma humana...

Não gostei quando ele disse "Você é só uma humana", mas deixei passar, tinha outras prioridades.

— Então você ficou para me proteger?

— Sim, aproveitei esse motivo para ficar com você por mais tempo.

— Mas você me acordou...

— Na verdade o que eu queria ter feito era ter pegado você nos braços como agora. Quando estava pendurada na escada de acesso aos livros, quase me revelei, eu não esperava vê-la em perigo naquele dia. Você é um perigo para si mesma.

— Fico feliz por você sempre estar por perto. — Deixei de lado a parte que eu sou um perigo.

— E como um passe de mágica, você conseguiu descobrir tudo. Eu não quero mais falar disso. — Ele fechou a cara.

— Também acho que por hoje basta. Só me explique mais uma coisa, o que estava fazendo no telhado?

— Você não engoliu aquela história de mágica, não é?

— Não acreditei nem um pouco — sorri.

— Estava treinando e por algum motivo que não sei explicar não percebi que você já estava na escola. — Eu olhei sem entender. — Digamos que eu posso sentir a presença das pessoas ou animais... — disse lembrando do gato que eu citei.

Ficamos calados ouvindo os pássaros e o vento que balançava as árvores.

— Eu queria ver você como ontem — pedi sussurrando.

— Você não sente medo de ficar perto de mim, como está agora? — Seus olhos estavam curiosos. — Não sente medo de eu me transformar em um monstro?

— Na verdade, estou adorando ficar assim tão perto de você. — Levantei a mão e toquei seu rosto de serafim. Senti meu rosto corar.

— Vamos deixar para o próximo encontro — disse respondendo à minha pergunta com um sorriso sedutor. — Parece que estava com saudades dos sapatos. — Eu sorri, sentando em sua perna para ver seu rosto de frente, ele tocou meu queixo e penteou meus cabelos soltos me fazendo fechar os olhos com o carinho.

— Só um pouco — sorri abrindo os olhos. — Minha irmã fez um escândalo no vestiário hoje de manhã, pobre Tony. — Fiz uma careta.

— Se você aceitar, falo com sua irmã e digo que sou o seu namorado e estava com o seu sapato por todos esses dias.

Admito, fiquei em êxtase e ruborizada com o pedido, mas me mantive controlada, não gritei nem fiz um gráfico com as probabilidades de dar certo ou errado, como todos esperavam, eu só fiquei feliz como nunca fiquei.

— Sim, eu aceito, mas não precisa falar nada com Patrícia — suspirei feliz, ele me puxou novamente para me abraçar. — Eu nem consigo acreditar que é você que está aqui e que eu estou com você, se importa em me beliscar para eu ter certeza de que isso não é um sonho? — Senti seu corpo sacudir enquanto ria do que eu dissera.

— Lívia Lins. — Ele me afastou para me olhar nos olhos.

— Você é muito frágil e, sim, eu me importo em machucar você, nunca cometeria tamanha crueldade, dou minha palavra que você está acordada. — Era impossível duvidar.

— Então isso é maravilhoso!

Aos poucos fomos perdendo a vergonha, ele beijava minha mão com os lábios macios. O cabelo de Yale caía na testa e eu baguncei os fios vermelhos com amarelo.

— Como está cuidando da pequena branca? — perguntou beijando meu cabelo.

— Quem é branca e do que está falando? — Ele sorriu com minha pergunta.

— É assim que eu chamo a flor que te dei — respondeu despreocupadamente.

— Foi você que me deu?! — Fiquei eufórica de repente. — Foi o presente que mais gostei de ganhar, ela é linda!!!

— Sim e você me deu um belo susto perguntando se tinha alguém nas árvores — ele sorriu.

— Obrigada! Você estava lá fora? Por quê?

— Disponha — respondeu com reverência. — Sim, eu estava, vejo você todas as noites enquanto dorme, faz algum tempo que não consigo dormir, não longe da sua casa. — Ele beijou minha testa. — Você me deixou curioso quando disse na sua janela que a flor tinha sido o segundo melhor presente que ganhou, qual foi o presente que ficou em primeiro lugar?

Pelo pouco que conheço Yale, sei quando quer mudar de assunto, mas eu ainda tinha perguntas.

Agora entendi o motivo de ele ter perguntado se eu tinha ganhado muitos presentes, enquanto estávamos no carro no dia do show e ter ficado estranho como se eu estivesse mentindo. Quando Yale perguntou eu falei meias verdades, pois disse que a flor foi o presente que mais gostei e na minha janela falei que a flor tinha sido o segundo melhor presente. Fato é que eu não podia falar a verdade no carro e na minha janela eu pensei que estava só, ledo engano. Quem iria imaginar que ele estaria ali e que ouviria minha confissão?

Eu sorri e admite a verdade.

— O presente que mais gostei foi ter acordado em seus braços depois de um desmaio, foi a melhor coisa que me aconteceu. Desmaiar não é legal, mas valeu a "pena". — Abaixei a cabeça envergonhada. O que ele devia estar pensando de mim agora?

— Fico feliz que pense assim. — Ele ficou perdido em pensamentos. Ficar perto dele estava afetando meu cérebro, eu não estava conseguindo esconder meus sentimentos. — Você tem um cheiro bom, tem o cheiro da "renascer" — disse, mas não entendi.

— Quer dizer que você fica dormindo em árvores, isso não é perigoso? — Fiquei preocupada de repente.

— Esqueça isso, tudo bem — ele sorriu indiferente. — Como branca está?

— Ela continua linda, nem parece que está em um vaso há vários dias, dá a impressão de que acabou de ser colhida.

— Isso significa que ela gosta de você — ele sorriu para mim.

Me inclinei lentamente para a frente e beijei sua bochecha, ele ficou surpreso calando-se.

— Não gostou? — Fiquei nervosa, nem eu estava me entendendo, estava fazendo tudo por impulso. — Desculpe.

Seu sorriso em resposta era radiante.

— Você é apaixonante — foi o que ele respondeu.

Nunca me imaginei dessa forma, gostar em exagero de uma pessoa e ela retribuir o carinho, sempre pensei que tudo fosse mentira ou exagero das pessoas quando demonstram amor. Em meus planos existia apenas eu criando um gato achado na rua que tivesse apenas três pernas, mas Yale roubou tudo para ele e meu mundo é ele.

Não julgue o meu amor agora, entendo que cada um ama de uma forma e eu amo sem medidas, mesmo com todas as lógicas e cálculos dando resultados negativos de incompatibilidade, o que sinto é avassalador, é simplesmente incondicional.

É a primeira vez que a razão não é ouvida por mim.

— Procurei na internet o nome da flor que me deu, mas não encontrei nada a respeito — disse depois de refletir.

— Ela é uma flor que desabrocha a cada 150 anos e continua viva se gostar do dono.

— Como conseguiu encontrar essa raridade? — Por essa eu não esperava.

— Eu sabia onde encontrá-la e se eu não fosse logo ela morreria.

— Mas...

— Ela vive apenas 18 horas e se antes disso não for encontrada ela murcha sem deixar vestígio de que esteve ali e só aparece 150 anos depois.

— Se nem os fanáticos por flores raras a descobriram, como você conseguiu encontrá-la? — Arqueei a sobrancelha.

— Eu não sou tão jovem como pareço, na última vez eu a deixei ir, eu não tinha motivos para ficar com ela.

— Você está querendo dizer...

— Antes que termine a pergunta, gostaria que falássemos disso em um outro dia, por favor — pediu, e eu assenti.

— O que é renascer? — perguntei lembrando que ele me chamara assim.

Tudo era perfeito, mas o tempo não para, para ficarmos juntos e abraçados sentindo a respiração do outro, esquecendo a realidade.

— Vou colocar essa nova pergunta com a primeira, está na hora de voltarmos — respondeu me envolvendo em seus braços.

— Aqui está tão legal — sussurrei me aninhando. — Não está gostando?

— Estou adorando, mas os outros estão voltando para o almoço, não é bom saberem que estávamos sozinhos, eu não quero que falem de você.

Yale estava certo, não ficaria bem eu aparecer da mata com ele sem ter pedido permissão, sem contar nas fofocas, e o principal, contar a meu pai o que fui fazer com um garoto na mata ao arredor do acampamento improvisado. Sorri com o pensamento.

A volta para o acampamento não demorou como imaginei, Yale segurava minha mão na sua e de minuto a minuto ele a beijava me dando um sorriso angelical, andamos todo o caminho de mãos dadas enquanto falávamos de nossos poucos encontros que sempre eram estranhos.

— Chegamos — disse ele quando estávamos perto das barracas. Dei um passo para a frente, mas ele me impediu puxando-me de volta para a mata. — Em breve estaremos juntos. — Ele me olhava nos olhos e me abraçou. — É melhor assim, não quero você como alvo de fofocas, confie em mim.

— Sei o que quer dizer, obrigada por se preocupar comigo. Continuamos abraçados por um momento, Yale beijou minha testa.

— Vá, quando todos tiverem chegado eu apareço.

Assenti e fui para minha barraca. Em menos de dez minutos os professores e os alunos apareceram molhados, sorrindo muito e conversando alto.

— Ivi, você perdeu a festa — disse Lana pegando roupas secas e indo para o banheiro. — Já terminou o trabalho?

— Não, deixei para fazer amanhã — respondi. — Se divertiu, Tony? — perguntei.

— Só não foi melhor porque você não foi — disse ele piscando para mim e jogando um beijo para Lana.

— Você e Yale Mackenzie foram os únicos que não foram, falando nele...

Yale vinha no caminho dos prédios como um deus, as garotas logo se maquiaram para ficarem triunfantes para agradá-lo. Yale sentou-se no tronco de sempre olhando em minha direção, Melina fechou a cara quando seguiu seu olhar e me encontrou, Sielo me olhava como se estivesse com medo.

Passei o resto da tarde com meus amigos, Tony desarmou nossas barracas, ele era nosso faz-tudo.

— O que você tem? — perguntou Lana.

— Nada, por quê?

— Está mais corada — respondeu ela. Nós duas sorrimos.

— Descobri que gosto de passeios — disse indiferente.

Tive vontade de contar tudo a meus amigos, mas primeiro eu preciso acreditar que ficamos juntos, tudo que aconteceu parecia um sonho. Olhei-me no espelho enquanto trocava de roupas para voltarmos para casa; Lana tinha razão, eu estava corada, minhas bochechas estavam rosadas.

— Não sei se vou conseguir ficar longe de você por muito tempo — disse Yale me puxando pela cintura quando entrei na sala do laboratório de biologia para pegar meu caderno de anotações.

— Yale, se nos pegarem aqui e abraçados, vai ficar pior, o regulamento diz...

— Sempre quis ficar bem perto de você. — Ele beijava meu cabelo, minha orelha. — Esse seu cheiro... — suspirou carinhoso, então tirou uma mão da minha cintura e afagou meu rosto, seus olhos examinavam atentamente meu rosto.

— Alguém pode nos ver. — Minha voz saiu em sussurro, me entregando, seria loucura dizer que eu não estava gostando, acabei me rendendo aos carinhos, eu queria que ele me beijasse nos lábios, mas com certeza ele não ia querer que o nosso primeiro beijo fosse assim numa sala correndo risco de sermos pegos ou então talvez Yale viu em meus olhos que eu não tinha experiência no assunto.

Ninguém percebeu que demoramos, Yale segurava dois livros e uma bolsa, que entregou ao professor de biologia.

No ônibus sentei com meus amigos e no último banco vi Yale sentado ao lado de Allan, ele piscou para mim com um sorriso malicioso. Com certeza Felipe está em terceiro lugar com a volta de Allan, meu cabelo às vezes levantava e eu sorria comigo mesma.

Os cantores de plantão se manifestaram e cantaram até chegarmos na escola, foi mais divertido do que imaginei.

Eram seis da tarde quando chegamos na escola; Tony, o nosso carregador de plantão, carregou as barracas para nos ajudar; Lana, impaciente para descer do ônibus, saiu empurrando todos; como não sou tão corajosa, esperei todos descerem para me levantar. Uma mão bronzeada pegou minha bolsa antes de mim e eu já não era a última passageira.

— Eu levo — disse Yale.

— Tá um pouco pesada e você ainda tem as suas…

— Não se preocupe — disse ele pegando minha bolsa.

Eu assenti e todos da fila para sair de dentro do ônibus deram um jeito de se virar e olhar para nós dois.

Yale levou nossas bolsas para um lugar perto do ônibus que estava com menos tumulto, mas ainda assim éramos o centro das atenções.

— Boa noite! — disse Yale, seu olhar era penetrante me fazendo refém. — Amanhã a gente se vê. — Ele me entregou minha bolsa.

— Já estou contando as horas. — Minha voz saiu embargada, eu ainda não me acostumei com a beleza estonteante de Yale.

Sérgio logo me localizou vindo em minha direção, olhei para Yale enquanto passava na frente das garotas que o admiravam e cochichavam sobre sua boa ação comigo.

— Oi, filha! — disse meu pai, me abraçando e me trazendo de volta à realidade.

— Oi, pai, como está?

— Jovem — respondeu pegando minha bolsa para demonstrar.

— Até amanhã, galera! — me despedi de meus amigos, que acenaram, esperando por suas caronas.

Eu andava sem ver o caminho que meu pai estava fazendo até o carro, Patrícia estava sentada no banco da frente fazendo careta para meu sapato que voltara. Mas a única coisa que estava ocupando meus pensamentos era o dia maravilhoso que tive com Yale Mackenzie.

Clarice nos abraçou e verificou se estávamos bem e como sempre um cheiro maravilhoso vinha da cozinha. Não foi preciso inventar desculpas para ir dormir, eu estava exausta!

Estou namorando? Me perguntei quando entrei no meu quarto, e com Yale Mackenzie?!! Eu queria gritar, mas não podia, olhei as árvores, não tinha nada de diferente, talvez ele estivesse brincando.

Se Yale me abraçar amanhã como fez hoje é porque tudo que aconteceu é verdade e eu não sonhei. Como toda maluca, eu me desafiei, não existe melhor adversário que você mesmo. Sorri me sentindo patética.

Rapidamente o cansaço da viagem me dominou enquanto admirava a flor que Yale me dera. Dormi como uma pedra quando jogada na água, simplesmente afundei e acordei com um humor radiante, estranho até para mim. Meu coração acelerava a cada passo que me aproximava da escola, eu tenho que contar para meus amigos, mas eu primeiro tenho que ter certeza de que não estou sonhando.

CAPÍTULO 9

A semana prometia, Yale me sorriu quando sentei na cadeira de sempre, eu retribuí o sorriso ficando tímida de repente, os professores não estavam a fim de conversa e isso me ajudou a me concentrar. Comi batata frita e refrigerante com meus amigos, com um pouco de pressa.

— Galera, eu preciso ir à biblioteca — disse ficando de pé.

— Grande novidade! — disse Lana.

— Divirta-se — disse Tony com sarcasmo, eu deixei passar.

Cheguei no banco onde eu sempre encontrava Yale, ou melhor, ele sempre aparecia misteriosamente, mas não tinha ninguém, olhei os arredores, eu parecia ser a única ali.

— O que está procurando? — perguntou a voz que eu mais queria ouvir.

— Oi! — O susto foi inevitável e ele era ótimo em aparecer do nada. — Encontrei — falei apontando para ele.

Pegando minha mão com suavidade e avaliando minha expressão, ele puxou-me para mais perto e me abraçou.

— Yale, é você mesmo? — perguntei como uma boba.

— Sim — ele sorriu. — Tem alguma dúvida?

— Não, você a tirou quando me abraçou, eu sou mesmo uma boba.

— Não estou entendendo — disse confuso.

— Ontem eu me autodesafiei: se você me abraçasse hoje, tudo que aconteceu ontem é verdade e eu simplesmente não sonhei, eu sou tão boba... Obrigada por ser verdade — quase chorei de alegria.

— Eu que devo agradecer por você ser real, Ivi.

Sentamos no banco e ficamos calados sem saber o que dizer.

— Eu adoro ouvir sua voz... — Ele não me deixou terminar.

— Lívia, quero que fale com seus pais, hoje à noite quero falar com eles a nosso respeito. Quando ouvi o que ele disse, fiquei desnorteada.

— Tenho que contar para meus amigos.

— O certo não seria para seus pais? — ele sorriu.

— Sim, você está certo, mas eu preciso me preparar, não é uma tarefa fácil.

Falar de namoro com Sérgio não era fácil, ele quer dar aula de educação sexual e relembra as regras da casa e cria outras regras sem sentido, foi assim com Patrícia. Só em pensar dava arrepio.

— Conte na sala ou na saída. — Ele acariciava minha mão, observando a minha reação de quem procura ideias. — Lívia... — ele deu uma pausa. — Eu não estou conseguindo ficar longe de você — ele deu outra pausa. — Tudo bem, mas não demore.

Seus olhos arderam em meu rosto com tamanha declaração, era tudo o que eu precisava ouvir, a marca em meu pulso irradiava a mesma emoção do meu coração, que batia descompassado. Me joguei em seus braços com os olhos molhados, de repente as lágrimas molharam sua camisa branca.

— Tudo bem, me viro, eu vou encontrar coragem. — Nós dois sorrimos e suspiramos, quando a sirene da escola ecoou nos lembrando que o intervalo chegou ao fim.

Não consegui prestar atenção nas aulas, o que me preocupava era ter que falar com meus pais. Yale saiu com Melina e me sorriu.

— Lana, Tony, tenho que falar com vocês — disse quando estávamos perto do portão de saída, falar com meus amigos seria mais fácil.

— Diga, amiga. — Fiquei em dúvida e isso me fez calar. — O gato deve ter comido a língua dela — disse Lana se escorando em Tony com um sorriso largo.

— Estou namorando Yale Mackenzie — disse em um jato de coragem, depois dos prós e dos contras decidi que assim seria mais fácil.

— Você está lendo muito romance, Ivi. — Os dois sorriam, mas na verdade se fosse pensar era o mesmo que contar uma piada.

— Estou falando sério, eu só não queria que fossem pegos de surpresa.

— Você está precisando dormir, o cansaço da viagem ainda está afetando você, amiga — disse Lana, em tom de descontração.

Me virei e saí quase correndo, eu não ia obrigá-los a acreditar em mim.

— Ivi, eu acredito em você! — gritou Tony.

— Eu também — disse Lana, mas era possível perceber que eles estavam brincando; isso não importa, o que Yale disse é o que me basta.

Andei falando sozinha no meio da rua tentando falar para meu pai. Depois da terceira tentativa de convencê-los, desisti. Clarice estava regando as plantas da varanda e me deu um sorriso caloroso quando cheguei.

A família Lins mora num bairro humilde, perto da avenida principal, sentido da reserva ambiental, onde turistas fazem trilha e acampam para viver sem agredir a natureza.

Nosso quintal tem como fundo parte da reserva, mas prefiro chamar de bosque, os animais que vivem na reserva são os de pequeno porte, cotia, cobras, araras e outros. Resumindo, somos pobres, quase classe média, nossa casa não é tão bem localizada, mas foi a única que meus pais conseguiram comprar, eles preferem investir em nossos estudos, somos a típica família brasileira que tenta ter uma vida melhor em um país de terceiro mundo, mesmo com tantas riquezas e um péssimo histórico em administração.

Eu adoro nossa casa, era meu castelo!

— Oi, querida, como foi na escola? — perguntou Clarice.

— Foi legal, mãe — sorri.

A semana ficou conturbada e meus fiéis amigos não me deixavam ir à biblioteca como eu sempre fazia na hora do intervalo, na educação física Melina seguia Yale para todos os lados. Eu e meus amigos não voltamos a falar do meu namoro, eles estavam tentando fingir que não lembravam para não me deixar magoada por não estar namorando Yale, pelo menos era o que estava parecendo com tanta atenção. Até parecia que tudo estava contra nós e para piorar a professora de literatura junto com a professora Francisca da matéria de artes nomeou Yale como o protagonista da peça que estava organizando e como era de imaginar as garotas faziam filas para se inscrever e ser a sortuda que passaria no teste de protagonista.

Nos afastamos de repente, minhas noites se tornaram um pesadelo. Acho que nunca vou ter a chance de abraçar Yale novamente, pensei.

Outra semana começou e eu não conseguia falar com Yale, o máximo que conseguíamos era um sorriso ou ele brincar com o meu cabelo como fazia antes de nos conhecermos, eram as únicas coisas que fazíamos sem interferências.

— Ivi, você está com olheiras, não tem conseguido dormir direito? — perguntou Lana.

— Você parece triste — disse Tony, sentando ao nosso lado no refeitório.

— Vou dar uma andada na escola — foi o que disse e saí, dessa vez não tinha ninguém ao meu lado, acho que meus amigos entenderam que eu queria ficar sozinha. A biblioteca estava vazia como eu previra, fui para o segundo andar e me escondi sentando nas mesas que ficavam longe da escada, peguei um livro, mas não consegui ler, coloquei os braços na mesa e fiquei com a testa no livro tentando pensar.

— Por que está aqui sozinha? — perguntou a voz macia e que eu mais queria ouvir. Seus braços me envolveram e eu estava com o que estava faltando.

Eu nada respondi, só me espremi em seu peito.

— Estava com saudades — sussurrei. Ele tocou meu queixo para eu olhá-lo nos olhos, ver seu rosto tão sereno e lindo me fez relaxar, a marca no meu pulso parou de queimar como se Yale fosse a cura. — Esses dias longe de você foram torturantes — disse, e suspirei tocando o rosto de seda.

— Torturante é pouco. — Ele fechou os olhos da noite quando afaguei seu rosto. — Ver você sem conseguir dormir, andando de um lado para o outro. Eu não gosto de ver você assim.

— Você estava lá...

— Não estava brincando quando disse que não consigo ficar longe de você, e vê-la sem conseguir dormir angustiada com algo que a incomoda, e eu sem poder ajudar por não saber, também me afeta, eu não sei o que isso significa, mas é como se você fosse parte de mim...

— Não sabia que você podia ler meus sentimentos? Eu também sinto a mesma coisa — interrompi.

A tensão que sentia evaporou-se quando Yale me abraçava, o clima era perfeito e ele parecia tranquilo. Nos olhávamos enquanto afagávamos o rosto um do outro ouvindo apenas nossa respiração, meu coração batia irregular como sempre acontecia quando Yale estava comigo e seu olhar penetrante não ajudava. Sem perceber, me inclinei para a frente ficando com o rosto a centímetros do rosto de Yale, sua mão retirava meu cabelo dos meus olhos. Finalmente teríamos o nosso primeiro beijo, ele se inclinou um pouco e eu podia sentir o cheiro da sua respiração e seu hálito doce, minha mão bagunçava seu cabelo e quando ele envolveu minha cintura eu sabia que aconteceria, mas como alegria de nerd dura pouco, a sirene da escola tocou alto quebrando todo o clima de romantismo. Ele sorriu e beijou minha testa.

— Lembraram da gente — reclamei. Estávamos tão perto, pensei.

Ele pareceu entender o que eu estava sentindo.

— Podíamos nos encontrar no sábado — sugeriu ele.

— Seria... eu adoraria — falei em êxtase e rápido demais.

— Acho que seus pais devem ser comunicados... — Eu o interrompi.

— Não se preocupe com isso — disse confiante. — Aonde vamos?

— É surpresa — disse ele.

Andamos de mãos dadas até a nossa sala de aula, ninguém estava no corredor para afirmar tal situação além das câmeras, Yale não se preocupou em entrar junto comigo, ninguém pensaria em tal hipótese.

— Patrícia, vamos sair no sábado — falei e me joguei na cama dela.

— Quem disse que quero sair com você. — Ela se virou para me olhar.

— Você me deve um favor e é claro que eu não quero ficar com você.

Definitivamente eu era uma adolescente chantagista, até eu me surpreendi com tamanha mudança. Patrícia arqueou a sobrancelha, sentando-se na cama.

— Está namorando escondido e quer que eu dê cobertura, você só pode estar maluca se acha que vou ajudá-la. — Dei de ombros.

— Vamos passar o dia na casa de uma de suas amigas, você se diverte, eu me divirto e pronto!

— Definitivamente não! — disse ela explodindo.

— Então vou fazer o mesmo que você fez, mentindo para nosso pai para se livrar de castigos, digo a mamãe o que realmente aconteceu naquela noite e que você não quer sair comigo. — Nunca pensei que ler livros de investigação seria útil para chantagear minha irmã.

— Quem diria que a santinha era uma farsante — disse ela em tom de raiva e esnobe.

— Assistir filmes e ver você agindo na vida real, valeu a pena — sorri vitoriosa.

Saí satisfeita do quarto dela, era só uma questão de tempo para ela concordar, era assim que acontecia nos filmes, novelas e livros. Com minha chantagem eu finalmente poderia ficar com Yale sem interrupções.

Yale ficou pensativo quando lhe resumi a chantagem que fiz com minha irmã, óbvio que eu mudei algumas coisas quando contava, ele disse que teria sido melhor ele falar com meus pais e resolver tudo, mas eu não queria perder essa oportunidade e cancelar o meu plano quando estava me saindo muito bem, ele desaprovou por completo, mas disse que eu decidiria como seria.

Patrícia aceitou, ela não tinha escolhas, o plano era "passar o dia na casa de sua amiga Joice", ela entraria e eu ficaria esperando a minha carona do lado de fora do portão. O plano já estava confirmado e eu sabia que Patrícia em breve iria querer suborno ou favores.

Sentia uma pontada de tristeza por enganar meus pais, mas logo se esvaiu quando o rosto de Yale apareceu em meus pensamentos.

De tudo que acontecia o que mais me irritava era ver os olhares e as insinuações que as garotas faziam para chamar atenção de Yale.

Clarice e Sérgio pareciam emocionados ao verem as duas filhas saírem para passar o dia juntas, Marcela, a amiga de Patrícia, foi nos buscar, com música alta ela dirigia o carro que ganhara de presente de seu pai rico, que morava na Flórida, E.U.A. No portão da casa de Joice, Patrícia desceu e ficou ao meu lado.

— Você não vai entrar? — perguntei gesticulando.

— Vou ver a cara do seu namorado — ela bateu pé.

— Me poupe, Patrícia, de sua repentina responsabilidade, eu ligo quando estiver voltando.

— Inclinei-me e beijei seu rosto, ela entrou de má vontade.

O carro preto familiar apareceu reluzindo no sol das 10 da manhã.

— Tchau, Patrícia — gritei para ela e fui para a porta já aberta.

— Oi — disse quando entrei.

— Oi, bom dia! — ele sorriu. — Parece que dormiu bem — disse ele, avaliando as minhas olheiras.

Vi Patrícia pelo retrovisor do carro saindo no portão, mas o carro já estava em movimento e longe, senti uma pontada de culpa pela chantagem, mas não de arrependimento. O ar condicionado estava ligado, ao olhar pela janela parecia que estava anoitecendo, os vidros eram muito escuros.

Me virei para olhá-lo, a curiosidade me invadiu.

— Você vai me deixar ver suas, é... asas? — Fiquei vermelha, era estranho perguntar isso em voz alta.

— Não sei, talvez — respondeu sorrindo da minha pergunta.

— Aonde estamos indo? — perguntei.

Estávamos indo em direção ao litoral, minha casa ficava bem longe dali, do outro lado da cidade.

— Gosta de piquenique? — perguntou com um sorriso branco.

— Adoro!

Não demoramos a chegar, ele dirigia bem rápido, Sérgio teria um infarto se me visse com Yale nessa velocidade.

Tive vontade de puxar conversa, mas estar com ele preenchia o silêncio que aconchegava. Entramos em um portão grande e majestoso, com certeza essa era a casa de praia de Yale, por isso não vi nenhum banhista na praia, toda a área é vigiada para uso particular. Árvores e pés de coco davam as boas-vindas na entrada, tudo era lindo e muito verde, Yale abaixou os vidros para que eu pudesse ver melhor.

Yale estacionou o carro na frente de uma casa que só se vê em filmes, ele desceu e foi abrir a porta para que eu descesse do carro.

— Nossa! — exclamei.

— É um dos lugares que mais gosto para me trancar e depois ir à sua casa. — Eu ia questionar, mas fiquei calada, ele pegou em minha mão e me puxou para a casa branca.

— Vamos fazer o piquenique na sua casa? — sorri ficando vermelha, por mais rebelde que eu esteja ainda sou tola em alguns assuntos.

— Não — ele sorriu entendendo a minha brincadeira. — Queria mostrar a casa para a minha namorada, o piquenique será ali depois das árvores. — Ele me deixou desnorteada quando disse "minha namorada".

— Po... pode me mostrar quando voltarmos — gaguejei.

— Você que manda — ele sorriu mordendo o lábio inferior, suspirei, tudo que Yale fazia o deixava ainda mais lindo.

Yale pegou a cesta no banco de trás e fomos para o lado leste da casa, que se perdia em um jardim grande e cheio de flores, andávamos do lado um do outro até ele passar na minha frente para tirar os galhos que atrapalhavam o caminho estreito, andávamos em silêncio, Yale parecia um modelo para modelos, ele andava na trilha com elegância como se estivesse numa passarela, nem as pedras ou os buracos pareciam incomodar. Não sei por quanto tempo ficamos andando, eu estava inebriada demais para prestar atenção na hora, talvez tenhamos andado oito minutos ou talvez uma hora, eu não sou normal perto dele.

O lugar para o piquenique parecia um cartão postal, com vista para o mar, árvores cobriam o sol, e a grama verde estava por toda parte tornando tudo aconchegante. Peguei a toalha para cobrir a grama, mas Yale me impediu.

— Hoje é minha vez, espere a sua — disse piscando e pegando a toalha.

— A toalha devia ser vermelha com branco e quadriculada — falei me virando de costas e fingindo raiva.

— Eu gosto de verde, é da cor dos seus olhos, e é quadriculada. — Senti suas mãos na minha cintura e logo me puxaram para a toalha.

— Mas não é vermelha. — Sorrimos juntos. Tirei o sapato vermelho e fiquei sentada no canto da toalha, fingindo não notar seus olhos me observando. — Hoje vai ser o dia de revelar os segredos, para que possamos acabar com as curiosidades — falei olhando em seus olhos já sérios. Yale nada respondeu, continuou me olhando. — Eu preciso saber quem é você para conhecer você.

— É uma história muito longa. — Ele se inclinou para tocar minha mão que estava na toalha.

— E depois de tanto tempo encontrei o que sempre julguei não procurar.

— Gosto de histórias longas — sorri incentivando.

— Eu estou gostando de saber o motivo da minha existência. — Coisas de Yale falar só para ele. — Eu lhe direi a verdade, mas para seu bem, algumas coisas serão editadas. — Assenti e ele continuou. — Eu só lhe contarei a minha história. Por volta do século XVIII, foi descoberto que no Egito havia muito ouro para quem desvendasse os segredos da Esfinge — ele suspirou arqueando a sobrancelha para que eu não o interrompesse, mesmo que parecesse absurdo. — Meu pai era um arqueólogo e era fissurado nas histórias que ouvia, ele queria ser o arqueólogo mais famoso e importante de todos os tempos, ele queria ser lembrado...

— Em que século isso aconteceu? — interrompi para ter certeza, eu não aguentei, não faziam sentido aquelas coisas.

— Século XVIII. — Ele me fitou arqueando a sobrancelha novamente. — Nenhuma dessas histórias, relatos, tudo o que eu te contar você não encontrará na internet, livros, ou melhor, existe um livro, mas não posso falar disso, na verdade não sei o que tem nesse livro que desapareceu. Lívia, a história dos humanos é uma grande mentira, só existe o que parece seguro até certo ponto, mas isso não vem ao caso. — Yale parecia submerso em outro século revendo coisas que não pensei serem possíveis. — Meu pai decidiu ir e me levar junto, eu não podia ficar sozinho, minha mãe morrera e todos da nossa família diziam que ele era outro maluco. Minha mãe morreu com uma doença desconhecida enquanto procurava vestígios desses relatos da Esfinge, ela adorava fazer descobertas, alguns dos meus tios que iam em nossa casa diziam que meus pais eram loucos.

"Segundo meu pai e o que ele estudara, a Esfinge tinha um cérebro, e ela adorava jogar. Eu tinha 16 anos quando ele resolveu enfrentar a famosa e temida Esfinge, e nunca mais o vi. Estudei suas pesquisas e, quando completei 18 anos, me sentia preparado para morrer, saí do internato em que meus tios me trancaram, exigi minha herança e parti. Eu chamei, gritei e joguei pedras, sentindo-me um idiota por querer falar com um monte de pedras, mas a Esfinge nada fez, eu estava louco igual aos meus pais."

— Você foi sozinho? — sussurrei.

— Sim, meu pai foi o último a tentar desvendar esse mistério, todos os outros arqueólogos que também pesquisavam foram embora e destruíram tudo sobre as mortes e todas as pesquisas feitas. O **SER HUMANO** não admite falhas, principalmente quando a falha é em coisas tolas, preferiram apagar da história a admitir as mortes e tudo que não conseguiram explicar. Mas a Esfinge não me ouvia nem falava comigo, sentei na frente dela e esperei a morte, se passaram dois dias e eu insistia em ficar ali sentado sem beber e sem comer e a esperar a morte, não me restava mais nada, eu não tinha nada nem ninguém que esperasse por mim se eu voltasse, então deduzi que a morte seria um caminho para um louco perdido. — Ele estava presente, mas seus olhos estavam profundamente distantes, observei. — Foi então que ouvi um canto que me inebriou me fazendo relaxar, eu sabia que estava morrendo e de alguma forma sabia que a Esfinge me olhava. Comecei a rir e tentar me levantar, mas eu estava fraco demais, o sol escaldante do deserto queimava, me deixando desidratado como se nunca tivesse conhecido a água, e à noite o frio quase me matou de hipotermia, os delírios da sede e da fome me dominaram, eu mal conseguia ficar sentado olhando aquelas pedras, que eram a famosa Esfinge e que parecia feliz e maior do que eu me recordava.

"Um pássaro maior que o normal me olhava de perto, o canto vinha daquele lindo pássaro vermelho, ele era diferente de qualquer outro, seus olhos eram amarelos como o sol; quando andou em minha direção e mesmo com meus olhos querendo fechar, pude ver em seus olhos lágrimas que caíram em meu rosto, o pássaro olhou para a Esfinge e suas asas se abriram tapando a minha visão, sua beleza me tranquilizou, eu já devia estar morto ou estava vendo alucinações antes da morte. Suas penas começaram a produzir um fogo vermelho, que me atingiu fazendo-me implorar pela morte que demorava, o canto do pássaro me fez calar em meio ao fogo que queimava todo meu corpo apagando qualquer vestígio de um ser humano, assim pensei. Quando abri os olhos, vi anjos perto de mim me olhando, seus olhos eram iguais aos do pássaro vermelho, eles disseram que eu não havia morrido, eu era um dos escolhidos e que algumas transformações me tornavam completo. O pássaro que me salvara se chamava Fênix."

Quando ele disse o nome do pássaro lembrei do livro na minha gaveta, os pelos do meu braço se eriçaram.

— Está tudo bem? — perguntou percebendo.

— Estou, Fênix é um pássaro curador e mitológico. — Ele nada respondeu. — Desculpa, eu vou ficar calada.

— Eu estava deitado em uma cama de pedra, pensei até que estivesse no céu — ele sorriu sem humor. — Tentei levantar e andar, mas algo me atrapalhou, olhei para trás e vi o que não devia ter ali, era um par de asas vermelhas nas minhas costas, me apavorei e elas se abriram batendo nos que estavam perto de mim, todos começaram a rir do meu mau jeito e deixando à mostra as suas asas que pareciam estar bem escondida em suas costas.

Em deixar à mostra as asas que pareciam estar bem escondidas em minhas costas.

— Acalme-se, jovem Yale — disse um dos desconhecidos. — Eu vou lhe explicar, você estava morrendo de curiosidade quando foi encontrado por ele...

— Ninguém morre de curiosidade, e quem é você? — interrompi.

— Desculpe, criança, é modo de dizer, me chamo Santhiago — ele fez silêncio. — Esqueceu das histórias do seu pai, jovem Yale, não lembra o que ele dizia da Esfinge? — Ele arqueou a sobrancelha. — Não me diga que esqueceu daquele lindo e glorioso pássaro à sua frente — continuou. — A Fênix é um pássaro que cura, é ela que canta e faz a Esfinge dormir, você era muito curioso, queria respostas e como todos estava morrendo, mas teve sorte que a Fênix interferiu no último minuto antes de sua morte, mas quando se é curado por esse pássaro glorioso, você é capaz de ver o mundo de uma outra forma.

— Você agora faz parte da "GUARDA" — disse Marisa, uma das mulheres perto de Santhiago.

— Continuo humano — respondi.

— Sim, um homem com ASAS — Santhiago deu ênfase na palavra para que eu entendesse o que mudara.

Tive dois ajudantes com a transformação radical, depois se juntaram Sielo e Allan, e por fim Melina, assim ficamos próximos e nos consideramos uma família; não vou contar a história do início porque não quero passar o dia falando de mim.

— Que leis são essas que você tanto fala? — perguntei.

— São apenas duas, não se expor e... — ele se calou.

— Qual é a outra, Yale? — pressionei.

Ele me olhou ficando mais perto e suspirando pesaroso.

— Não se envolver com humanos, nunca, jamais. — Seus olhos me fitaram intensos, a resposta me deixou engessada ali.

— E agora? — Foi a única coisa que consegui falar depois de ter perdido a voz.

— Vou continuar como estou, quebrando as regras. — Ele tocou meu queixo para olhar meus olhos. — Se você ainda me quiser, depois de toda essa história bizarra.

— Mais do que tudo — eu disse ficando corada.

Fez-se silêncio por alguns minutos, nós dois olhávamos para o imenso mar enquanto pensávamos.

— Toda a sua família é como você? Eles sabem que você está comigo?

— Sim e sim.

— Mas não aprovam, é por isso que Melina me olha com raiva? — Tinha que ter um motivo para Melina me olhar com raiva, ela não me suporta.

— Eles dizem que é porque sou o mais novo e que meus instintos humanos ainda estão presentes de alguma forma e que logo vai passar, mas Melina sempre foi assim.

— Logo vai passar? — perguntei.

— Segundo Santhiago, nossas lembranças humanas se apagam com a transformação, ou se apagam aos poucos. Entendo sua pergunta, mas o que sinto por você não é passageiro, você me deu a vida, Lívia, é como se eu estivesse vivo pela primeira vez.

— Eu também não consigo ficar longe de você — eu disse num rompante. E novamente o silêncio nos envolveu.

— Se você é do século XVIII, por que é tão perfeito? E sim, você também faz parte de mim, Sr. Mackenzie — quebrei o silêncio.

Expor sentimentos para um garoto é suicídio. Segundo algumas revistas para pessoas sem vida social e alguns canais por assinatura que falam de

"Dicas de Amor", tem a mesma afirmação que "Se declarar para outra pessoa é suicídio, pois o parceiro se aproveita da situação"; traduzindo para o meu mundo, é uma breve conta de álgebra para uma pessoa que não sabe o que é M.M.C. na quinta série do fundamental, mesmo tendo estudado M.M.C. na quarta série, sem levar em consideração que algumas instituições trabalham com M.M.C. desde o primário. Às vezes meu raciocínio fica meio louco, parece sem lógica relacionar amor e matemática, porém é tudo lógico para mim, poucas pessoas me entenderiam com essa explicação, mas essa sou eu, e eu me entendo.

Eu, Lívia Lins, com o coração que era pura razão sem nada de emoção, concordava com essa teoria até conhecer Yale Mackenzie, mas agora era simples: me deixava feliz ter a emoção do amor.

Provavelmente quem fala do amor com indiferença ainda não o conhece e, como todo ser humano falho, julga e critica o desconhecido, por medo ou inveja, como eu fazia antes de conhecer Yale e até o desconhecido amor. Agora posso afirmar que razão e emoção podem dividir o mesmo espaço.

Sacudi a cabeça, saindo dos meus devaneios quando ele voltou a falar.

— Passei alguns anos, tempos, não sei ao certo… simplesmente hibernando, preferi "hibernar", é assim que chamamos quando nos transformamos ou quando renascemos, eu não aceitava o monstro em que me tornei — ele suspirou pesaroso e continuou. — Quando despertei, fiquei desnorteado com tudo, eram tantas descobertas que de início fiquei longe dos **HUMANOS** para não estragar tudo, tempos depois já conseguia interagir com humanos, no início pensei que seria difícil, mas logo percebi que eram apenas **HUMANOS** e sem ameaça — ele sorriu sem alegria. — Até você aparecer me obrigando a ter cuidado, a Fênix era a criatura mais linda que eu havia conhecido, mas agora ela perdeu o pódio, Senhorita Lins. — Seus olhos brilharam. — Com a transformação, ficamos com uma aparência sobrenatural em relação à dos humanos, de início vocês se sentem atraídos pela beleza, depois instintivamente sentem aversão e vão se afastando. Não envelhecemos — ele deu o sorriso de covinhas dando de ombros.

— Você tem quantos anos? — Por essa eu não esperava. — Cem, duzentos… — chutei.

— Talvez uma das duas, mas tecnicamente tenho 18 anos.

— E… — Ele me interrompeu colocando o indicador em meus lábios. Eu ia perguntar por que ele fala **HUMANOS** com ênfase, mas outro dia eu pergunto.

— O dia não é só seu, também tenho perguntas.

— Não tenho nada importante para falar.

— Já é meio-dia, vamos comer? — perguntou ele, a cesta era grande e feita de cipó dourado, ele a pegou colocando do nosso lado.

— Ainda não estou com fome. — Eu tinha muitas perguntas para me preocupar com comida.

— Tudo bem, vamos conversar, mas agora é a minha vez de fazer as perguntas.

— Você ainda não me mostrou.

— Quem é você? Eu preciso saber para te conhecer — disse ignorando o que eu falei.

— Eu me considero uma estranha que procura se encaixar, a maioria dos meus pensamentos envolve matemática, e geralmente sei como algo vai terminar, sempre sei as respostas certas desde que seja lógico, e assim cheguei à conclusão de que não pertenço a lugar algum, e isso sempre me deixa mais estranha e deslocada. Todas as vezes que me olho no espelho eu tento saber quem eu sou, quando olho pela janela do meu quarto, tento ver um mundo perfeito como nos livros, mas livros são apenas livros, não é real, mesmo assim para mim é um lugar para se refugiar, quando se é estranha como eu, era assim que me refugiava sempre me procurando, mas isso mudou quando vi você na escola, é meio idiota tal afirmação, mas é a verdade, senhor Mackenzie... — Eu corei ao ver seus olhos vidrados em mim. — Era como se você já fizesse parte da minha vida e naquele dia eu me descobri, mesmo depois de toda a matemática que fiz e os cálculos mostrarem que eu não tinha nenhuma chance com você — sorri timidamente. — Acredite, eu tentei vários teoremas, álgebra, equação, gráficos... a resposta nunca era positiva, independente do cálculo às vezes dava diferente. — Eu estava frustrada, mas era verdade, essa sou eu, a calculista no sentido nerd.

— Não é à toa que dizem que os orientais são todos inteligentes — disse tentando me distrair com a piada.

— Eu devia mesmo ser oriental, talvez tivesse encontrado a cura para minha loucura, às vezes eu acho que sonho em preto e branco — disse fazendo ele mostrar o sorriso de covinhas.

— Você é muito mais do que as simples contas de álgebra que resolvo de olhos fechados, os resultados da sua matemática são finitos, comparados ao que eu sinto por você. — A intensidade de seus olhos só confirmava o que ele dizia, a matemática nunca foi tão linda e romântica quanto agora, suspirei apaixonada. — Acredite, meus olhos não têm vendas como os de vocês humanos; e, Lívia, o amor não é cálculos e resultados, é sentimento.

— Agora entendo, era você que eu esperava ver do outro lado da janela — disse tocando sua mão.

— Você já namorou antes? — ele perguntou com um brilho nos olhos.

A pergunta me pegou de surpresa me deixando nervosa, não entendi o motivo para mudar de assunto.

— Já! — menti. — Por quê? — Mordi o lábio, com certeza eu estava vermelha.

— Quantos namorados já teve?

— Nas minhas contas, vinte — menti de novo, eu não queria que ele pensasse que eu era tão estranha a ponto de nunca ter namorado, mesmo sendo um fato.

— Não exagera. — Estava óbvio que ele duvidava.

— Na verdade, namorei cinco, os outros eram apenas paquera.

— Você é uma péssima mentirosa, sabia?! — Ele arqueou a sobrancelha e esperou.

— Tá legal, eu inventei toda essa história, eu só não queria que soubesse que nunca namorei, isso é vergonhoso para alguém da minha idade — suspirei sendo dramática.

Ele me olhou em silêncio por alguns segundos.

— Posso te contar um segredo? — ele perguntou com um sorriso malicioso.

— Sim — sussurrei.

Ele se inclinou na minha direção, deixando meu coração descontrolado.

— Tenho um histórico quase parecido com o seu — ele sorriu, quando sussurrou em meu ouvido, seu hálito fez cócegas em minha orelha. — Nunca tive sorte quando humano, e depois da transformação... — Ele sacudiu a cabeça sorrindo.

— Eu não acredito — eu disse quando ele voltou para seu lugar, seu rosto de querubim suavizando com seu sorriso perfeito. — Vo... vo... você é perfeito — gaguejei.

— Mas podíamos mudar isso — disse ele.

As palavras de Yale me deixaram confusa, tinham dois sentidos. Ele tocou meu rosto com a mão macia vendo a confusão em meus olhos.

Eternidade seria exagero meu, mas Yale se inclinou em minha direção lentamente sempre com os olhos nos meus, me deixando encantada, senti sua respiração enquanto sua mão afagava meu rosto, eu não sei como meu coração estava batendo, eu não o estava sentindo em mim de tão irregular.

— Eu não sei se vou conseguir controlar, também não sei se você está pronta para ver a minha verdadeira face, você vai decidir, não suporto o desejo de...

Seus lábios encontraram os meus, macios e suaves, o beijo era delicado e ansioso, retribuí sentindo que ele realmente me queria, suas mãos me puxaram para sentir seu corpo, o instinto me deixou hábil, era um sonho realizado sentir seus lábios nos meus, tudo estava perfeito, comecei a acariciar suas costas com as mãos desajeitadas e encontrei algo que antes não estava ali, o beijo ficou apenas suave.

A marca no meu pulso ficou como um rio que encontra o mar, a química que havia entre nós dava a entender que estávamos sintonizados um ao outro a quilômetros de distância, como o "O (Oxigênio)", um gás nobre da tabela periódica, muito importante para a vida e com as variáveis de estado, volume, pressão e temperatura, tudo junto e misturado, devíamos ter uma tabela do amor, era uma ótima ideia, pensei.

Não estou estudando nosso amor, só estou apaixonada, parece estranho, mas é a química do amor, sorri com a ideia, não é tão fácil se libertar do lógico como parece, principalmente quando se viveu a vida inteira com exatas.

Yale me afastou delicadamente, fiquei alguns segundos com os olhos fechados com medo de estar sonhando, uma de suas mãos estava na minha cintura, a outra afagava meu rosto. Quando abri os olhos, pude entender o motivo das palavras dele antes do beijo, os olhos de Yale mudaram do azul para o amarelo, mas além de mudar de cor, dentro do olho no meio do amarelo não tinha uma bolinha redonda como os humanos, o que tinha era um risco preto como no olho de um gato, essa foi a primeira coisa que me veio em mente, mas o dele parecia mais grosso, pensei, e com um movimento leve pude ver as asas se abrindo em suas costas.

O beijo foi rápido, mas foi suficiente para me deixar ofegante e mais apaixonada.

— Você é tão lindo — sussurrei.

Nunca vi um anjo a não ser em filmes, mas nada se comparava a Yale, que não parecia ser real.

— Você não está com medo? Se quiser posso levá-la para casa!... — Ele estava inquieto, nervoso.

— Não tenho medo de você, ao seu lado me sinto segura. — Toquei seu rosto. — Você quer que eu vá embora? — A ideia não me agradava muito, me deixando triste.

— Ivi, eu não quero que vá embora, mas eu sei que minha aparência causa medo, meus olhos dão medo e como eu já imaginava, eu não consegui me controlar, você me faz bem — ele sorriu timidamente. — Entenderei se não quiser...

— Yale, pare de dizer bobagens — o interrompi.

— Essa seria a reação que todo humano teria... — Interrompi novamente.

— Na verdade... — Eu corei. — Estou fascinada e me perguntando o motivo para você interromper o beijo — sorri para ele entender que eu estava feliz em estar ali. — A propósito, eu adoro amarelo.

Yale ficou radiante com minhas palavras, ficando mais calmo.

— Você é minha rosa de cristal, eu nunca machucaria você — sussurrou. Eu já estava em seus braços quando ele terminou.

— Não estou entendendo.

— Não posso deixar o desejo tomar conta, principalmente quando estou com você, e você por incrível que pareça tem o poder de me deixar vulnerável, eu tenho que me controlar — ele suspirou com pesar. — Eu posso machucá-la sem querer.

— Como? — desafiei.

— Assim. — Ele tirou a mão que afagava minha mão e levantou o braço com o indicador à mostra. — Olhe. — Em seu dedo apareceu uma pequena tocha de fogo. — Está vendo?

— Não me convence.

Ele estreitou os olhos para mim e o fogo sumiu sem assopro, me deixando curiosa quando deixou a mão aberta como se estivesse segurando algo, e num piscar de olhos apareceu algo vermelho, o fogo parecia macio, mas antes que eu pudesse tocar, ele fechou a mão, incrédulo com a minha reação. Não seria uma boa ideia dizer que eu queria tocar no fogo, mesmo estando com a mão estendida, e dizer que eu adoraria correr o risco para ser beijada sem interrupções.

— O que é renascer e essa rosa de cristal? — perguntei mudando de assunto.

Ele levantou e ficou olhando a praia, pela primeira vez pude ver as asas de outro ângulo e que me deixou intrigada por não rasgar a camisa azul, mas essa eu deixaria para depois, eu ainda estava boquiaberta com a descoberta, o vermelho de suas asas brilhava com perfeição, junto a algumas penas amarelas cor de ouro até parecia que tinha brilho.

— Renascer é o nome da flor mais rara do mundo, tem um cheiro delicioso, ela é capaz de deixar a própria Fênix inebriada por alguns dias. — Ele voltou e deitou na toalha me deixando preocupada que machucasse as asas, e para minha alegria ele deitou de lado, batendo na toalha com a mão e me convidando para que me juntasse a ele, não foi preciso que ele insistisse, era o que eu mais queria. — Ela renasce ou desabrocha, chame como quiser, uma única vez a cada mil anos e se fecha no fim da tarde para mais mil anos, mas se não se sentir segura ela prolonga mais mil anos para reaparecer.

— E o que eu tenho a ver com essa flor? Você já estava despertado quando ela apareceu? — perguntei.

Tudo é surreal, eu sei, sempre fui cética, ou melhor, era até meus dez anos, até uma marca aparecer no meu corpo sem explicação; mesmo com essa marca priorizei a lógica, mas sem desacreditar no suposto irreal. Eu já me sentia estranha com dores no corpo todo e uma doença que nunca era descoberta, e que simplesmente as dores passavam e eu voltava a ter uma vida "normal", sem dores e sem ir ao hospital até aparecer outra crise. Mas quando se tem um cérebro de "Jimmy Neutron" é difícil aceitar certas opiniões, ainda mais quando se está em fase de descobertas, a famosa fase "aborrecente", em que tudo é segredo e raiva do mundo, no meu caso, raiva de médicos incompetentes, então escondi a marca e as dores, só ia para o hospital quando desmaiava, do contrário ficava em casa pesquisando sobre mim e sentindo dores que só eu sabia, como era difícil abafar gritos na minha toalha para que ninguém percebesse.

Yale era apenas diferente como eu e com segredos que abalariam o mundo "perfeito", mas prefere o segredo, é melhor para a cabeça humana, nem todos aceitariam conviver com pessoas de asas, algumas pessoas têm raciocínio com QI abaixo do esperado e essa descoberta os afetaria drasticamente com sentimento de inferioridade, e quem tem o QI elevado poderia querer estudar as Fênix para supostamente aprender e "evoluir".

Suspirei viajando nos meus rápidos devaneios.

— Não, eu nunca a vi, mas um de nossos conhecidos conseguiu pegar uma de suas pétalas quando ia cair na areia, ele guarda em seu palácio para apreciarmos o cheiro dela, é incrível, bem colorida e muito bonita, dizem que já faz cinco mil anos que ela não aparece — ele falava tão gentil e apaixonado das flores que fiquei com ciúmes, Yale deitou-se de costas na toalha fazendo a asas desaparecerem. — E quanto a você?! Você apareceu de repente como ela faz, meus irmãos dizem que não é possível um humano com o cheiro de "renascer", mas para mim você tem esse cheiro, é como se ela estivesse dentro de você — ele sorriu com dentes brancos e eu me contive para não atacá-lo com um beijo.

— Onde ela aparece? — perguntei.

— Ela não é como "branca", que muda de lugar toda vez que aparece, ela é do deserto, ela só aparece para a Esfinge. — Isso me deixou intrigada.

— Para a Esfinge? Mas não é possível — argumentei.

— Acredite, ela é diferente — disse tocando minha mão. — Tenho sorte com raridades — ele sorriu. — Você é uma das raridades que encontrei, frágil, delicada, apaixonante, rara e tem um poder que desconhece. Minha perfeita rosa de cristal única, e só minha, só minha.

— Eu amo você — eu disse num jato, me pegando de surpresa, mas eu queria que ele soubesse como me sinto. Yale ficou sem expressão por alguns segundos me olhando e parecendo ver algo através de mim.

Ficamos calados por alguns segundos, até Yale me presentear com um sorriso largo e sussurrar em minha orelha que devíamos almoçar. Ele esquentou os sanduíches nas mãos e de alguma forma os refrigerantes de uva ficaram gelados, é claro que eu perguntei, mas ele deu de ombros, tudo que tinha ali eram meus lanches preferidos, fitei Yale desconfiada.

— Eu adoro batata frita, frutas e refrigerante de uva, como sabia?

— Eu estava intrigado por uma humana me atrair tanto, sempre pensei que era diferente e que não encontraria ninguém até você aparecer, eu fiquei curioso.

— Nunca imaginei alguém prestando atenção em mim. — Fiquei feliz em saber e muito vermelha, claro.

Ensinei a brincadeira com os polegares, era uma brincadeira que eu e Lana brincávamos quando pequenas, não me recordo onde aprendemos, era simples duas pessoas com mãos fechadas e o polegar exposto tentando não ser derrotado pelo polegar adversário. A sensação de segurar sua mão era de felicidade, Yale era melhor que Lana, ficamos envolvidos nessa brincadeira até eu falar de algo essencial para nosso namoro.

— Sua família parece que não vai muito com a minha cara — eu disse olhando ainda para nossas mãos.

— Não se preocupe, eles só estão confusos, como já disse não podemos nos relacionar com humanos, na verdade é quase impossível isso acontecer, não vamos entrar nessa história, eu quero você e isso é o suficiente. Sielo está curiosa com o seu poder de atração, Melina está zangada por medo da **GUARDA** descobrir, Allan acha estranho e não tem opinião no momento e meus pais ainda não sabem.

— GUARDA? — perguntei.

— Prefiro falar disso um outro dia se não se importa, o assunto não é fácil.

Analisei a situação por alguns minutos e percebi que Yale estava se arriscando por mim, o que eu menos quero é prejudicá-lo, pensei, ele era ótimo em ler minhas expressões.

— Não se preocupe, eu sei como resolver isso. — Ele beijou minha testa. — E falando em família temos que formalizar nosso envolvimento. — Fiz uma careta, mas ele tinha razão.

— Decida o dia para eu falar com seus pais, para seus amigos, não quero ficar longe de você por muito tempo e não dá para esconder com sua irmã na escola.

— Só em pensar em Sérgio me vigiando... — Estremeci, eu adorava o fato de ser namorada dele, eu o amava, era fato, até conseguia sentir as minhas veias pulsando só em falar seu nome. Meu pai ficaria mais controlador e provavelmente iria querer dar uma aula de educação sexual para mim, de má vontade, claro, mas segundo ele o certo a fazer é orientar as filhas, para só engravidar depois do casamento, se ele soubesse que já fiz um curso de educação sexual para conseguir fazer um parto em uma coelha e que o parto foi bem-sucedido, sorri ao lembrar.

— Que dia você vai? — perguntei saindo do meu transe repentino.

— Da minha parte iríamos agora mesmo...

— Na terça ou na sexta — interrompi sorrindo.

— Na terça, então.

O restante da tarde foi de sorrisos, relembramos meus desastres na quadra, na janela do segundo andar e de ter dormido na biblioteca, procurei algum erro que ele tivesse cometido, mas ele era muito cuidadoso, e sim, eu lembrei da vez em que ele estava dando uma de "mágico", sorri com a lembrança, mas Yale é perfeito até quando é flagrado, ele lembrou da noite do show dizendo que eu parecia uma andorinha que não sabia voar.

Já estávamos tão à vontade que Yale deitou em minha perna, seu cabelo estava em minhas mãos quando o vi fechando os olhos, ele estava gostando do carinho e me aproveitei para tocar seu rosto. Yale ficou sentado na minha frente, eu estava de olhos fechados mimando-o, não tive tempo para ver ele mudar de posição, minhas mãos ficaram no mesmo lugar, mas o rosto de Yale não estava mais ali, pensei que ele tivesse partido quando senti minhas mãos longe dos seus cabelos, e abri os olhos em alerta.

— Desculpe — ele sorriu. — Você me faz sentir normal.

Eu apenas me inclinei para beijá-lo e em seus olhos da noite vi que queria o mesmo que eu, ele estreitou a distância que nos separava, eu já podia sentir sua respiração e sentia meu coração acelerado, mas no último segundo meu celular tocou alto em minha bolsa fazendo Yale esticar o braço com sua velocidade inexplicável e pegar o celular antes que eu conseguisse piscar.

— Deve ser importante — disse Yale colocando o celular na minha mão, e lá se foi o clima romântico.

— Alô! — atendi com raiva.

— Será que dá para voltar e irmos embora, o que está fazendo? Perdeu a noção da hora? — Patrícia gritava do outro lado.

— Eu já estou chegando e pare de escândalo — gritei para ela me ouvir, porque, quando Patrícia se decide a falar, raramente ouve alguma coisa. Ela resmungou algo que não entendi e eu desliguei deixando-a falando só.

— Ela tem razão, eu esqueci da hora, me desculpe.

Maldita hora para Patrícia ligar, será que ela não podia esperar o beijo?, pensei com raiva.

— Agora que são cinco da tarde, está cedo — eu disse tranquilamente.

— Mas é tarde para alguém que não contou aos pais onde realmente estava indo.

Perfeito, agora ele concorda com a chata da minha irmã! Ele era muito rápido e logo estávamos indo para a casa, que vi quando chegamos.

— Acho que em outra oportunidade você me mostra a casa, sinto muito que tenha acontecido isso — suspirei pesarosa. — Desculpe ter estragado tudo.

— Não seja cruel consigo mesma, tivemos um dia maravilhoso!

O sol ainda estava no horizonte quando entrei de má vontade no carro, para voltar à casa de Joice e encontrar Patrícia. A ligação de Patrícia me fez refletir e decidir a falar para meus pais, Yale estava certo, não podíamos ficar assim...

— Canta para mim — pediu Yale, interrompendo meus devaneios.

— Não sei o que te agrada tanto nessa música confusa, nem eu sei por que canto ela.

— Ela fala sobre mim. — Ele tirou uma mão do volante, pegou minha mão e levou aos lábios. — E sua voz me deixou preso desde a primeira vez que a ouvi, é como se estivesse me chamando, posso ouvi-la em qualquer lugar do mundo desde que seja você que cante.

Seria impossível negar alguma coisa a Yale, cantei até chegarmos na casa de Joice, ele nem parecia ver a rua à nossa frente ou os carros, e quando olhava para mim era como se estivesse diante de um tesouro, isso me deixou hipnotizada ainda mais, eu sabia que ele gostava de mim, eu podia sentir.

— Por que chegamos? — perguntei para mim mesma.

— Em breve estaremos juntos — disse ele estacionando. Tirei o cinto de segurança, toquei na porta.

— Não esqueça sua bolsa, vamos evitar complicações — ele sorriu.

— Obrigada. — Peguei a bolsa pequena que raramente usava e me virei para descer, mas Yale me impediu, se aproximando e me fazendo esquecer da maçaneta, quando seus lábios tocaram minha testa.

— Boa noite, minha Ivi, até segunda! — disse sussurrando em minha orelha.

Assenti ainda tonta e desci meio perdida, não sei se consigo me acostumar com Yale.

O portão da casa de Joice estava aberto, fui até a porta aberta e chamei, Patrícia gritou de algum lugar mandando eu entrar, elas estavam na sala, falando muito alto; lá estava todo o grupo de minha irmã, e como já era de esperar todas olharam para mim quando cheguei; do jeito que todo mundo me olha, "a estranha chegou", ou melhor, as demais pessoas, fora minha família, meus amigos e meu namorado.

— Senta um pouco, temos que decidir uma coisa — disse Patrícia sem me olhar.

O assunto que estava deixando elas falando alto era quem faria par romântico com Yale Mackenzie.

— Eu seria a única a conseguir tal maravilha, um beijo de Yale Mackenzie... — todas suspiraram juntas.

— Não seja gananciosa, Patrícia, você já tem o Felipe — disse Marcela jogando uma almofada do sofá em Patrícia. Não escutei mais nada, pensei em todas aquelas garotas falando de Yale, ou melhor, do meu namorado, sorri comigo mesma, ele era só meu.

— Vamos, Lívia, e pare de sonhar acordada! — Patrícia me puxou pelo braço, eu estava mesmo sonhando acordada, suas amigas riram de mim, eu só ignorei como sempre.

Marcela nos ofereceu carona, mas Patrícia recusou dizendo que queria caminhar um pouco.

— Então, onde esteve o dia todo? — perguntou Patrícia quando estávamos andando para nossa casa.

— Pra que quer saber? — ela odiava quando eu fazia isso.

— Se ainda não percebeu, eu estou encobrindo você, por isso me deve uma explicação. — Ela tentava se controlar. — Quem é esse garoto? O que fizeram? Não fizeram nenhuma bobagem, né? — Ela até parecia se importar.

— É claro que eu não fiz nada de errado, o que você tem na cabeça? — respondi irritada.

— Homens são todos iguais, até os do seu tipo. — Que tipo era o meu? — me perguntei.

Pensei em dizer que era Yale, mas ela não ia acreditar, continuamos caladas até em casa, a não ser pelo fato de ela falar no celular ou gritar quando suas fotos eram comentadas, pois a cada dia era mais famosa nas redes sociais.

— Só me diga por que ligou? — Se sua resposta fosse convincente, eu me sentiria melhor.

— Eu disse que ligaria! — ela quase gritou. — Só queria saber se estava... Na verdade foi só para ligar, por quê? Estraguei o momento romântico, foi?

De início pensei que ela estava preocupada, mas acho que me enganei, entrei em casa e corri para meu quarto enquanto minha irmã se divertia às minhas custas.

— O que as duas andaram aprontando? — perguntou meu pai me impedindo de subir as escadas.

Vi minha irmã radiante com a pergunta.

— Filha, você fez amizades com as amigas da sua irmã? — agora foi a vez da minha mãe, já devíamos esperar o interrogatório.

— Só fizemos um passeio, não foi, Ivi? — respondeu minha irmã me provocando.

— As amigas de Patrícia continuam como no dia do show — rebati.

Aquilo parecia uma guerra, meus pais nos olhavam sem entender e foram para a cozinha sussurrando "crises de adolescentes".

Hoje era a vez de Patrícia lavar e eu enxugar, ficamos caladas indo direto para nossos quartos quando terminamos.

— Acho que o passeio não foi uma boa ideia. — Ouvi minha mãe dizer para Sérgio quando eu subia as escadas.

Olhei para as árvores escuras e como das outras vezes não vi nada de diferente, como asas ou Yale com um sorriso largo.

Eu queria ligar para Lana e dizer como meu dia foi maravilhoso, mas ela iria dizer que estou maluca. Tudo foi tão incrível que eu tinha a impressão de que logo acordaria. Quando dormi os lábios de Yale tocaram meus lábios em todos os sonhos que tive essa noite.

O sol entrou pela linha da janela me acordando, beijei "branca", a flor que Yale me dera, que parecia feliz com meu estado de espírito. Como todos os domingos, nos reunimos na mesa na hora do café e parecíamos uma família normal, até eu ou Patrícia começar a brigar.

Meus amigos me esperavam, como todos os dias, na entrada da escola, sorri timidamente para Yale, que não tirava os olhos de mim quando entrei na sala.

— Yale disse que vai lá em casa amanhã, não sei como falar para meus pais, vocês têm alguma ideia? — perguntei quando sentamos na nossa mesa do refeitório.

— Essa história de novo Lívia, por que não fala logo quem é? — disse Lana.

— Tudo bem, eu desisto — eu disse ficando séria, Tony preferiu não falar nada, só observou o drama.

O clima ficou tenso por alguns minutos, mas logo voltamos a conversar, falamos de tudo menos de Yale Mackenzie.

— Ivi, não se preocupe, seus pais vão falar apenas as mesmas coisas que eles falam sempre, é moleza! — disse Lana enquanto dávamos a segunda volta em torno da quadra de esportes, retornando ao assunto que pensei que ela tinha encerrado por não acreditar.

Assim era a melhor amiga, mesmo sem ter certeza do que eu estava aprontando ela sempre estava comigo.

Não consegui falar com Yale hoje, mas meu coração estava aquecido por saber que logo estaremos juntos, suspirei feliz.

Me tranquei no meu quarto depois do jantar, para me preparar para falar com meus pais sobre meu namoro.

Foi uma noite sem sonhos.

— Bom dia! — eu disse.

Todos já estavam na cozinha quando criei coragem para descer.

— Bom dia, querida — disse meu pai me dando um beijo na testa.

— Mãe, pai, quero falar com vocês quando chegarem do trabalho — falei com um sorriso nada convincente.

— Larga de besteira e conta logo — disse Patrícia estragando tudo como sempre.

— Estamos ouvindo, Lívia. — Sérgio ficou sério.

— É que… — parei. — Hoje à noite virá um garoto falar com vocês. — Minha vontade era jogar meu suco na cara da minha irmã, que me olhava com deboche.

— Está namorando? — Ele arqueou a sobrancelha.

— Quem é ele, querida? — disse perguntou minha mãe falando pela primeira vez com um sorriso. — Fico feliz por você, filha, diga a ele que o estaremos esperando. — Minha mãe sempre me ajudando, era ela quem intercedia por nós, e Sérgio sempre foi o mais difícil de aceitar qualquer coisa de boa vontade.

— Acho que sim, pai, o nome dele é…

— Se ele vem aqui, ele que se apresente — disse Sérgio encerrando o assunto com sua carranca de "não gostei".

— Grande novidade, até parece que a gente não sabe quem é… — disse minha irmã sendo chata e metida.

Peguei minha bolsa e saí antes que meu pai falasse tudo o que estava pensando. Ver o carro preto entrando no estacionamento da escola fez meu coração acelerar.

A professora de química passou uma prova-surpresa para avaliar o desempenho da turma, deixando muitos alunos revoltados e com raiva, minha amiga Lana faz parte do gráfico dos que desaprovaram a prova-surpresa.

— Por que a professora de química não pensa em nossos sentimentos e nossas opiniões? Não são importantes?… — disse Lana se lamentando e colocando a cabeça na mesa do refeitório.

— Achei a prova muito fácil! — rebati provocando Lana.

— Eu também — disse Tony, entrando na zoação.

— Vocês são dois egoístas, nunca me dão as respostas — murmurou Lana. Fui para o local de sempre para falar com Yale.

— Estava com saudades — disse Yale, me pegando de surpresa quando sussurrou em minha orelha e me deixando cativa de sua voz suave.

— É incrível como cada segundo longe de você me angustia. — Falar meus sentimentos para Yale se tornou natural. — Também senti saudades — sussurrei sentindo seus lábios em meu pescoço.

Estava aninhada em seus braços fortes e vi em seus olhos azul-escuros um desejo que se reprimia, era como parar o tempo, o vento, meus olhos se fecharam com o carinho que ele fazia em meus cabelos.

— Sielo — disse Yale. — Sei que está aí, apareça!

— Eu não compreendo… — disse a voz de soprano em algum lugar ali, abri os olhos e pude ver a loira de cabelos longos, era a beleza em pessoa, ela olhava para nós com o pescoço virado para o lado como quem procura um ângulo melhor.

— O cheiro é como qualquer outro, tem voz afinada como muitos, o que ela tem de especial?…

Eu não entendi nada e depois de alguns segundos ela se virou e voltou para a escola.

— Você a cada dia fica mais irresistível, minha rosa de cristal — disse Yale.

— O que ela queria? — perguntei.

— Entender, mas não vou responder isso hoje.

— Por quê?

— Porque quero saber se vou poder ir à sua casa falar com seus pais — ele riu perto do meu rosto.

— Sim, chega de se esconder — sorri, ficando tímida de repente. — Te espero às 20 horas — falei como se estivesse anunciando uma seção de julgamento. Foi a forma como consegui falar, para controlar meu nervoso, o medo, a alegria, tudo ao mesmo tempo. É tudo muito novo, e o principal: é meu conto de fadas nunca imaginado se tornando realidade, é o começo do meu final feliz.

— Estarei lá! — ele sorriu, beijando minha testa. — Esperei por isso por alguns séculos, não me atrasarei, eu prometo.

CAPÍTULO 10

Não sou de ficar nervosa, mas esperar Yale era como esperar o resultado dos meus exames médicos, uma angústia repentina. Fiquei nervosa pensando que ele poderia desistir, eu estava aflita mesmo ele não estando atrasado, ele tinha tantos motivos para desistir...

— O tal garoto vem mesmo? — perguntou meu pai quando cheguei da educação física e atrapalhando meus pensamentos aflitos.

— Sim... — Eu ia falar a hora em que Yale chegaria, mas ele saiu para o jardim.

— Graças a Deus eu tenho festa do pijama hoje, para não ser obrigada a ver esse pedido bobo e patético, você ainda é do tempo de ser cortejada, namorar na sala, em que século pensa que estamos? — disse Patrícia indo para a escada para arrumar sua bolsa, sem se importar com o que meus pais falavam, brigando com ela por sua falta de sensibilidade. Quando faltavam vinte minutos para as oito horas, meu coração saiu do ritmo, fiquei ansiosa, fui várias vezes me olhar no espelho, mas estava tudo no lugar. Na terceira vez que voltava do espelho, Sérgio arqueou as sobrancelhas impaciente e eu me sentei na escada tentando me controlar e por ser o lugar mais próximo da porta.

Quando ouvi a leve batida, corri até a porta, passei a mão no cabelo, arrumei a blusa, que estava ótima, e abri a porta, que foi o mais difícil com minhas mãos tremendo.

— Oi! — disse Yale com o sorriso de covinhas, ele estava lindo como sempre, não usava terno, mas usava jeans e uma camisa roxa social bem passada. Fiquei vermelha quando ele beijou minha mão.

— Você veio! — sorri aliviada, contendo a felicidade.

Sérgio e Clarice estavam na sala de pé para receber meu convidado.

— Mãe, pai, essa é a pessoa que falei. Yale, esses são meus pais, Sérgio e Clarice.

— Boa noite, eu me chamo Yale Mackenzie, é um prazer conhecê-los.

— Boa noite! — os dois responderam juntos.

Minha mãe com um sorriso alegre e meu pai com a carranca esperada. Era evidente que eles estavam esperando um garoto com óculos, camisa xadrez e de repente entra um deus grego vestindo jeans.

A conversa foi rápida e, como disse Lana, só falaram as bobagens que eu ouvia sempre.

— Cuide da minha Ivi e cuidado com seus pensamentos, rapaz! — Yale assentiu com seriedade, meu rosto queimava de vergonha, era bem típico do meu pai querer deixar todos os garotos que vão nos visitar com medo. — O mundo está moderno, mas aqui o respeito é do século XIX — e assim terminou meu pai com seu discurso ameaçador, segundo ele, e eu vermelha como sempre com vontade de rir, se meu pai soubesse que Yale fez parte do passado, literalmente.

— Vamos sentar na varanda — chamei Yale, que olhava para mim com curiosidade, me deixando sem jeito e desajeitada. — O que está olhando? — perguntei quando sentamos no banco da varanda.

— Estou tentando entender quem é você — respondeu. Olhei para a distância entre nós, ele pegou meu cabelo e inspirou. — Você é inebriante.

Eu não estava entendendo, ele parecia diferente, animado, senti seu braço me puxando pela cintura para ficar mais perto, meu cabelo começou a levantar, eu sabia que era ele.

— Você parece diferente, o que você tem?

— Estou com vontade de beijá-la — sussurrou.

— E por que não beija? — sussurrei, era o que eu mais queria.

— Não posso — ele sorriu me confundindo ainda mais. — Seu pai está nos observando e eu não quero correr o risco dele me mandar embora se por descuido minhas asas aparecerem, ainda estou me adaptando...

— Vou falar com ele. — Levantei, mas ele segurou minha mão para me impedir.

— Clarice está falando com ele — disse Yale. E logo meus pais saíram da janela.

Senti seus dedos em meu rosto e seus lábios encontraram os meus delicadamente, mas não me contive, eu queria mais, e novamente ele me afastou, seus olhos continuaram fechados, eu não era a única que ofegava.

— Yale — chamei e seus olhos se abriram num amarelo ofuscante que logo desapareceu.

— Desculpe, você às vezes me surpreende — respondeu.

Me encostei em seu ombro, era tão bom ficar com Yale que dava vontade de não largá- lo mais.

— Senhor Sérgio? — chamou Yale me deixando atordoada. — Posso lhe fazer outro pedido? — Eu não tinha visto que meu pai estava encostado na varanda, em qual momento ele veio para fora?, me perguntei.

— Não sou velho e fale de uma vez — respondeu rabugento.

— Posso levar Ivi para a escola?

Meu pai olhou para mim e viu em meus olhos aflitos que ele devia concordar, e talvez a expressão séria da minha mãe em sua direção por flagrá-lo nos espionando pela segunda vez tenha ajudado.

— Sim e direto para casa — respondeu meu pai, e voltou para a sala para continuar a ver a novela junto com Clarice.

— Eu tenho tantas perguntas... — comecei.

— Seus lábios são tão macios e me... — ele se interrompeu. — Estamos em uma missão, mas não posso falar mais que isso para sua própria segurança. — Ficamos calados até o bip do relógio de Yale interromper o silêncio, nos lembrando que dez horas era o nosso limite.

— O tempo está mudando, é melhor eu me preparar... — disse ele mais sério.

— Eu sempre tive vontade de ver a neve, mas aqui no paraíso tropical é impossível; mesmo com a temperatura baixa do sul, não é como no Alasca.

— Alasca? Gosta do frio a esse ponto? — perguntou.

— Sou curiosa. — Dei de ombros, se eu contasse ele iria rir.

— Me deixou curioso, é uma tortura deixá-la, não seja mais cruel.

— Ok! Quando era pequena eu tinha sonhos estranhos, era sempre o mesmo sonho, eu sempre aparecia no gelo com um vestido longo e branco, eu estava perdida na neve, e isso despertou minha curiosidade.

— Ainda tem esses sonhos? — perguntou ele sem sorrir.

— Não, estão só na lembrança — sorri. Eu não podia dizer que ele era o responsável por isso. — Agora você é meu sonho.

— E você é a minha vida. — Seu olhar era penetrante. — Pelo menos posso levá-la à escola — disse com um sorriso.

Eu ia acompanhá-lo até o carro, mas ele me impediu, me inclinei para beijá-lo, ele beijou-me na testa.

Sérgio estava sentado no sofá carrancudo e Clarice parecia minha irmã com as perguntas.

— Ele é lindo, filha, e muito educado — disse quando saía do meu quarto.

Suspirei várias vezes aliviada por tudo ter dado certo e lembrei do livro que há muito tempo eu não lia, com a curiosidade me dominando. "Eu sou uma Fênix", disse Yale, o livro falava de alguma coisa relacionada a Fênix; como ele não pode falar muito sobre sua vida, eu mesma vou descobrir.

"Os mistérios que o cercam talvez nunca sejam desvendados ela desistiu de ser o que era tentando ser normal, para talvez de alguma forma encontrar o que todos procuram, mas o cheiro será trancado e escondido com o código que só a Fênix humana encontrará Mesmo sabendo que se encontrada como assim juraram a criatura indigna será morta sem piedade como prometido

O escolhido é um homem forte, mas a Fênix tem nas mãos a decisão de deixar o indigno vivo ou..."

Amanhã eu leio mais, esse quebra-cabeça não está me ajudando a ficar tranquila.

O despertador me acordava com entusiasmo, me arrastei para o banheiro antes que minha irmã se trancasse lá.

— Até quando essas placas vão ficar na sua porta? — perguntou Patrícia. — Perigo, interditado... isso é coisa de criança.

— Elas vão ficar aí até você, a adulta, aprender a bater — respondi com raiva quando saí do banheiro.

Era impressionante como sempre achávamos uma besteira para brigarmos.

Meus pais já haviam saído para o trabalho, eu sempre fui a primeira a sair por ter que ir andando para a escola, mas como Yale ia me levar, eu pude dormir um pouco mais.

— O que você ainda faz aqui? — perguntou Patrícia sentada no sofá esperando Felipe.

— Tenho carona — disse subindo as escadas.

A campainha tocou e me fez correr, mas Patrícia foi mais rápida.

— Yale Mackenzie? — ela olhava confusa para ele. — O que...

— Yale — eu disse toda derretida quando o vi, interrompendo minha irmã, indo ao encontro dele, me jogando em seus braços e puxando-o para dentro.

— Essa é minha irmã e, Patrícia, esse é o garoto que te falei.

— É um prazer conhecê-la — disse Yale com um sorriso.

— Vamos — chamei Yale.

— Você quer dizer...

— Exatamente — interrompi.

— Não acredito!!! — disse ela quando eu ia saindo, mas eu não fiquei para lhe dar explicações.

Yale já estava segurando a porta do carro para mim.

— Bom dia! — disse Yale. — Vocês se atrapalharam e eu me esqueci — ele sorriu timidamente.

— Relaxa! — sorri feliz por estar com ele. — E bom dia, como foi sua noite depois que me deixou?

— Me sinto melhor agora — respondeu ele.

Ouvir isso me deixou sem ação, sempre vi os garotos como egoístas por não verem que as garotas que gostam de estudar podem ser legais e até mesmo atraentes, Yale me fez mudar esse conceito. Tudo parecia o mesmo, exceto por estarmos juntos no carro, ele estacionou no estacionamento da escola, que estava pouco movimentado, pegou nossas bolsas, pedi a minha, mas ele sacudiu a cabeça em negativa e não me entregou.

— Yale, não está tão pesada? — disse entre dentes.

— Eu levo para você — disse ele rindo de mim.

— Problema seu então! — falei saindo e deixando-o sozinho, mas algo me segurou, era como se meus pés tivessem sido colados no chão, eu sabia que Yale tinha algo a ver com isso.

— Não se irrite, só quero ajudar — disse ele ao meu lado. Sua voz macia me fez sentir culpada.

— Desculpe, eu não estou acostumada com gentilezas.

— Você fica mais linda com raiva — disse ele com um sorriso zombeteiro, retirando o cabelo do meu rosto.

— Tem certeza que é uma boa ideia todos nos verem juntos? — perguntei apreensiva de repente.

— Nunca tive tanta certeza como agora, o amor verdadeiro é imbatível, Lívia, você me mostrou que ele realmente existe, não se preocupe com o resto, é apenas resto. — Sua voz era tão suave e decidida!

A maioria dos alunos da escola já estavam em suas salas, talvez minha irmã ainda não acreditasse e preferiu me poupar das fofocas, mas conhecendo-a é melhor não contar vitória antes do intervalo. Na nossa sala, todos estavam conversando alto e "colando" os resultados da atividade da professora de química; mas nossa entrada atrapalhou a todos, Yale continuava segurando minha mão, procurei o olhar dos meus amigos, que estavam com a mesma expressão dos outros ali presentes, boquiabertos. Pela primeira vez eu senti o que Patrícia provoca quando é reconhecida na rua e eu confesso, não gostei da sensação de ser o alvo.

A professora de química recolheu as atividades e passou uma redação sobre teorias, elementos químicos, descobertas e vários outros assuntos, de todos os assuntos ela queria no mínimo trinta linhas.

Lana, depois de alguns segundos, se virou para minha mesa.

— Lívia, precisamos conversar, e eu que pensei que não tinha redação nessa matéria — sussurrou ela se virando para a frente.

Tony apenas me sorriu e piscou.

Assim foi a aula, cheia de atividades e garotas que não paravam de falar, e o assunto era o mesmo: "o novo casal da escola", até a professora pedir silêncio e as conversas começarem nos celulares com direito a postagem de fotos nos grupos das redes sociais. Yale me esperou para irmos juntos para o pátio, Lana tagarelava, mas não era como antes, a presença de Yale ao meu lado a deixava tímida, algo raro é deixar Lana tímida.

— Se você quiser, pode ficar com a sua família — falei para Yale quando peguei uma bandeja.

— Prefiro ficar com você — disse puxando a cadeira para mim depois que pegamos nossos lanches.

— Lana, Tony, esse é Yale, meu namorado, e, Yale, esses são meus amigos — apresentei de forma simples, já que eles sabiam.

— Oi, tudo bem? — Meus amigos se olharam e sorriram por responderem juntos.

— É um prazer conhecê-los — disse Yale.

Yale comia batata frita como um crítico, dava a impressão de que ele não estava gostando.

— Você está fazendo de novo. — Apontei para Yale lembrando do piquenique, ele apenas sorriu me fazendo sentir seu toque com uma leve brisa.

O refeitório não era o mesmo, a atenção estava voltada para minha mesa, a mesa dos desconhecidos, até então. Uns cochichavam, outros falavam alto e tinha os que faziam tudo ao mesmo tempo e sem desviar os olhos. Vi minha irmã entrando no refeitório e, infelizmente, ela não era o centro das atenções.

— Vamos sair daqui? — chamei. — Vocês vão ficar? — perguntei para meus amigos, que continuaram sentados.

— Sim, Tony vai me ajudar com a química, vamos voltar para a sala quando terminarmos o lanche.

Fomos sentar no nosso banco.

— O que a está aborrecendo, não posso comer batatas? — tentou brincar.

— Prefiro ficar atrás das câmeras — respondi.

— Desculpe — disse ele ficando triste e escondendo o sorriso.

— Não é sua culpa, eu estou adorando não precisar me esconder com você, mas essas pessoas exageram. — Me aproximei dele colocando minha cabeça em seu ombro e ele me envolveu em seus braços.

Tirei seu cabelo que caía nos olhos e acariciei seu rosto de querubim, me perdendo em seus olhos.

— Eu não devia ficar tão exageradamente perto de você e... — Ele se inclinou na minha direção. — Você é... — Nossa respiração se confundiu.

— Devia sim — sussurrei.

Toquei seus lábios com os meus, meu coração batia incontrolável, a marca no meu pulso ganhava vida, mas não sentia dor, ele se afastou rápido demais. Seus olhos me fitavam quando consegui abrir os meus.

— Meus pais chegarão na próxima semana — ele me sorriu timidamente. — Quero que conheça eles.

— Não acho...

— Não precisa ter medo — ele me interrompeu.

— Não tenho medo, mas já imaginou a reação deles quando souberem?

— Eles já sabem — respondeu.

— Como? Você contou? — perguntei ficando nervosa de repente.

— Melina ligou dizendo que eu estava muito próximo dos humanos, ela ainda espera que eu desista de você, e Sielo concordou porque quer conhecer você. — Ele retirava o cabelo do meu ombro. — Incrível — disse mudando de assunto enquanto roçava meu pescoço com o nariz. — Esse cordão é bonito, o pingente é diferente.

— Esse cordão é um presente de minha avó Ana, ela dizia que "eu sou o botão que todos procuram e a estrela que brilhará quando tudo estiver escuro", ela sempre me dizia isso, mas só ganhei o cordão quando ela já estava morta. — Ele me olhava sem entender. — O médico dela disse que ela segurava a caixa que continha o cordão.

— Interessante história. Sinto por sua perda — sussurrou ele.

O sinal tocou nos fazendo voltar e enfrentar os olhares curiosos.

Patrícia me esperava no meu quarto quando entrei e me assustou.

— Eu posso saber o que você estava fazendo com Yale Mackenzie? — ela quase gritava.

— Você não é surda e também não é cega — respondi friamente.

— Quanto ele pagou para você concordar com essa farsa? — perguntou ela cruzando os braços.

— Será que é tão difícil ou estranho alguém se interessar por mim? — também gritei perdendo a paciência, ela não ia sair facilmente.

— Não, você tem sua beleza. — Ela respirou fundo para manter a postura. — Mas Yale Mackenzie? — ela disse com ironia quase sorrindo.

— Quer dizer que não sou bonita o bastante para Yale? — perguntei entrando em seu jogo cruel de me deixar como um lixo, é assim que eu me sinto quando ela fala mal das minhas roupas... um lixo!

— Ivi, ele é... — ela não terminou.

— Eu não sou popular e nem sou como você? É por isso que é estranho? Então diga isso a ele — eu gritava as perguntas que até eu mesma me fazia.

Nosso pai entrou no meu quarto para ver o que estava acontecendo.

— Não é bem assim — ela tentou se explicar, vendo meu estado de nervos.

— Eu não vou tomar o seu lugar e nem quero — disse aos berros sem me intimidar com Sérgio, eu já estava chorando, era demais para mim, eu queria empurrá-la e jogá-la pela janela.

— Mas o que é que está acontecendo aqui? — perguntou Sérgio olhando para nós duas, esperando uma resposta. — Lívia, o que tem a dizer?

— Nada, pai, pergunte a Patrícia, esse é o meu quarto.

Liguei o meu som e não desci para almoçar, irritando ainda mais o meu pai.

Vesti a habitual calça preta com listras brancas nas laterais, com o sapato lilás, e fui para a aula de educação física, Yale me encontrou no caminho com a desculpa de que era longe.

Depois de um exaustivo treino, entrei no carro, Yale já segurava a porta à minha espera; quando faltava uma rua para chegar à minha casa, obriguei ele a me deixar ali, eu não queria que meu pai arrumasse pretextos para dizer que ficamos muito tempo juntos. Conheço Sérgio, ele está sempre procurando motivos para diminuir as visitas dos namorados das filhas.

Esperei Yale na varanda às oito da noite como meu pai ordenou, era incrível que só ver o carro parando ali na frente já fazia meu coração ficar desordenado.

— Oi! — Corri para ele antes que chegasse na varanda.

— Minha rosa de cristal! — Ele me recebeu com seu sorriso de covinhas. Ficamos abraçados por alguns instantes e ele me puxou para sentarmos.

— Meus pais chegaram — disse Yale olhando meu rosto e lendo minhas expressões.

— Você disse...

— Eles mudaram de ideia, queria levar você na nossa casa amanhã à noite, você vai? — perguntou. Ele parecia em dúvida com minha resposta.

Eu fiz uma careta, mas era impossível recusar um pedido de Yale com aquele sorriso devastador, na verdade não sei se conseguiria recusar algum pedido dele.

— O que houve? Você está inquieta, aconteceu alguma coisa? — perguntou mudando completamente de assunto.

— Não sabia que a Fênix tinha o dom da vidência — disse fazendo bico, eu não queria dizer que hoje tivemos uma discussão por ele gostar de mim.

— Por favor, diga o que houve — ele sussurrou.

— Você tem certeza que me quer? — suspirei. — Hoje discuti com minha irmã, segundo ela tudo é só uma farsa, eu queria saber...

Ele me interrompeu.

— Quando abri os olhos depois da transformação, me senti perdido e resolvi me esconder, mas algo me dizia para esperar e ter paciência enquanto dormia, quando abri os olhos novamente, tentei viver e parecer normal, mas como você percebeu não é fácil ficar despercebido, os humanos se sentem atraídos por nós. — Assenti. — Então, ignoramos vocês, fingindo que não notamos vocês ao nosso redor. Mas o clima mudou em um dia quente e um cheiro diferente apareceu e desapareceu de repente, um mês depois o cheiro voltou e trouxe a mesma chuva.

— Eu tive que voltar para terminar o bimestre — sussurrei.

— Desde a primeira vez que senti o seu cheiro, não consigo dormir direito — ele sorriu. — Você me tira o sono, Lívia Lins, nunca imaginei que gostaria de alguém que me fizesse esquecer o que sou, todos diziam que logo eu encontraria uma parceira, mas não foi bem assim, depois de cem anos todos já tinham desistido da possibilidade de eu encontrar alguém e torceram para que eu me encaixasse e encontrasse algo para fazer perto dos humanos, eu tinha que ter um passatempo enquanto a missão não era concluída, meu apelido já tinha sido escolhido: "o eterno solteirão" — ele sorriu, carinhosamente. — E então o clima mudou e isso me torturou, o clima não muda sem eu saber, eu não gosto de não saber, desde a mudança do clima você se tornou meu enigma sempre me atraindo, me deixando envolvido com sua presença que a cada dia me dilacerava ao ficar ao seu lado e nada poder dizer, é errado só em pensar em você… você é minha razão de viver, antes de você eu só existia, agora você é minha vida, agora eu tenho planos, objetivos… você é o meu amor, é a minha parceira, a parceira que eu escolhi e esperei, não duvide disso, nunca!

— Você nem imagina como estou feliz por ouvir isso. — Meus olhos estava embaçados e só percebi que chorava quando meu rosto estava molhado.

— E depois de séculos encontrei o amor onde não devia — disse enquanto beijava as minhas lágrimas de felicidade.

Eu já ouvi aquele pensamento em algum lugar, ou li?, me perguntei, mas Yale me fez esquecer de tudo quando tocou meus lábios levemente.

Um carro vermelho estacionou atrás do carro de Yale, Felipe saiu passando a mão no cabelo.

— Pensei que tivesse me esquecido — disse Patrícia beijando-o e sentando do outro lado da varanda, em duas cadeiras que colocara.

— Yale Mackenzie? — perguntou Felipe sem disfarçar a surpresa.

— Agora dividiremos a varanda com o novo casal — Patrícia respondeu alto o bastante para que pudéssemos ouvir.

Patrícia não sentava na varanda nem quando chovia, ela preferia colocar as cadeiras na frente da varanda, mas para implicar comigo isso era só o começo.

— Como se não bastasse ter as garotas com raiva de mim, agora minha irmã vai ficar "no meu pé" — cochichei. Olhei para Patrícia, que não tirava os olhos de nós dois, suspirei pesarosa. — Isso é culpa sua! — disse com raiva.

— Por quê? — ele ficou confuso.

— Por ser lindo e não dar atenção às garotas bonitas da escola — sorri. — Isso até parece aqueles filmes em que o lindo protagonista se apaixona por uma nerd estranha e desastrada como eu — gargalhei.

— Mas a nossa história é real, Ivi, não dê importância aos outros; a propósito, estou com a mais bela flor em meio a um jardim de cardos.

Ficamos discutindo isso por algum tempo, os olheiros de plantão me deixaram tímida, Yale foi embora me dando um beijo na mão e saindo.

— Que namoro estranho, vocês nem se tocam, nem se beijam, tem certeza que ele gosta de você? — perguntou Patrícia depois de mandar Felipe embora.

— Será que eu posso saber o motivo de você estar implicando tanto comigo? — perguntei.

— Ainda não entrou na minha cabeça essa história de que Yale gosta de você, ele nunca gosta de ninguém — ela disse com aquele olhar de cobra que só ela tem.

— Não tenho culpa por ele ser assim — rebati.

— Só não quero que falem mal de você e espero que esteja preparada para ser o próximo alvo da escola andando com ele. — Ela virou a cara e saiu fazendo pose com o cabelo solto. Patrícia tinha uma forma estranha de demonstrar seus sentimentos de irmã, ela nunca queria ser vista como sentimentalista.

CAPÍTULO 11

Quando contei a Sérgio que iria na casa de Yale conhecer seus pais, ele ficou desconfiado, pois sabia que os Mackenzie não estavam na cidade, eu tinha certeza de que ele iria ligar para algum amigo para confirmar essa história.

— Espero que venda muitos carros, pai — eu disse quando ele ia saindo para o trabalho. Dez minutos depois chegou Yale, pegando minha bolsa e me dando um lindo sorriso.

— Hoje a noite vai ser "corrida" — ele disse quando entrei no carro. — Não vejo a hora de você conhecê-los, tenho a impressão que tudo vai dar certo — disse Yale empolgado mais que o normal.

— Que bom que está feliz — sorri sem vontade, eu estava com vontade de gritar.

Yale me olhava enquanto dirigia, mas eu olhava para o lado fingindo que ele não estava ali.

— Lana, quero falar com você — puxei ela para o lado dos banheiros e acenei para Yale e Tony não nos esperarem, os dois nos olharam sem entender e saíram.

— Qual o navio que afundou? — perguntou Lana, com sarcasmo.

— Yale vai me levar para conhecer seus pais — respondi aflita.

— É, amiga, você está num navio sem remos — disse Lana sorrindo, como se não fosse tão grave. — Eu sei que os Mackenzie são bem diferentes do que estamos acostumadas, mas eu ajudo você a se vestir e acho que precisaremos da ajuda da sua irmã.

— Pode tirar Patrícia disso, seremos só você e eu — disse com raiva, só em pensar em Patrícia me irritava, ela assentiu preocupada.

Yale estava na sala de aula enquanto eu e Lana pensávamos em alguma roupa. Andar nos corredores estava difícil com os olhares e piadinhas sobre mim.

— "Aquele tênis vermelho é ridículo!" — disse uma garota ruiva que estava ao lado de duas garotas que concordavam com a cabeça e todas me olhavam com o olhar de idiotas.

— "Esses desenhos na blusa dela parecem as roupas da minha irmã de 10 anos." — Essa que falou era aspirante ao grupo da "Elite"; todos que estavam ali, no corredor, antes de chegar à nossa sala, riram.

— É melhor voltarmos — disse Lana, não esperando resposta e me puxando para dentro da sala, só percebi que ela estava irritada quando sentamos e ela resmungou algo quase ininteligível: "Adoraria partir a cara daquelas safadas".

A professora de literatura disse que as portas do auditório estariam abertas a todos os interessados na peça. Passei o resto do dia evitando Yale, que parecia ansioso a cada segundo, a ideia de conhecer seus pais me deixava nervosa e, antes que pudéssemos sair, no final da aula o professor Marcos foi avisar que a aula de educação física seria cancelada porque os professores ficariam em reunião a tarde toda. Essa notícia me fez relaxar, assim teríamos mais tempo para pensar em algo para eu vestir e não ir como uma maltrapilha, por um instante me veio a sensação de que Yale já sabia disso, mas logo passou. Fui o caminho todo falando com Lana pelo celular, enquanto Yale suspirava inquieto dirigindo. Quando o carro parou, acenei e entrei em casa, não tive coragem de olhar para ele, eu podia sentir seu olhar acusador em minhas costas.

Lana foi para minha casa me ajudar, tirou todas as minhas roupas do lugar e jogou em cima da cama, vesti e tirei várias roupas, mas segundo Lana nada ficava legal ou apropriado, ela disse que os Mackenzie eram cheios de classe, sofisticados e muito ricos... Isso me deixou zangada, olhei aquela bagunça na cama e escolhi sem cerimônia uma roupa.

— Vou na saia jeans longa que usei uma vez para ir à igreja e nessa blusa verde. — Puxei a blusa no meio da bagunça.

— Ivi, essas roupas vão te deixar com calor, não estamos no sul, e você vai em qual sandália?... está faltando um pouco de classe... isso não está elegante...

— Não sou de sentir calor e vou no sapato lilás, eu sou eu e lamento se eles não gostarem da minha falta de classe — sorri com raiva, eu aceito críticas, mas todos sabem que eu tenho um gosto diferente para minhas roupas.

— All Star não combina com tudo amiga, principalmente com essas cores, podíamos comprar umas roupas, você tem tempo, hoje não terá educação física — disse Lana.

Ela estava com o sorriso da esperança, mas eu não sou muito de fingir, a intenção de Lana era boa, ela estava sendo a amiga perfeita e só queria me ajudar, mas na maior parte do tempo eu sou do contra e minha decisão basta, resumindo, sou teimosa ao cubo e se os Mackenzie não gostarem do meu jeito vou lamentar, mas não mudarei para agradá-los. Essa sou eu, a humana mais patética e desengonçada que Yale teve a loucura de se aproximar.

— Já está resolvido! — respondi da mesma forma que digo quando Lana acerta um cálculo, que ela conseguiu resolver sozinha: "Você fez certo!", faço uma cara de satisfeita e a entonação da minha voz muda com emoção, Lana já conhece minhas manias.

Lana foi embora e me desejou sorte.

— Você vai assim? — perguntou Patrícia. — Quer uma roupa emprestada? Também posso fazer sua maquiagem, eu sou ótima no assunto. — Ela realmente queria ajudar, dava para perceber na voz dela. Patrícia raramente faz boas ações sem querer algo em troca, por isso foi fácil perceber que ela realmente queria me ajudar.

— Obrigada, mas não precisa — respondi agradecida.

Patrícia é uma chata, mas eu e ela temos uma espécie de amor e ódio que a maioria dos irmãos vivem, existe uma minoria que é só amor, mas eu e minha irmã é impossível só amor, às vezes damos uma trégua, que é quando estamos em lugares diferentes como jantares, desfiles, festas... fora isso, brigamos em qualquer lugar e por qualquer coisa.

Eu vou assim, se gostarem de mim bem e se não, problema deles, pensei.

Meu pai desfiou um terço de cuidados que devíamos tomar e Yale apenas assentia.

— Sua filha estará segura comigo, eu prometo. — Era impossível duvidar, ele estava sério e meu pai ficou radiante com a promessa.

Ele sorriu e estendeu a mão direita para mim e sorriu para meus pais discretamente.

— Será que agora posso saber o motivo de você me evitar o dia todo? — perguntou quando estávamos a caminho de sua casa, ele parecia chateado.

— Tenho medo deles não gostarem de mim — sussurrei envergonhada. O carro parou e ele sorriu tocando meu rosto.

— Quer dizer que por esse motivo você não me queria por perto, pensei que estivesse arrependida — sussurrou aliviado.

— Nunca me arrependerei de ficar com você, você foi a melhor coisa que poderia me acontecer, eu que me sinto...

— Você está linda — ele me interrompeu com um sorriso sedutor e voltou a olhar a estrada; eu tentando voltar minha cor normal ruborizei com seu elogio, e o vermelho tomou conta do meu rosto. — Obrigado por se produzir para mim — disse depois de um silêncio repentino, eu sempre tagarelo quando estou com ele.

Estreitei os olhos, será que ele sabia da bagunça no meu quarto. O comentário me pegou desprevenida fazendo meu coração acelerar rapidamente.

Olhei para a frente e notei que estávamos nos bairros nobres, era difícil saber qual era a sua casa, nunca tinha ido na parte nobre da cidade. Yale parou na frente de um portão preto com muro branco e mais alto que o normal, não consegui ver o fim do muro quando observava seu comprimento.

Por toda a parte tinha árvores e o jardim tinha estátuas que pareciam gente, por fim a iluminação da casa se sobressaiu entre as demais luzes, Yale estacionou próximo a uma fonte que cuspia água, dava a impressão de estarmos na Grécia antiga. A casa branca era magnífica, subimos a escada de mármore branco com duas estátuas, tudo era branco e iluminado.

— Está tudo bem — disse puxando-me para seu lado e segurando minha mão com suavidade. Yale abriu a porta branca que tinha design moderno, mas o tamanho e a altura eram superiores ao que estou acostumada. Segurar sua mão era como tomar calmante.

Por dentro, a casa parecia ainda maior, um lustre chamava atenção de quem entrava com seus detalhes, o piso era de mármore preto que parecia um espelho nos pés de tão límpido, as paredes brancas tinham quadros de todos os tamanhos, no lado leste da casa vi uma televisão bem grande, com móveis que pareciam sob medida, e do outro lado pude ver uma mesa de vidro com várias cadeiras. Fiquei sem palavras, o lustre era muito chamativo, resolvi focalizar os olhos nele, só depois de alguns segundos pude perceber as escadas de corrimão dourado, não tive coragem de perguntar a Yale se era ouro, elas faziam uma curva delicada e se encontravam no alto onde tinha uma abertura no meio com um corredor para dar acesso ao segundo andar.

— É isso que chama de casa?! — perguntei estupefata. Ele sorriu.

— Boa noite! — disse uma voz suave, me fazendo encostar em Yale, que riu da minha reação.

— Boa noite — respondi.

Eu não escutei passos, só a voz que vinha da sala onde tinha a mesa de vidro.

— Quer dizer que essa é a rosa de cristal? — perguntou um homem muito bonito, bronzeado como Yale, cabelos pretos penteados para trás, seus olhos eram como os de Yale e me fitavam como se tivessem visão de raio X, ele me sorriu. — Incrível como ela pode deixá-lo vulnerável... — ele deu uma pausa. — Interessante — disse voltando a olhar para mim.

— Seus olhos são de um verde bem di...

— Por que não me falaram que ela já tinha chegado? — disse uma mulher loira interrompendo nosso receptor, descendo o último degrau da escada.

— Bom, Ivi, esses são meus pais, Santhiago e Marisa — disse Yale, os dois ficaram lado a lado nos olhando. — E essa é a minha Ivi.

— É um prazer conhecê-los — eu disse timidamente.

A marca em meu pulso esfriou ainda mais com a presença de Marisa, o dourado de seus cabelos era invejável, é incrível como a beleza de todos ali era exagerada, claro que eu não me enquadro nesse quesito de beleza.

— Seja bem-vinda, Ivi — disse Marisa, seu sorriso era reconfortante. Santhiago assentiu com um sorriso.

Os olhares dos dois eram suaves, mas algo me dizia que estavam confusos.

— Finalmente — disse Sielo vindo da sala da TV. — És um mistério a desvendar.

— Essa é Sielo — disse Yale aparentemente irritado.

— Oi — sorri para ela.

— Venha, eu te mostro a casa — disse Sielo tocando minha mão para me levar; confesso que esperava sentir algo de diferente, como aconteceu com Yale, quando um deles me tocasse, mas foi normal como qualquer pessoa.

— Eu mesmo faço isso — disse Yale puxando-me e colocando a mão em minha cintura. Sielo parou e sorriu, seus cabelos levantaram, mas não tinha janela, foi quando percebi o sorriso de deboche de Yale e lembrei que ele gosta de fazer o mesmo comigo, mas com mais delicadeza.

— Onde estão os outros? — perguntou Yale.

— Allan saiu com Melina, já devem estar voltando — respondeu Sielo.

— Fique à vontade, querida — disse Marisa, saiu e foi para a sala da televisão, segurando na mão de Sielo, que se recusava a ir, Santhiago fez uma reverência para as duas e ela foi sem reclamar.

Minha temperatura voltou ao normal, essa foi a única coisa diferente que aconteceu, a mudança da minha temperatura, mas essa variação estava se tornando o meu normal.

A casa parecia um castelo com tantos cômodos, os Mackenzie com certeza são muito ricos, os quadros caros, sem mencionar tudo ao redor.

— Meu quarto é no terceiro andar — disse Yale, enquanto andávamos no corredor pisando no tapete vermelho com detalhes amarelos.

Quando ele abriu a porta, tinha uma cama maior que o normal, todos os eletrônicos de última geração, mas o que chamou minha atenção foi a sacada, que tinha uma parede de vidro e a porta estava aberta, não me contive e fui até lá. Meu quarto se comparado àquele parecia uma despensa, pensei.

— Fascinante! — disse quando pude ver a vista.

A lua cheia estava radiante, ela ainda estava pela metade junto com o horizonte para alcançar o clímax de sua beleza no céu estrelado, o mar estava calmo e as estrelas à sua espera.

— Concordo — disse Yale, colocando a mão em cima da minha e ficando atrás de mim, meu coração disparou com seu calor, senti seu nariz bagunçando meu cabelo.

— Seus pais estão confusos como eu — disse enquanto ele fazia carinho em mim.

— Eles estão impressionados por uma humana tão frágil arrebatar meu coração e felizes por finalmente eu encontrar você.

— Eu não sou bonita, sou um desastre em tudo que faço e...

Ele me virou para ficar de frente para ele e me silenciou com o indicador.

— Pare de ser modesta com sua beleza e quanto ao resto é isso que a torna mais maravilhosa. — Ele olhava dentro dos meus olhos pronunciando as palavras que me convenceram.

Um fato sobre mim? Tenho autoestima baixa, meu mundo era cálculos, os elogios que sempre recebi eram por ser inteligente, nunca minha aparência era comentada a não ser para receber críticas nada construtivas, pensei lembrando. Eu não sou a menininha tola e ingênua que tenta ser inocente, mas eu não sei o que é ser chamada de linda o tempo todo, ou melhor, Sérgio fala isso o tempo todo das filhas, mas não vale, os pais às vezes mentem... Tudo com Yale é novo, é perfeito, é surreal, mas é o meu real, ele me fez acreditar em felizes para sempre; suspirei feliz com as mudanças no meu mundo que até Yale desconhece, eu tenho que me readaptar.

Suas mãos me puxaram para mais perto de seu peito, eu devia sentir medo dele por saber o que ele era, mas na verdade eu me sentia maravilhada, também o abracei e senti seu rosto em minha cabeça.

— Linda cena — disse Sielo.

— Esse quarto ainda é meu, é para isso que serve a porta — protestou Yale.

— Você sabe que eu não gosto de portas e eu queria conversar um pouco com Ivi. — Ela ficou nos olhando de perto com as mãos na cintura.

— Eu prometo que deixo, mas não hoje — disse ele.

— Você vai ter muito tempo para ficar com ela — protestou Sielo.

— E você também — ele sorriu.

Por essa eu não esperava, Yale me encostou na sacada e tapou completamente a minha visão com seu corpo, para que eu não pudesse ver sua irmã.

— Sielo? — chamei.

— Estou aqui! — respondeu com voz extasiada.

Olhei para Yale sugestivamente e ele me deixou vê-la.

— O que gostaria de conversar? — perguntei igual uma criança com medo.

Os olhos dela brilharam focalizando os de Yale, que se estreitaram, e em resposta ela sorriu com dentes brancos.

— É melhor voltarmos para dentro. — Ela me ofereceu a mão.

Eu não sabia o que Sielo queria, mas eu teria que aprender a conviver com populares mesmo não sendo uma, principalmente por ela ser irmã da pessoa que eu mais amo. Dei um sorriso para Yale e segurei na mão de Sielo.

— Sente-se aqui. — Ela gesticulou para a cama de Yale.

A cama era exagerada no formato, me deixando nervosa de repente, mas eu não precisava ter medo, Yale estava encostado na porta me olhando. Sielo se aproximou e sentiu o cheiro do meu cabelo, tocou meu rosto e olhou para mim como se pudesse ver através de mim.

— Igual a todos os humanos — disse ela, andando de um lado para outro com a mão no queixo, como um cientista louco. — Talvez se...

— Nem pense nisso! — interrompeu Yale sentando-se ao meu lado. — Você já tirou suas dúvidas, agora...

— Tudo bem, eu estava errada, sinta-se satisfeito. Ivi, como suporta esse chato? — Ela deu uma piscadela e saiu.

— Não ligue para isso, Sielo é meio estranha — ele riu de sua piada.

— Gostei do jeito dela, só não entendi a análise.

— Toda Fênix é atraída por um chamado, eu ouvi você... e estamos juntos, mas segundo nossas leis isso é impossível e proibido.

— O que ela quis dizer com talvez? — perguntei curiosa. Senti Yale enrijecer ao meu lado.

— Ela queria sentir o gosto do seu sangue, não fique com medo, eu nunca deixaria algo desse tipo te acontecer — respondeu envergonhado.

— Não fico — sorri. — Só queria entender por que você dorme numa cama desse tamanho? — perguntei, minha cama era de solteiro, tão estreita!

— Por isso — disse e as asas de Yale apareceram. — Elas são exigentes.

— Tão óbvio — eu disse ruborizando. Sorrimos juntos.

Sua mão tocou meu rosto me puxando, eu estava morrendo de vontade de beijá-lo, mas ele simplesmente me olhava.

Eu sabia que ele estava com medo de me beijar para não me assustar e eu não ia forçá-lo, levantei e saí em direção à porta da sacada.

— Só mais uma coisa... — disse ele.

Sua mão me puxou pelo braço e antes que eu pudesse pensar já estava em seus braços, seus lábios procuraram os meus ansiosos, o beijo começou sedento de desejo, seus lábios macios eram insaciáveis, seus braços me envolviam para nunca soltar, eu o abracei e não me espantei quando senti suas asas ali, ele me afastou rapidamente como sempre fazia. Mas dessa vez eu sabia o que fazer.

— Não pare agora, é tão bom beijar você — sussurrei me jogando em seus braços. O beijo voltou à chama do início, eu me sentia completa, seu toque ficou mais delicado, seu hálito fresco dava vontade de morder.

— Você é um perigo para mim, Lívia Lins — disse Yale do outro lado do quarto. — Você sabe como me deixar "desarmado". — Ele estava ofegante.

— Não sei por que parou — desafiei.

Suas asas estavam abertas e seus olhos amarelos, eu podia ver nitidamente seus olhos, sua reação e até o desejo que se reprimia.

— Pare de querer me provocar, Ivi, eu sou uma Fênix, mas antes disso sou homem. — Ele queria me alertar me lembrando do fato de sua existência.

— Você me acha atraente? — perguntei, gostando da situação.

Eu não sou perfeita e, como toda jovem, adoro brincar com fogo; no meu caso, literalmente.

— Você nem imagina como é difícil afastar você e me controlar, você despertou algo que estava adormecido dentro de mim, na minha vida humana eu só tinha tempo para estudar e depois da transformação nada fazia sentido, mas agora entendo que eu estava esperando por você e eu tenho que ter cuidado para não machucar a humana que me tira o fôlego... — ele sorriu gentilmente.

— Obrigada — disse muito feliz e vermelha.

E infelizmente estava na hora de voltar para casa, quando o relógio de Yale despertou.

— Seus olhos ainda estão amarelos — disse.

— E você não está com medo? — perguntou ele.

— Já vi monstros mais feios — sorri.

— Ivi, você tem medo de altura? — A pergunta era sem sentido, mas era típico de Yale.

— Por quê? — Ele não ia responder. — Não — respondi, era só mais uma pergunta para sua coleção sem respostas.

Ele ignorou a própria pergunta, me oferecendo a mão, e saímos do quarto dele, ele continuava do mesmo jeito, com asas e olhos amarelos. — Sua família vai me deixar vê-los assim como você? — perguntei, mas ele continuou calado.

Quando chegamos nas escadas onde a mãe de Yale apareceu e pela primeira vez vi os "anjos" nos esperando, Sielo olhou para nós e sorriu, e de repente vi as asas amarelas em suas costas, eu nunca a tinha visto dessa forma, parecia um anjo de verdade.

— Não tenho motivos para me esconder de você, principalmente por você estar apaixonada pelo ser mais esquisito de nós, Yale era um mandão e muito chato, agora com sua chegada ele está feliz e suportável. — Ela piscou para ele.

— E quando meu filho está feliz, eu também fico feliz, obrigada — disse Marisa no início da escada.

E de repente toda a família de Yale estava reunida ao lado de Sielo, todos ali tinham asas, respondendo à minha pergunta que Yale não respondeu. Melina apareceu por último, mas com uma pequena diferença, seus olhos não eram da cor dos olhos de Yale, eram vermelhos, de um vermelho não muito vivo, mas ainda assim eram vermelhos, os outros estavam apenas com as asas expostas, os olhos estavam azul-claros como dia, isso não era surpresa.

Me encolhi nos braços de Yale, eu não sabia o que dizer, ela parecia com ódio.

— Para que tudo isso, Melina? — perguntou Yale com raiva.

— Se essa humana se apaixonou pela aberração é bom ela saber de uma vez como somos fora dos olhos humanos.

— Eu amo Yale de qualquer forma, ele me completa e sua aparência é o de menos, ele é meu anjo — rebati, eu não suportava o fato de Melina falar mal do meu amor.

— Que bom que você acha que o que ele faz é coisa de anjo, não vai fugir correndo quando ele...

— Chega, Melina, é melhor você parar, Lívia agora faz parte da família e deve ser tratada como tal — disse Santhiago interrompendo. Todos me deram um sorriso breve, exceto por Melina, que saiu e nem olhou para trás.

— Desculpe — disse Yale quando ficamos a sós. — Melina tem medo de nos descobrirem, mas isso é impossível — disse Yale tentando me acalmar.

Ficamos abraçados sem nada a dizer por alguns segundos.

Sérgio esperava no sofá, mas nada disse. Me despedi de Yale com um abraço forçado na escada da varanda, ele ainda estava chateado com o ocorrido em sua casa, não adiantava dizer que eu estava legal e que eu já havia esquecido tudo.

Patrícia e Lana foram as únicas que tiveram coragem de perguntar como foi na casa dos Mackenzie, eu estava me sentindo a presidente da república com tantas perguntas, eu disse poucas coisas, eu não podia dizer o que realmente aconteceu, esse era o nosso segredo e ninguém iria descobrir, não ia ser por minha culpa que Yale iria ser pego quebrando as leis. Eu o amo demais e se for preciso dou minha própria vida para ficarmos juntos.

CAPÍTULO 12

A semana iniciou e Yale continuava estranho, todos falavam de mim, mas isso era o de menos, e eu sabia o motivo.

— Você vai ficar assim até quando? Você está me torturando agindo dessa forma! O que houve? O que eu fiz? Diga que eu conserto — quase gritei quando ele estacionou na escola, eu não estava mais aguentando.

— Me perdoe por estar agindo como um idiota, prometo que isso nunca mais vai se repetir — respondeu, suavemente.

Eu ia questionar, pedir explicações, mas seu sorriso de desculpas me fez calar e provavelmente eram coisas do seu mundo que eu não posso saber.

A semana seguiu-se conturbada de tanta atenção por parte de todos que continuavam com as fofocas, me deixando estressada, e o pior: não conseguia ficar a sós com Yale, o medo de que essa situação virasse rotina me deixava temerosa, era possível contar os momentos que ficávamos a sós.

— Lívia, Tony e eu vamos para o cinema na sexta e não aceitamos não como resposta — disse Lana quando viu Yale atrás de mim.

— Eu... eu... é... — gaguejei sem saber o que dizer.

— Nós vamos! — respondeu Yale olhando para Lana e indo para o vestiário ao lado de Tony.

— Não me olhe assim, eu sei que você e Yale não podem namorar com tanta atenção, me agradeça depois. — Ela piscou para mim e foi para o vestiário feminino antes que eu falasse alguma coisa.

Lana tinha razão, pensei.

Meu pai não gostou muito da ideia, mas ele aceitou porque eu e Yale não fazíamos nada a não ser conversar todas as noites, e como minha adorável irmã que sempre incomodava estava nos vigiando mal nos tocávamos, sem esquecer que a gente nunca saía. Resumindo, Sérgio foi obrigado a aceitar sem ter argumentos para dizer não.

Sorri sozinha quando entendi sua permissão.

Fomos direto para o cinema para encontrar meus amigos lá.

— Que filme vamos ver? — perguntei.

— Um que não seja o Titanic — debochou Tony de nós duas.

— *Dinheiro em venda* parece ser bom — sugeriu Tony.

Todos concordamos e entramos, estava quase lotado e não deu para ficarmos juntos, Yale me puxou para as últimas cadeiras e meus amigos sentaram quase na frente.

— Finalmente você só para mim — disse Yale quando sentamos.

— Finalmente — sussurrei.

O filme era um protesto, foi o que percebi no início, depois não sabia mais do que se tratava, Yale era meu filme predileto.

— Você é tão lindo — sussurrei em seu pescoço. — Estava com saudades dos seus carinhos. Seus olhos eram penetrantes no escuro do cinema, mas eu o sentia reprimido, ele estava sentado ao meu lado, mas o mais distante possível, era como se estivesse com medo e isso me fez agir sem pensar. Quando Yale colocou a testa na minha testa e senti sua respiração suave e quente, eu não resisti e toquei seus lábios, ele não respondeu de imediato, mas sua reação mudou de repente respondendo ao beijo e deixando-me ofegante, seus lábios procuravam os meus novamente. Mas da mesma forma que Yale sempre faz e que eu já conheço, ele me afastou de repente segurando meus ombros e me afastando delicadamente.

Depois que a razão voltou em mim, me deixando preocupada sem ter o que dizer, meu rosto queimava de vergonha e amor. Ele continuava com olhos fechados.

— Yale… — Minha voz estava sem som.

Ele não respondeu, só abriu os olhos amarelos que me surpreenderam, ali na sala escura do cinema seus olhos eram ainda mais lindos, eu suspirava de paixão e culpa por quase revelá-lo, eu também tinha culpa. Yale sacudiu a cabeça fechando os olhos, já irritado por não se controlar.

Sempre admirei o pôr do sol, o ressurgir da lua, mas desde que conheci Yale Mackenzie não sinto mais falta do pôr do sol para admirar.

— Desculpa — respondeu após alguns segundos quando tudo voltou ao normal.

— Yale, a culpa foi… — Ele colocou o indicador em meus lábios me fazendo calar.

— Você só está sendo humana, Lívia, eu é que devo aprender a me comportar, você é tão frágil… — disse tocando meu rosto.

— E você está parecendo o meu pai! — disse entre dentes. — Pare de se lamentar e me chamar de frágil, eu não gosto quando você fica assim, será que não percebe que me sinto a garota mais feliz por estar com você? — sussurrei porque eu não podia gritar.

Seus olhos sorriram para mim, mas sua boca não, ele se afastou de mim cruzando os braços e olhando para o filme.

— Quero ver o filme — disse sem olhar para mim.

Eu entendia o que ele estava fazendo, cuidando de mim, me protegendo, para ser sincera Yale era cavalheiro demais para ir além dos limites como a maioria dos adolescentes fazem. Mas a minha emoção, o meu gênio rebelde me dominou, quando olhei para Yale e ele estava tranquilo olhando o filme, fiquei irritada.

Não sei por que eu levantei, ou porque eu estava com raiva e sem pensar saí da sala. Mas minha cabeça só tinha uma pergunta: "estamos brigando?"... "estamos brigando?"... Sim, estávamos...

— Onde pensa que vai? — perguntou Yale aparecendo na minha frente e me deixando nervosa, arqueei a sobrancelha e desviei dele. — Ivi, onde está indo?

O corredor estava vazio e eu andava a passos rápidos, em segundos chegaria nas portas de saída, se meus pés não estivessem colados no chão.

— Isso é coisa sua! — disse para mim mesma tentando levantar os pés que nem se moviam. Nos olhamos por alguns segundos, eu não estava a fim de conversa, mas seu rosto era tão ingênuo e angelical que derreteu minha raiva. — Não pense que com esse rostinho lindo vai me convencer e trate de tirar essa cola dos meus pés!

— Onde está indo? — perguntou ignorando meu discurso.

— Para casa, onde mais? — rebati.

— E seus amigos? — perguntou ele.

— Vão ficar assistindo com você, não foi para isso que vieram? — respondi sarcástica. Essa era a verdadeira EU, a verdadeira Lívia Lins que há muito tempo estava adormecida, teimosa, decidida, impulsiva. Por mais que antes eu estivesse quieta no casulo dos esquisitos, eu não era madre Tereza Caucutá, ou melhor, santa Tereza de Calcutá, estaria mentindo se pelo menos pensasse ser, sou muito desastrada, "a nerd metida a inteligente", como diz minha irmã, que não sabe o que significa nerd ou CDF, sou romântica e às vezes até exagero, tímida a ponto de falar só se me perguntarem alguma coisa, e o principal: completa completamente e incalculavelmente apaixonada por Yale Mackenzie.

Ele tocou meu rosto com a mão macia me desarmando completamente, quando percebi estava aninhada em seus braços e seu rosto bagunçando meu cabelo.

— O que houve? Por que está com raiva? — perguntou sussurrando em meu ouvido. O filme deve ter acabado porque todos saíram das salas lotando o corredor.

— O que estão fazendo aqui? — perguntou Lana espantada.

— Não estou legal, depois a gente marca uma pizza — respondi mordendo o lábio envergonhada.

Yale levou meus amigos para a casa de Lana e partimos em silêncio para minha casa.

— O que houve? Por que está assim? — perguntou desligando o carro e parando em uma rua antes de chegar na minha casa.

Eu não sabia se estava com raiva ou se queria ser mimada por ele.

— Amanhã a gente se fala. — Cruzei os braços olhando pela janela e sentindo seu olhar enquanto ele ligava o carro. — Minha cabeça está doendo... — respondi quando ele parou na frente da minha casa, vi pelo canto do olho ele tirando o cinto como se fosse me acompanhar até a porta. — Não serei uma boa companhia hoje, boa noite — disse quando saí do carro.

Não tive coragem de olhar em seus olhos, eu acabaria em seus braços e eu precisava pensar. O único motivo que impediu Yale de chegar antes de mim na varanda e pedir uma explicação foi Sérgio, que estava recostado na varanda e não parecia que ia sair tão cedo. Ele fechou o vidro do carro e partiu.

— A noite não foi boa, né, mocinha, pelo jeito que ele saiu com o carro...

— Não enche, pai — respondi com raiva sem olhar para meu pai.

Fui direto para meu quarto e tranquei a porta, minha mãe arranjou a desculpa de me chamar para o jantar para saber como eu estava, mas eu disse que estava sem fome e ela não insistiu.

Segurei por horas a flor que Yale me dera me sentindo uma boba por não aproveitar nosso momento, mas não era bobagem, eu estava triste por ele não poder me tocar, por quase revelar seu segredo e com raiva por não conseguir protegê-lo. Como sou egoísta. Senti meu rosto molhado, um gosto salgado na boca, eu estava chorando, olhei para o céu estrelado e deitei na cama sem conseguir conter as lágrimas.

— Por favor, pare de chorar — disse a voz de soprano no quarto escuro.

Olhei atordoada acendendo o abajur para ter certeza de que não era um sonho, ele estava na janela com olhos difíceis de decifrar.

Sempre fui racional, ou assim eu era até conhecer Yale, me joguei em seus braços pedindo desculpas, seus braços me envolveram me fazendo esquecer o motivo da choradeira.

Algo macio tocava minhas mãos, abri os olhos e vi suas asas meio abertas, tirei a cabeça de seu ombro e o fitei nos olhos.

— Eu fiz de novo — disse envergonhada.

— Não — ele sorriu me respondendo. — É assim que eu fico quando sua espécie está longe. Eu podia sentir que ele estava à vontade.

— Como chegou aqui? — era tão óbvio que eu sorri.

Sentei na cama e o convidei a sentar ao meu lado, mas ele continuou em pé como chegou. Eu sei que é errado estar com um garoto no meu quarto, principalmente na madrugada, mas minha loucura por amá-lo perdidamente sempre ganharia.

— Todos os dias vejo você dormir, estou sempre perto de você, nunca me afastei, sempre fico aqui quando você dorme ou ali nas árvores — ele sorriu para mim timidamente. Olhei para ele e pensei em várias coisas para dizer, mas nada saiu da minha boca. — Me promete uma coisa? — pediu Yale.

— O quê? — perguntei.

— Primeiro prometa — insistiu.

— Tudo bem, eu prometo — respondi; ele sempre ganha.

— Você prometeu que nunca vai chorar como hoje, não quero ver você triste, principalmente por minha causa, eu não mereço nem o seu olhar, imagina uma lágrima sua.

Eu nada respondi, apenas assenti com a cabeça, já era suficiente, gesticulei para que sentasse, dessa vez ele aceitou e foi para o outro lado da cama, o mais distante, e sentou.

Olhei seus olhos penetrantes, suas asas enormes vermelhas e lindas, tudo parecia um sonho. Olhei para minhas mãos pequenas e vi meu reflexo no espelho, eu parecia um espectro e sem cor.

Suspirei baixando a cabeça, ele era demais para mim.

— No que está pensando? — Ele parecia ler minhas emoções.

— Sua família tem razão, o que você vê em mim? Eu sou estranha, sem cor...

— E o que você viu em mim? — ele me interrompeu.

— Você é perfeito, é tudo que uma garota quer e ainda por cima é um anjo.

— Minha família conhece as verdades sobre mim e fico feliz que me veja assim, mas nem todas as garotas me aceitariam como eu sou, para outra talvez eu não seja perfeito a ponto de sentir repulsa ao saber o que sou. — Yale ficou de pé e foi para a janela.

Pensei por um segundo, ele tinha razão nessa teoria, mas duvido muito que na prática alguém sentisse repulsa de Yale.

— Não me deixe aqui sozinha — sussurrei.

— Estou sempre por perto — respondeu ele.

— Então fique onde eu possa ver — sussurrei.

Eu estava em pé atrás dele, eu sabia que Yale por mais forte que fosse ele me amava e assim como para mim cada momento longe era um tormento.

Ele sorriu e sacudiu a cabeça.

Conversamos sobre livros, filmes, pássaros, quase acordei meus pais quando ele disse que era viciado em rosas vermelhas, eu ri tanto que tive que colocar meu travesseiro em minha boca.

Pensei que não seria possível dormir com Yale ali ao meu lado, mas o sono ganhou essa batalha.

— Você tem um cheiro gostoso! — ele sussurrou ao me ver me aninhando ao seu lado na cama quando acordei.

Olhei para a blusa branca de Yale, ele não era meu travesseiro azul, mas era mais confortável e me acomodei satisfeita, com medo de abrir os olhos e ele sumir.

— Tem certeza que está aqui? — perguntei ainda de olhos fechados.

— Se preferir chamo seu pai e você terá uma boa resposta de acordo com a reação dele ao me ver aqui — ele sorria baixinho da própria piada.

Sentei na cama e o observei, o azul-escuro da noite estava em seus olhos novamente, ele era tão lindo, vê-lo ali era como se o quarto estivesse completo. Meu coração acelerou à medida que suspirava admirando-o, ele parecia perceber minha agitação, mas agia como se não percebesse.

— Por que não tira essa pulseira? — Ele gesticulou para meu braço.
— O que você está escondendo aí? — Sua pergunta me pegou desprevenida.

"Só uma tatuagem que você não pode ver", pensei antes de responder.

— Nada de mais — respondi indiferente.

Estava visível no rosto de Yale que não estava convencido com a resposta, ele pegou meu pulso e tirou a pulseira antes que eu imaginasse ser possível.

— Pronto, agora deixe-me ver — disse olhando meu pulso.

Coloquei a outra mão cobrindo, mas era uma batalha perdida, Yale era nota mil em velocidade. Vê-lo olhando meu pulso me deixou nervosa e pensando em várias respostas sobre essa tatuagem que eu nunca fiz e que simplesmente apareceu ali.

— Pensei que estivesse escondendo uma tatuagem do seu momento rebelde — ele sorriu. — Não precisa se cobrir, adoro ver a delicadeza da sua pele.

Meu queixo caiu estupefata.

Ele me olhou sem entender minha reação, seus dedos tocavam a marca no meu pulso como se não houvesse nada ali, Yale não estava brincando, eu podia sentir, mas isso não era possível, a marca estava tão visível para mim.

Mas para os olhos de raio X do meu amor não havia nada, seus lábios fizeram trilhos de beijos em meu braço me fazendo esquecer.

— Está na hora de eu ir, já violei regras demais. Isso me tirou do torpor.

— Não vai não — implorei.

— Temos aula hoje, seus pais estão esperando você e eu tenho que trocar de roupas — ele sorriu.

Era verdade, já estava na hora de voltar para a vida real, eu o abracei desolada.

— Nunca estarei longe. — Ele beijou minha testa e saiu.

O mundo real me encontrou novamente, olhei para meu quarto e tudo estava normal, exceto por uma coisa, a marca no meu pulso estava azul na pele pálida, era assim que ficava sempre que estava com Yale, não doía, na verdade nem lembrava que existia. Yale tinha uma visão de águia, para não notar, isso significa que algo estava errado, mas o quê? — me perguntei.

Isso me fez lembrar de algo muito importante, comecei a andar de um lado para outro, "ele não podia estar brincando, seria a pessoa ideal para me explicar o que era aquilo, até porque tem esse mesmo símbolo numa sala da casa dos Mackenzie", pensei lembrando.

Mas para ter certeza tinha que saber se era verdade que não era coisa da minha cabeça e que apenas eu estava vendo a "tatuagem", teria que perguntar para a pessoa mais sem cérebro que conheço.

— Patrícia, quero que me dê sua opinião.

Entrei quase correndo em seu quarto, me joguei em sua cama e puxei as cobertas em que ela dormia.

— Finalmente percebeu que seu quarto é horrível? — perguntou carrancuda e bocejando. Minha irmã seria a pessoa perfeita para me responder, ela nunca entende quando estou me aproveitando de sua cabeça oca.

— O que acha dessa tatuagem? — Mostrei meu pulso.

— Tem pouco brilho e parece com você, na falta de bom gosto, passe álcool nessa coisa e tire logo isso — disse Patrícia pensando que era tatuagem adesiva.

Não era bem isso que eu estava esperando, eu queria que ela dissesse que sou maluca e que não estava vendo nada além do meu pulso pálido e quase sem sangue. Suspirei com pesar, era melhor cobrir aquilo antes que meu pai visse.

Olhei a marca quando voltei para meu quarto, ela estava azul e não doía, desde que conheci Yale, ou melhor, desde que aceitamos nosso amor, a marca mudou do vermelho para o azul, era como se ele tivesse alguma ligação, talvez eu estivesse ficando paranoica com o passar dos dias.

Então como num filme toda a nossa história passou diante de meus olhos e lembrei que sempre que eu estava perto da família de Yale a marca ficava fria me deixando com frio, doendo, era como se estivesse se refazendo a cada instante, e ficava vermelha quase sangrando, ao contrário de Yale, que quando estava comigo me aquecia e completava, com ele era diferente.

Talvez seja loucura tudo o que estou pensando, mas eu podia sentir, era uma advertência, eu devia ficar longe deles, mas nunca segui minha intuição e não seria agora que daria atenção aos meus instintos.

Abri o livro que Ana me dera em outra página e por sorte as letras não estavam trocadas.

"— Querido diário não sei como começar essa história, essa lenda esse fato Na verdade, não sei como explicar o que está acontecendo.

Ele não é totalmente humano, mas eu o amo e ele também me ama, sabemos que nossos mundos são diferentes, mas o nosso amor é mais forte que tudo. Não sei se vou conseguir fingir por muito tempo a minha barriga que a cada dia está maior, é difícil, difícil para andar. Ele me contou sua história solitária.

Nos conhecemos no lago próximo à minha casa onde tomava banho e lavava roupas, sempre gostei de tomar banho às seis da tarde a água fica numa temperatura agradável, e foi assim que o vi eram mais de seis da tarde, eu havia me atrasado enquanto olhava minha irmã mais nova. A lua já estava refletida no lago e no meio do lago tinha um pássaro em chamas, em cima de uma pedra que os mais velhos chamavam de "O centro", ele era maior que qualquer outro pássaro que já vi; eu devia ter voltado e chamado meu pai, mas a única coisa que fiz foi ficar admirando o pássaro, que parecia não me notar.

Ele era vermelho seus olhos eram amarelos da cor do sol.

— Você é lindo! — sussurrei.

Não conseguindo ficar calada, ele me olhou e não fugiu como normalmente acontece, quando um pássaro percebe um humano por perto, ele ficou em pé em cima da pedra, o fogo apareceu em seu corpo inteiro, quando abriu as asas, o fogo que não queimava ficou ainda maior e radiante me deixando ainda mais encantada, eu deveria ter medo, mas meu coração pulsava de emoção e desejo de tocá-lo.

— Estou com frio — falei sozinha, lembrando que tinha que tomar banho na água fria do lago.

Como se entendesse o pássaro fechou as asas e as abriu novamente e de repente o lago estava em chamas, ele olhava na minha direção e gesticulou que eu entrasse no lago.

Coloquei a ponta do pé para sentir a temperatura estava ótima. Me joguei no lago sem pensar.

O pássaro continuava na pedra e me olhava com admiração e carinho por mais estranho que possa parecer. Me senti segura mesmo sendo um pássaro.

Perguntei para meu pai se algum pássaro poderia ter fogo em todo o corpo, ele disse que sim, um pássaro mitológico chamado Fênix e que era um conto para assustar crianças, porque a Fênix carregava crianças para queimar em sua pira.

Os dias se passaram e todos os dias eu tomava banho sempre depois das seis da tarde e a Fênix já estava me esperando na pedra do lago e a água sempre aquecida. E assim o tempo foi passando, a Fênix até cantava no lago, seu canto fazia todos se renderem ao seu encanto, era fácil perceber pois a floresta em torno do lago parava, não dava para ouvir um farfalhar de folhas ou um simples grilo anunciando que está vivo.

Não é correto, pode ser chamado até de loucura, mas eu estava me apaixonando por aquele pássaro, meu pai sempre disse que eu sou a "ovelha negra" da família e que minhas duas irmãs mais novas nunca deviam ser como eu teimosa e desobediente ou não iam conseguir um bom casamento.

Eu estava noiva de um rapaz, mas não o amava, meu pai tinha me prometido a ele quando tinha cinco anos de idade seguindo nossos costumes. Eu não queria casar mas seria afirmar que estava perdendo o juízo, por entregar meu coração para um pássaro de lendas antigas, se descobrissem poderiam me acusar de bruxaria e me queimar numa fogueira em praça pública.

— Sei que você estais apaixonada pelo sol e sei que não pode ficar com seu amado e é em nome desse amor que peço que deixe eu ficar com a Fênix por mais tempo com meu amor, eu sei o que você sentes por não poder ficar ao lado do seu amor.

Essa foi a minha prece para a lua cheia no céu escuro e que refletia no lago, a Fênix olhava-me com seu olhar de sol, proclamando tais palavras, eu já estava em desespero pois o casamento estava próximo eu não tinha mais ideias. Até lembrar que minha bisavó dizia que a lua era mágica e que as histórias e lendas contadas todas tiveram um início e verdades. E ali no meio do reflexo da lua conjurei nosso amor. A Fênix olhava-me como se pudesse ver através de mim e de alguma forma parecia sorrir com os olhos molhados, o fogo em seu corpo estava mais alto como se concordasse com minhas palavras. Mas meu apelo parecia em vão, nada aconteceu e isso me deixou aflita, fui para casa chorando me conformando com meu casamento arranjado, essa seria minha realidade."

Fique boquiaberta com "seria minha realidade", voltei a ler curiosa e preocupada.

"No outro dia tudo parecia do mesmo jeito, exceto pelo forasteiro sentado na pedra do lago onde deveria estar um pássaro lendário e que deixa jovens tolas, apaixonadas com seu canto.

— Não fuja só temos até o amanhecer! — disse o homem ficando de pé na pedra.

— Quem é você? — perguntei enquanto voltava para casa a passos largos.

— *Você sabe quem eu sou* — *disse o desconhecido sua voz parecia estranhamente familiar, mas continuei andando.*

— *Como?* — *perguntei me virando, sempre fui teimosa eu ia chamá-lo de mentiroso por tentar me enganar e depois sair correndo, não seria a primeira vez que faço isso.*

— *Tenho direito a me tornar humano a cada mil anos e pela primeira vez vai ser diferente, graças a você* — *respondeu o estranho.*

— *Por quê?* — *perguntei desafiante, como meu pai dizia eu era mesmo teimosa, eu nem devia falar com estranhos principalmente homens, se ele soubesse eu ficaria de castigo descascando batata com uma das empregadas por uma semana.*

— *Amo você!* — *foi a resposta do estranho.*

E com um único salto ele estava à minha frente, não precisou dizer mais nada era suficiente e eu reconheceria aqueles olhos da cor do sol em qualquer lugar."

Suspirei maravilhada, essa história com certeza é o livro de que Yale falou e que estava perdido, quando ele souber vai ficar feliz por encontrá-lo, está ficando interessante, melhor ver como termina, pensei ansiosa.

"Eu não voltei para casa naquela noite, ele era mais do que eu pedira, um anjo ali na minha frente sua beleza chegava a ser digna de reverência era aquele homem que eu amava."

Os pelos dos meus braços se eriçaram, era exatamente o que eu sentia quando via Yale.

"Ele disse que as asas vermelhas não poderiam sumir, mas ele não sabia que elas o tornavam ainda mais radiante.

Nosso tempo estava acabando o sol já estava nascendo eu não podia perdê-lo o desespero me encontrou novamente.

— *Assim como você ama a lua e não podem ficar juntos, eu imploro em nome desse amor que nos deixe ficar juntos por mais tempo* — *supliquei!".*

Não pode ser! Será possível algo assim acontecer? Yale disse que falaria sobre sua existência, mas não falaria tudo por ser perigoso, a cada página que passava mais ansiosa eu ficava.

"Depois que pronunciei tais palavras uma mulher de estatura mediana simplesmente apareceu andando no lago como se estivesse andando em terra firme com uma capa preta cobrindo todo o corpo.

— Em meio a esse pedido de amor estou eu aqui, me chamo Felicity eu concedo-lhes mais cinco dias para que possam viver esse amor. O apelo foi ouvido e como sei que é verdadeiro vou realizar.

— Obrigada! — dissemos juntos.

— Antes de agradecer ouça o que tenho a dizer — disse outra mulher que não se identificou.

Ficamos em silêncio a outra mulher que apareceu era alta com sorriso de anjo, olhos vermelhos e trajava uma capa branca que não permitia ver nada além do rosto. As vestes brancas não deixavam a segunda mulher parecer bondosa, algo em seu olhar e em seu jeito parecia ser ruim.

— Lexus? — ela o olhava friamente e com desdém. — Você sabe que seu destino era outro e que humanos não devem se misturar com sua espécie, seu exército ainda não está completo, "Vidas precisam ser salvas" é assim que você diz quando lhe pergunto os motivos de atrapalhar a morte...

A voz da segunda mulher era autoritária de modo reconfortante.

— Cecilia? — seu olhar penetrante chegava a doer em meu corpo. — Seu casamento está marcado para a próxima semana, o que você fez? — perguntou desdenhosa.

— Não me arrependo de nada eu amo Lexus — respondi.

— Seu nome faz jus a você — disse a mulher desdenhosa. — Felicity lhes concedeu mais cinco dias, seu apelo foi ouvido e no sétimo dia tudo vai mudar estejam preparados. — Ela mostrou um relógio de areia que marcaria nosso tempo. — Esse fica com vocês quando a areia acabar o tempo de vocês acabou."

O amor venceu, pensei enquanto lia.

"— E o que vai acontecer? — perguntou Lexus.

— Para cada exceção existe uma punição. — disse a segunda mulher com o sorriso das trevas.

Queria ter visto o rosto das mulheres melhor, mas elas não tiraram o capuz de suas cabeças.

E como prometido tudo mudou no sétimo dia.

Meu pai me mandou embora dizendo a todos que eu tinha morrido afogada no lago e que a correnteza me levou para longe e que não encontrou meu corpo, ele disse que era visível que eu não era mais virgem e que eu não seria a vergonha da família, para arruinar a todos.

Lexus me levou embora antes que voltasse à forma normal, me pegou nos braços e voamos para bem longe, eram apenas sete dias, mas minha barriga estava grande como a de uma mulher grávida com quatro meses de gestação, era o nosso amor que estava em mim e eu sabia que estava vivendo o impossível uma gestação rápida não me assustaria.

Conseguimos nos esconder por mais 15 dias.

A hora do parto finalmente chegou e o máximo que pude fazer foi colocar meu filho numa cesta e rezar para que pessoas boas o encontrassem, a correnteza estava forte e rapidamente a cesta desapareceu.

"ELES" apareceram com seu poder procurando o meu bebê, mas não o encontraram.

O reino da perfeição não é para todos,

Mas único e sem misturas.

E a partir de agora e sempre

o fruto da perdição estará amaldiçoado e condenado à morte,

Quando completar 18 anos se não o encontrarmos para encerrar uma fase de transgressões.

Essa foi a maldição que lançaram no meu filho."

Quando terminei de ler a folha do livro estava chorando, era muito triste, virei a folha.

"Cecilia morreu horas depois do parto gritando aos ventos que não se arrependera de seu amor que a levou à morte e Lexus nunca mais foi visto.

O segredo continua perdido."

— Quem escreveu tudo isso se Cecilia morreu? — me perguntei impressionada.

"Por favor nunca conte para ninguém essa história, cuide desse livro as respostas que procura estão aqui.

Vá para bem longe se suspeitar que são ELES."

"ELES"? Me perguntei e sorri, o que seriam "ELES"? Fiquei discutindo comigo mesma.

Quando Yale chegou para me ver, esqueci completamente o livro e sua advertência.

— Adorei dormir ao seu lado — disse Yale pegando minha mão e sentando a meu lado no banco da varanda.

— Nunca pensei que isso fosse acontecer um dia comigo, principalmente na casa de Sérgio e sem estar casada — sorri ficando vermelha. — Eu também adorei. — Mesmo estando com Yale a advertência do livro veio me perturbar. Eu não conseguia tirar a história do livro da cabeça. — Yale, quero saber mais de você — falei mudando de assunto. Ele ficou sério e nada disse, talvez pensando se falaria ou não, os minutos se passaram e ele olhava para nossas mãos, mas não estava realmente olhando, seu olhar estava longe.

— Alguém mergulhado em pensamentos ou estou enganada?

— Tudo bem — ele suspirou, me olhando nos olhos. — Vou editar algumas partes, mas te direi o essencial para que entenda.

Assenti e sorri de leve, já era um começo.

— A Fênix é um pássaro amaldiçoado com vários dons que seriam usados para o bem e salvar pessoas. Porém o que não devia acontecer aconteceu séculos atrás e só restava tentar reparar o erro. Esse é um dos motivos pelo qual existo. Quando encontrarmos o ser maligno e indigno e pusermos fim em sua existência deplorável, nossa missão estará concluída — ele cuspiu o final, dava para ver que ele tinha muita raiva. — Fazemos parte da "Ordem da Fênix", eu e minha família, estamos há vários séculos procurando e nada encontramos, nenhuma pista, é como se o ser indigno estivesse bem escondido. — Ele sacudiu a cabeça. O que ele dizia eu tentava associar com o livro da Fênix guardado no meu quarto e tudo se encaixava perfeitamente.

— Yale, o que vocês procuram? O que esse ser indigno é? — Eu tinha medo da resposta, mas era importante.

Yale segurou meu rosto com as duas mãos e sorriu.

— Eu não posso dizer ainda, mas eu prometo que o matarei com minhas próprias mãos. — Seu olhar era diferente, mesmo sem mudar de cor.

— Não diga isso — sussurrei. — Talvez o que vocês procuram não seja tão ruim...

— Doce ilusão — respondeu me interrompendo, ele olhava para o céu sem estrelas.

— O que significa aquele desenho no chão da sala da sua casa? — Essa era a resposta que eu mais temia.

— É só para nunca esquecermos o que procuramos, eu não sou tão bom como você pensa que sou, Lívia, eu pertenço à "GUARDA" e, se algo der errado ou se o ser indigno fizer algo ruim, os humanos podem se machucar e eu não quero que você corra riscos. Não é fácil compreender, mas em breve tudo ficará equilibrado.

— E quanto a nós? E suas leis? O que vai acontecer? — sussurrei.

— Não pense nisso, eu vou resolver tudo — respondeu.

Meu coração se agitou com tudo, mas seu sorriso me confortou me fazendo esquecer.

— Não quero perder você — sussurrei.

— Isso nunca vai acontecer, quando encontrarmos o que procuramos, tudo estará resolvido e eu nunca deixarei outros saberem de nosso amor.

Eu queria contar sobre o livro, mas resolvi seguir a advertência que ele continha, principalmente depois de saber que a marca no meu pulso era algo ruim para a família de Yale.

— Então são vocês que cuidam do equilíbrio dos mundos? — perguntei.

— Em partes sim, mas não posso explicar. — Ele deu de ombros.

— Gostaria de ouvir sua história, quero entender o motivo de você ter sido mal — ele suspirou.

— Em meados do século XVIII, quando resolvi viver como humano, no meio dos humanos, era deprimente, eu odiava a todos, era repugnante, os olhares curiosos, a admiração quando um de nós falávamos, e o pior, ouvir seus corações batendo cheios de vida em seus corpos frágeis.

— Mas você já tinha sido humano, e é ainda — argumentei.

— Não, eu não sou, eu sou uma aberração da natureza, sou um monstro, Lívia, e com o tempo aprendi a ignorar todos da sua espécie, até você aparecer. Vou te contar parte da minha história, já que quer mesmo saber. Lívia Lins, eu já matei humanos, já matei a minha espécie e vários outros, eu sou um assassino.

"Eu, Yale Mackenzie, já odiei tanto os seres da sua espécie que já sorri ao vê-los morrer, por sua fragilidade, a mesma fragilidade que me levou à morte. Até que entendi meu propósito e passei a fingir que humanos eram apenas coisas que devem ser ignoradas. Mas meu ódio foi vencido justo por um ser inferior e que eu tanto detestava, me deixando louco, desesperado por não conseguir lidar com o desejo, a paixão que me consumia, me atormentava.

Eu conheço nossas leis, eu era o primeiro a defendê-las, mas eu já estava consumido por um amor que me deu a vida, você me venceu, Lívia

Lins, todos estavam preocupados comigo me mandando ir para longe de você, mas seu chamado quando canta, sorri, chora e está em perigo, eu posso sentir em qualquer lugar do mundo, não adianta fugir de você. Você é tudo que eu sempre quis e procurava e vou defender nosso amor com a minha vida, e sim, eu estou violando a regra principal, mas você é mais importante que qualquer lei e por você eu iria até o fim do mundo sem pensar.

Não tenha medo, eu mudei meus pensamentos, com você eu entendi que humanos são apenas humanos e não tinham culpa da minha existência horrenda."

Meus olhos estavam marejados.

— E se eu estivesse morrendo, ou melhor, se estivesse com uma doença sem cura? — Tenho uma doença que não tem diagnóstico, eu não podia esquecer, só não falaria para Yale, não agora.

— Eu diria que minha maldição chegaria ao fim, porque você é minha vida e peço para nunca cogitar me deixar por uma doença, porque eu faria o impossível para não perdê-la. — Sua voz era grave e seu olhar intenso.

— Não diga isso, por você só sinto amor, nunca vou deixá-lo, eu não me importo com o seu passado e sei que se você fez alguma coisa era necessário.

— E então, o que achou do anjo do diabo? — perguntou cético.

— Todos temos um passado e segredos, você é um anjo do bem, o meu anjo.

Eu o abracei com força sem me importar com a tonta da minha irmã e seu namorado tolo.

— Você não está tão perfeito — disse, fazendo ele me afastar de seus braços e olhar meus olhos, curioso.

— E por que não? Mudou de ideia? — ele sorriu.

— Porque você se apaixonou por mim, eu sou um risco. — Seus lábios tocaram os meus delicadamente.

— Chega desse assunto chato e trágico — ele sorriu. — Você ainda quer ser minha namorada depois de saber a verdade?

— Sim, sim, sim, simmm… meu amor por você não é baseado no seu passado. Obrigada por contar.

Nosso tempo acabou e como sempre as despedidas de Yale são tristes.

Quando entrei no quarto andei de um lado para o outro, com vontade de me jogar pela janela, Yale estava sendo tão sincero e eu escondendo coisas que sabia dele, não contei nada a meu respeito, minha doença que parecia ter tido cura inesperada, a marca no meu pulso que ele não vê, o livro. Sou uma péssima namorada, mas depois de tudo o que ele contou eu nunca irei dizer a verdade sobre meus segredos, nunca.

Respirei fundo me recompondo, se Yale me visse nessa agitação iria querer saber o motivo e ele sempre vence.

Meia hora depois eu já estava de pijama de algodão e Yale estava sentado no tapete do meu quarto me olhando e fazendo meu coração acelerar, ele era bom em tudo, nem a cortina da janela denunciou sua chegada.

— Seu cabelo é lindo — disse levantando e acariciando meus longos cabelos pretos. — Você é linda.

Seu olhar era penetrante, eu via o nosso reflexo no espelho, seus dedos penteavam meus cabelos delicadamente me fazendo fechar os olhos com o carinho, sua outra mão envolveu minha cintura. E aos poucos ele me tirava da frente do espelho, eu continuando de olhos fechados e sendo guiada por seus braços.

— Você confia em mim? — ele sussurrou em minha orelha.

— Sempre — respondi em sussurro.

O vento estava mais forte e ainda assim suave, Yale estava mais perto segurando minha cintura, ele parou de pentear meus cabelos, já estava na hora de abrir os olhos e apreciá-lo.

A vista mudara o quarto, estava distante dos meus pés, estávamos voando, Yale me virou para ficarmos de frente um para o outro, seu rosto estava sereno e tranquilo e eu não estava com medo, na verdade estava feliz, voar sempre foi um sonho. Seu olhar penetrante procurava o medo e a aflição em mim, mas não encontrou.

Seus lábios se aproximaram dos meus e nos beijamos delicadamente, sua mão bagunçava meu cabelo e estávamos grudados em um beijo intenso e cheio de amor, eu me espremia em seus braços me sentindo amada. Seus lábios estavam insaciáveis mordiscando os meus carinhosamente, me fazendo querer mais e mais, e como se notasse que eu estava gostando de beijá-lo, Yale diminuiu o ritmo e beijou minha testa com carinho.

— Eu amo você — disse ele com um lindo sorriso nos lábios perfeitos.
— Esse é meu mundo e você faz parte dele agora.

— Eu também te amo — disse em meio à felicidade que inundava. — Essa vista é linda, o mar, a lua, tudo é perfeito, você com suas lindas asas, às vezes tenho medo de acordar — falei sussurrando o final e era verdade.

— Mas nada se compara a você — disse Yale me fazendo corar.

— A lua cheia é a minha preferida — sussurrei.

— É na lua cheia que muitas coisas acontecem, boas e más, também é a minha preferida. — Quando ele disse "coisas boas e más", lembrei do livro e do pedido de Cecilia.

— Obrigada!

— Tudo que é meu é seu. — Com seu olhar intenso não dava para ter dúvidas. — E hoje a mesma lua que viu o passado vê nós dois e nosso amor.

Eu não podia esconder a verdade, eu devia contar, a história estava se repetindo bem diante dos meus olhos.

— Yale, eu tenho um segredo para te contar, não posso esconder isso de você... — Ele colou o indicador em meus lábios.

— Não é preciso, eu confio em você!

— Mas, Yale, é importante... — Ele me interrompeu novamente.

— Tudo que preciso saber eu já sei.

Yale me deu um leve beijo encerrando a conversa, ele estava radiante, a verdade é que foi melhor assim.

Voltamos para o meu mundo e eu dormi em seus braços.

CAPÍTULO 13

Hoje acordei com a sensação de que tudo vai dar certo e quando isso acontece eu sempre entro em alguma confusão que me deixa vermelha e me torna alvo de risos durante o mês inteiro, eu odeio quando isso acontece.

Quando a campainha tocou, saí correndo como sempre para abrir a porta.

— Sielo? — perguntei. Ela nunca tinha vindo à minha casa. — O que houve? Onde está Yale? — perguntei preocupada.

— Bom dia, flor — ela sorriu. — Yale teve que viajar e disse que você não se importaria se fôssemos juntas para a escola.

— Mãe, essa é Sielo, irmã de Yale — disse, era cedo e minha mãe ainda estava em casa.

— Bom dia, querida, fique à vontade — disse Clarice subindo as escadas.

— Obrigada — respondeu Sielo e sorriu com seu sorriso iluminado.

— Não me importo, ele só não disse que viajaria hoje, aconteceu alguma coisa? — Nada fazia sentido.

— Não se preocupe, está tudo bem. — Ela parecia calma demais. — Vamos?

Entramos no carro dela, era vermelho brilhante, não entendo muito de carros, mas podia jurar que era uma Ferrari.

Algo estava errado, eu podia sentir.

Chegamos na escola em cinco minutos, Sielo era uma pilota fora das pistas de Fórmula 1. Ela andava ao meu lado como que para me proteger, ou era para que eu não percebesse que Yale não estava ali. A marca no meu pulso estava fria como gelo, a blusa da tabela periódica não era suficiente para o frio que sentia ao lado de Sielo, abri meu armário e peguei a jaqueta-reserva que deixava na escola.

Ela me analisava, mas não disse nada.

— O verde de seus olhos é lindo, as esmeraldas nunca tiveram tanto brilho. — Ela me olhava como se visse minha alma. — Já que não tem jeito, poderíamos ser amigas, as leis viraram cinzas mesmo — ela sorriu para si mesma. — Em toda minha existência nunca tinha visto olhos com essa tonalidade de verde, é incrível!

— Obrigada! — "Yale e seus pais falaram a mesma coisa", pensei, mas eu não ia falar para deixá-la constrangida.

— Só assim para podermos nos conhecer, já que Yale não desgruda, o que você gosta de fazer? Tem algum lugar que gosta de ir com as amigas? Fale um pouco de você, e não precisa ter vergonha de mim, ok!

Sielo era linda e falava rápido demais, quase não acompanho suas perguntas, mas com ela me sentia protegida.

— Não faço muitas coisas, prefiro lugares calmos e tranquilos, não tenho muitas amigas... bom, eu não sou tão legal — sorri timidamente enquanto andávamos nos corredores abarrotados de alunos com roupas combinando e falando de nós duas.

— Isso não é problema — ela sorriu com dentes brancos destacando ainda mais o batom roxo que usava.

— Oi, Ivi, você terminou a atividade da professora de literatura? — perguntou Lana quando sentei no meu lugar.

— Sim, terminei, Lana, você está com alguma dúvida?

— Gostaria na verdade que você me passasse as repostas da 25, 11, 19 e 28 — ela me sorria com o sorriso de "por favor". — Assim é mais rápido e eu não levo uma bronca e uma nota negativa.

Passei meu caderno para Lana, que esperava ansiosa e sempre olhando o relógio, a professora poderia entrar na sala a qualquer momento.

— Olá, bom dia! Fizeram as atividades? — perguntou a professora Marina, ela sorriu de leve e se encostou na mesa. — Hoje tenho uma boa notícia para vocês, eu já selecionei os alunos que irão fazer parte da peça da escola, não me perguntem qual vai ser o nome da peça porque ainda estou decidindo — ela deu uma gargalhada rápida. — Tudo bem, desta turma será Yale Mackenzie como protagonista, Renata Pacheco, Melina Giardiny, Breno Carvalho e Lívia Almeida Lins — ela suspirou e olhou para a turma. — É uma pena que o galã da peça não esteja, avisem para ele e aguardem que vou colocar no mural o nome da peça e os dias de ensaios, todos terão que participar, é uma avaliação que pode ter nota maior que a prova. — Quando ouvi meu nome, deu vontade de sair correndo e chamar a professora de louca, o que ela acha que eu faria? Será que não percebeu que sou uma tonta. O restante da aula passou e eu perdida no meu mundo pensando em Yale, que estaria não se sabe onde.

— Sempre tive vontade de participar das peças, mas nunca tenho sorte — disse Lana depois que sentamos na nossa mesa do refeitório. — Você é uma sortuda, Lívia!

— Imagina se eu não tivesse sorte! — falei com ironia.

Sielo estava na sua mesa de costume, mas não tirava os olhos de mim, ela e Melina estavam sérias em sua conversa.

— Não liga para as loucuras da Lana, Ivi — disse Tony me defendendo. — Eu não queria estar no seu lugar — ele sorriu, Tony era como eu, um ótimo diretor ou um excelente técnico de planejamento, sempre atrás das câmeras.

Como eu não estava muito amigável resolvi ir direto para os bancos distantes.

— Espere por mim — disse Sielo enquanto eu andava a passos rápidos.

— Está acontecendo alguma coisa? — perguntei. — Para onde Yale foi?

— Nossa, você é bem direta. Não está acontecendo nada, Yale teve que fazer uma viagem importante, ele está nos Estados Unidos.

— É segredo, por que não pensei nisso antes? — disse para mim mesma. Ficamos sentadas e caladas no banco até o sinal tocar e voltarmos para a sala.

Eu estava absorta na sala lotada, alguma coisa estava errada, nem mesmo fazer parte da peça da professora de literatura conseguiu me fazer esquecer a viagem repentina de Yale.

— A sintonia de vocês é incrível — disse Sielo ao meu lado. — Posso até sentir a presença de Yale.

— A gente pode ligar para ele e saber se está tudo bem? — perguntei esperançosa.

— Está tudo bem, Lívia, não podemos interromper essa reunião.

Ela parou o carro na frente da casa dos Mackenzie, a casa luxuosa que dava medo só de pensar no valor que custava, as estátuas brancas estavam mais brancas e algumas eram maiores que eu.

— Pensei que íamos para minha casa...

— Vamos passar a tarde aqui, já falamos para seus pais e eles aprovaram — respondeu dando de ombros.

— Ele mandou você me proteger, não foi? Alguém descobriu que estamos juntos? — perguntei enquanto subíamos as escadas de mármore branco para entrar.

Seu olhar era indecifrável, ela nada respondeu e andou à minha frente me guiando.

— Tudo bem, vou te contar algumas coisas para você parar de se martirizar e voltar para a terra.

Ela pegou minha bolsa e colocou no sofá da primeira sala.

Andamos um pouco mais e chegamos na sala que não tinha móveis, era grande e no piso de mármore preto que parecia um espelho tinha o desenho em tamanho gigante da marca que tinha no meu pulso, ela era branca e se destacava no preto. Se eu não estivesse com medo, acharia uma obra de arte. Nos sentamos no piso limpo e Sielo gesticulou para que eu fizesse silêncio.

— A Fênix é um pássaro divino e perfeito, era solitário e como todas as criações perfeitas cometeu uma burrice — ela sorriu com a expressão. — A Fênix havia se apaixonado por uma humana que era cabeça-oca também por cometer o mesmo desatino. — Ela olhava para o piso onde estávamos e olhava sem piscar o desenho branco. — O único dever da Fênix era proteger e salvar as pessoas e só, mas não foi suficiente, a solidão o cercava sempre que salvava uma vida, se sentia pior por ficar sozinho depois de salvar os que precisavam de ajuda. Então em um certo tempo se aproximou de uma jovem e nunca saiu de perto dela, eles ficaram juntos e desequilibraram os mundos e nós estamos tentando colocar tudo em equilíbrio.

Era óbvio que ela não sabia os detalhes que eu sabia, mas ficou evidente que ela estava editando a história sobre o filho de Cecilia.

Ela tocou meu rosto com ternura e continuou.

— Desde então, a Fênix resolveu criar um exército para reparar seus erros e deter o mal que criara, nós fazemos parte da Ordem, que tenta restaurar o equilíbrio para que todos os humanos vivam bem — ela sorriu gentilmente e me olhou nos olhos pela primeira vez.

— E o que falta para vocês conseguirem o equilíbrio? — perguntei.

— Isso é coisa nossa. E você, entendeu um pouco nossa história? Tivemos uma pista do selo perdido e Yale foi averiguar — disse séria.

— Esse desenho tem algo a ver com o selo? — disse gesticulando para o piso.

— Sim, esse é o formato do selo e antes que pergunte o selo é uma porta que quando for encontrada será fechada para sempre por nós, o problema é que ela sempre muda de lugar e some por uns tempos — ela sorriu. — Esse desenho aqui... — ela apontou para o piso. — Estará na porta quando a encontrarmos.

— Entendo. E você, o que acha de Yale comigo? — perguntei.

— Ele é um louco na verdade, é o mais louco da casa, sempre rebelde e teimoso. Quanto à relação de vocês, acho burrice também, porque é a lei mais rigorosa e depois da primeira Fênix Yale é o único doido para cometer esse erro. Não me entenda mal, eu vejo o amor de vocês, mas essa é a verdade, é loucura, porque temos superiores que nos observam volta e meia, mas com Yale não adianta discutir, principalmente agora que está apaixonado — ela sorriu. — Você não tem medo? — perguntou ela.

— Nem um pouco, Yale é tudo, eu o amo e se for necessário dou a minha vida por ele. E você, não tem medo? — perguntei de volta.

— Nós não sentimos medo como vocês humanos.

— Me refiro a se seus superiores descobrissem, o que aconteceria comigo e com vocês?

— Nada — respondeu uma voz tranquila chegando à porta de entrada, era Marisa. — E está na hora de humanos se alimentarem. Sielo, chega de histórias porque ninguém vai saber que nossa família violou uma regra pequena, fique tranquila, filha, ninguém vai machucar você.

Um enorme banquete me esperava na sala de jantar, comi bastante, nem eu mesma havia percebido que não tinha almoçado, mas depois de um tempo percebi que só eu estava comendo.

— Não estamos com fome, querida — disse Marisa, entendendo minha reação. Quando terminei fomos sentar na sala de vídeo para conversar. — Lívia, você tem olhos de um verde incomum, são muito bonitos, seus olhos... dá para entender o que Yale viu em você. E esses olhos puxados, você tem descendência oriental? — perguntou Marisa.

— Na verdade não, ninguém na minha família é assim, nem os nossos antepassados, sou a única assim — sorri timidamente. — Eu não me pareço com ninguém da família.

— Quer dizer que a humana já está aqui — disse Melina entrando na sala. — Yale se tocou que esses humanos são pura confusão e ela veio implorar para ele voltar com ela, é isso? — Ela se jogou no sofá e sorria enquanto jogava os cabelos vermelhos para o lado.

— Para de ser chata, você sabe que não é nada disso — disse Sielo.

— Yale demorou séculos para arrumar uma namorada e quando arruma é uma humana assim, tola e sem graça. — Ela sacudiu a cabeça em negativa. — Tantas da nossa espécie, lindas e sem complicações, que estão a fim dele e ele arrumando problemas com isso. — Seu olhar era cruel e seu sorriso dava medo. — Como pode ficar no meio de seres como nós? Você devia sentir repulsa, Yale já disse que somos assassinos?

O sol estava em seus olhos, a pupila de seus olhos se tornou um risco no centro, como em gatos.

— Sim, e eu o amo...

— Blá-blá-blá... — Melina me interrompeu. — Coisas de humano, jurar amor eterno sendo que pode morrer a qualquer instante.

— Melina, você está passando dos limites, deixe a Lívia em paz! — repreendeu Marisa com voz grave e autoritária. — Ela faz parte da família agora.

— Essa criatura que não aguenta nada? Me admira vocês apoiarem essa loucura de Yale. E que família, se somos uma divisão da Guarda? — disse Melina sendo sarcástica.

— Não estou aqui para provar meu amor e você devia falar para o próprio Yale que sou um problema — falei alto.

Saí pegando minha bolsa no sofá, eu tinha que sair dali e ir para minha casa ou ia explodir de raiva. Ela apareceu na minha frente com as asas vermelhas abertas e olhos vermelhos, eu devia sentir medo, mas a ignorei saindo da sala, porém Melina segurou no meu pulso esquerdo onde a marca queimava minha pele como gelo.

Seu toque me fez gritar alto e com a dor comecei a cair, Sielo jogou Melina para o outro lado da sala com uma única mão; se eu estivesse sem dor, teria ficado de boca aberta; Marisa me carregava no colo e tudo ficou escuro e o mundo saiu do meu alcance.

Não sei quanto tempo fiquei apagada, só sei que estava com muito frio, até que meus olhos finalmente ganharam foco.

— Finalmente você acordou, minha rosa de cristal. — Eu estava envolvida nos braços de Yale como um bebê e sentindo a quentura de seu corpo.

— Que bom que está aqui — sorri tentando me acostumar com a claridade do quarto. — O que houve? — perguntei meio perdida, tudo estava confuso.

— Você desmaiou quando discutia com Melina, eu peço desculpas, ela passou dos limites, prometo que isso nunca mais vai se repetir. — A tristeza estava em seus olhos. — Eu tinha que viajar e não tive tempo de avisar, Melina não queria machucar você, sei que ela agiu como uma idiota, na verdade ela queria que você fosse embora com medo, ela não é má como parece — ele suspirou. — Você está aqui há dois dias, o médico disse que você estava em choque e que, quando se sentisse segura, acordaria.

— Dois dias? — perguntei insegura e aflita de repente.

— Sim, seus pais vieram aqui e falaram que isso já tinha acontecido, mas que você não ficava muito tempo desacordada, esta foi a primeira vez.

— Quando você chegou? — perguntei.

— Na verdade você só acordou depois que cheguei, que foi hoje no momento em que te peguei no colo. Eu estava como um louco na reunião, eu não podia voltar, porque alguém do conselho poderia querer me seguir e ver qual o motivo de eu estar disperso, Marisa e Sielo me explicaram tudo e me proibiram de voltar antes de terminar a busca, afirmando que você estava bem, eu não podia voltar, quando senti seu grito foi o mesmo que uma faca cravada no coração, e eu fingindo que tudo estava bem, foi um martírio.

Ele estava de branco e muito lindo, suspirei aliviada com sua chegada e por estar em seus braços. Olhei para meu pulso sem a minha pulseira de pano, me deixando em alerta.

— Sielo tirou sua pulseira para ver se Melina havia te machucado.

A marca parecia profunda enquanto "latejava" no meu pulso branco e sem sangue.

— Me leva para casa — sussurrei.

Ele tentou me carregar nos braços, mas eu disse que estava bem para andar, ele não gostou, mas não estava a fim de discutir, principalmente depois do último incidente.

Quando estávamos chegando nas escadas, toda a família de Yale estava no andar de baixo, nos olhando com ternura, exceto por Melina, que parecia envergonhada encostada no canto da sala.

Eu queria dizer alguma coisa tipo "isso acontece" ou "isso é normal", mas nada saiu da minha boca.

— Em nome de toda a família eu lhe peço desculpas, Ivi, e espero que venha mais vezes à nossa casa, será um prazer recebê-la e nos desculpe pelo incidente — falou Santhiago dando um passo à frente, eu me senti feliz quando ele me chamou de Ivi de forma carinhosa, mas apenas confirmei com a cabeça, era o máximo que eu conseguia fazer. Meus pais já me esperavam na varanda, com certeza os Mackenzie ligaram avisando sobre meu retorno. Yale me acompanhou até meu pai e foi embora, dando um leve beijo na minha mão.

— Não quero falar disso, vou para o meu quarto — falei entrando em casa e indo direto para meu quarto.

Meu pai ia me seguir, mas minha mãe o impediu, eu não queria falar com ninguém, Patrícia apareceu no corredor, mas acho que ela adivinhou e não falou nada.

Me tranquei e fiquei deitada na minha cama pensando em tudo.

— Posso entrar? — perguntou Yale da sacada do quarto.

— O que você quer? — perguntei sem me virar para olhá-lo.

— Quero pedir perdão e saber por que não falou de sua saúde frágil.

— Eu ia te contar, mas você disse que bastava o que sabia, e eu não sou frágil, é exagero dos meus pais falar isso, foi só um desmaio com uma crise de choque — respondi, me perguntado se isso realmente existe. — Não quero mais falar disso.

— Eu trouxe um presente para você. — Ele me olhava com o olhar doce e carinhoso. — Lembrei de você quando o vi. — Ele sentou ao meu lado na cama, pegou meu dedo e colocou um anel transparente com o formato de uma flor, era lindo com um leve tom de rosa.

— É lindo, Yale, obrigada! — sorri agradecida.

— Um anel de cristal para uma rosa de cristal, fico feliz que tenha gostado.

— Desculpe, eu não queria...

— Sabe a história desse anel? — perguntou me interrompendo. — Que ele é delicado, mas muito resistente e quando ele se quebra é que algo de ruim se aproxima, mas isso é só história de vendedor — ele sorriu para mim.

— Sério!?? — sorri em resposta. — Alguém já te disse que estamos na peça de literatura? — falei mudando de assunto. — A professora cumpriu sua ameaça, você na peça eu até entendo, mas eu? — Sacudi a cabeça em negativa.

— Sim, eu soube — ele sorriu zombeteiro. Adormeci como uma pedra.

Na manhã seguinte tudo foi tranquilo, meus pais preferiram ficar calados sobre os últimos acontecimentos, pois segundo minha busca na internet o médico dos Mackenzie era um dos melhores do país e tirou todas as dúvidas possíveis que meus pais tivessem sobre minha saúde.

Na escola tudo estava agitado, o nome da peça e o baile já estavam decididos e ao que parece todos estavam felizes com o tema e, para a surpresa de todos os alunos, a escola já estava anunciando o de férias. Segundo Lana, o anuncio do baile veio junto com a peça para não ser ofuscado e tornando a vida adolescente caótica e desesperadora, pois eram muitos eventos e a maioria dos alunos querem ganhar visibilidade. E lá vamos nós, suspirei. A peça era de autoria da professora Marina, com o título de "O rei que não sabia Amar", e o baile seria de fantasia finalizado o primeiro semestre de aulas para ficarmos de férias no mês de julho. Na peça eu seria uma plebeia que amava o rei egoísta que seria interpretado por Yale, Melina seria a noiva do rei, os demais seriam divididos em corte côrte e plebeus.

— É incrível como os papéis se encaixaram bem — eu disse enquanto saíamos da frente do mural.

— É só uma peça — respondeu Yale de forma indiferente.

A única vantagem era que quem estava na peça não precisava ficar para a educação física.

— Gostei do anel — disse Lana pegando minha mão e olhando de perto. — Com certeza foi muito caro, é lindo! — Os olhos de Lana brilhavam.

— Yale disse que é de cristal — respondi me sentindo amada.

— Ele tem bom gosto e sabe comprar, ficou perfeito no seu dedo de compromisso — ela enfatizou compromisso para eu me dar conta de que não era um simples anel. — Tem certeza que é cristal? Porque parece ser mais valioso...

— Hoje vamos ao shopping, e não aceito não como resposta — disse Sielo interrompendo Lana.

— Hoje tenho ensaio para a tal peça de literatura — respondi cheia de drama.

— Tudo bem, vamos sábado, é até melhor. — Ela não ia se dar por vencida.

O ensaio para a peça foi rápido, era só para nos conhecermos e ler o roteiro da peça. A história era linda, porém a plebeia morria no final, o rei beijava a noiva para se consolar e no fim ficava sozinho. Quando vi que tinha beijo entre Yale e Melina, senti um leve ciúme, era só uma peça, mas Yale era só meu!

— Não gostei desse final — disse jogando os papéis no banco de trás do carro.

— E pela primeira vez você revelou ter ciúmes de mim — ele sorria em êxtase. — Você é meu único amor.

— Mas na peça você terá que beijar outra — disse melancólica. — E para completar, todos dizem que vocês fazem um belo casal, e eles têm razão — suspirei dramática.

A semana passou rápido, logo chegou o sábado e eu não consegui me livrar de ir ao shopping com Sielo. Quando o relógio despertou às 10 da manhã a campainha tocou e Sielo entrou na minha casa como uma bala e falando tudo que iríamos fazer.

— Vamos!

— Sim — respondi e peguei minha bolsa que usava nos fins de semana.

— Esperem por mim — gritava Patrícia, que corria até o carro. — Eu vou com vocês!

Eu e Sielo nos olhamos sem entender, eu não havia chamado Patrícia e pela cara dela minha irmã era a famosa penetra.

— Só um segundo, vou falar com ela, Sielo, eu não sabia...

— Deixa ela ir com a gente — disse Sielo, me interrompendo. — Os humanos são assim.

Eu ia perguntar, mas deixei passar, mesmo com ela aceitando eu tinha que dar minhas regras, Patrícia sempre exagera.

— O que pensa que está fazendo, ninguém chamou você, cadê as suas amigas de cabelo colorido? — disse entre dentes.

— Calma, irmãzinha, eu só quero sair com os populares. — Ela me afastou para abrir a porta do carro.

— Espera — falei puxando-a pelo braço. — Você pode até ir com a gente, mas vê se para de querer ser o centro das atenções, ok? Sielo é discreta e não gosta de plateia.

— Tá legal! — Ela puxou o braço, colocou os óculos escuros e sentou no banco da frente. Sielo nada questionou, só deu a partida e chegamos no shopping o mais rápido que se possa imaginar, Patrícia estava radiante falando que Sielo tinha estilo e era muito bonita, Sielo apenas agradecia e nada dizia para motivar minha irmã a continuar falando.

— Onde você quer ir primeiro, Ivi? — perguntou Sielo.

— Olha, tem uma loja ali que é ótima, é tudo exclusivo e sem repetições, vamos lá — respondeu Patrícia ficando no meio de nós duas.

Sielo olhou para minhas roupas de cima a baixo tirando os óculos escuros.

— Hoje sou eu que vou comprar as roupas para minha cunhadinha linda, e não faça essa cara, você está me devendo uma — ela riu da minha carranca, e eu até sabia o motivo, Patrícia sempre me arruma problemas.

Entramos na loja de roupas exclusivas e a cada minuto que passava a montanha de roupas só crescia, com Sielo escolhendo tudo que ficaria bem em mim. Provar tantas roupas me deixou cansada de tanto vestir e tirar.

Por fim, gostei de uma calça e uma blusa de mangas, mas Sielo mandou a vendedora de sorriso congelado colocar tudo em sacolas bonitas, que ia levar tudo. Não adiantou eu protestar, foi em vão. Eu não precisava de tantas coisas, já tinha Yale, era suficiente, Patrícia comprou um vestido vermelho e saímos para ir à lanchonete.

Patrícia ligou para algumas amigas dizendo onde estava, olhei para Sielo, que parecia serena.

Ela sorriu um sorriso sem dentes na direção de Patrícia.

— Já chega! — disse Sielo massageando a têmpora, olhei para ela sem entender. — Sua irmã fala demais e eu queria sair só com você — ela sorriu timidamente. — Digamos que tenho um dom de fazer as pessoas ficarem quietas. Olhei para minha irmã, que estava calada e de olhos fechados e cabeça baixa; ela respirava tranquilamente, mas isso não era certo de fazer, nem mesmo com uma chata como minha irmã.

— Relaxa, quando eu mandar ela acordar, vai continuar a tagarelar de onde parou — ela suspirou aliviada como se lesse pensamentos.

— Tudo bem, como você faz essas coisas? — perguntei curiosa.

— Para facilitar seu entendimento, eu tenho o poder de fazer as pessoas dormirem ou ficarem "congeladas" por um tempo — ela suspirou. — Eu uso quando os humanos exageram no barulho.

— Então Yale tem poderes também? Porque ele já fez coisas muito irreais, tipo colar meus pés no chão para que eu pare de andar. — Ela sorriu, mas fingi não notar. — Ele conduz o fogo nas mãos, faz refrigerantes quentes ficarem gelados...

— Sinto muito, mas só Yale pode te explicar isso, não podemos falar dos dons do outro.

— Ela sacudiu a cabeça em negativa. — Temos regras internas também, mas adoraria ver Yale colando seus pés no chão — ela gargalhou. — Ele nunca usa seus poderes, você tem um gênio e tanto, Lívia Lins — ela riu novamente. — Yale Mackenzie só perde para Santhiago na calmaria, no mínimo você deve ter feito coisas bizarras.

— Eu mesma não, Yale que é exagerado e quer tudo do jeito dele. — Dei de ombros.

— Dá para perceber por que vocês se entendem — ela disse para si mesma. — Conheço Yale, querida, e vejo que você sabe como desconcertá-lo, mesmo que seja sem intenção, você só não percebe a mudança porque não viveu com ele um século, sendo chato e resmungão o tempo todo.

— Ele é perfeito...

— Se minha memória não fosse tão boa, diria que eu estou ficando louca, minha querida! De chato resmungão, ele se tornou um louco apaixonado quebrando tudo que for lei no meu mundo sem nem mesmo pensar, ele deve ter ficado louco, portanto ele não é perfeito.

— Eu não queria que fosse assim — disse melancólica.

— Não estressa, ele está mais legal agora — ela riu pegando minha mão. — Ele deve mesmo amar você, nós somos um pouco protetores, mas admito, Yale está meio que exagerando.

— Sei como é, mas adoro ele sempre ao meu lado — sorri de orelha a orelha tomando um gole do refrigerante. — E você consegue fazer todos dormirem...

— Nunca foi preciso, mas acredito que todos que eu detectar sim, eu também posso deixar todos "estátuas", mas é cansativo para mim e para meus alvos.

— Então você para o tempo e pode ir em casa e voltar que todos ficam na mesma posição? — ela assentiu. — Isso é perfeito — falei alto esquecendo que tinha mais pessoas na lanchonete.

— Acordar — falou Sielo.

Patrícia continuou a conversa no celular, ficando irritada porque a sua amiga já tinha desligado, o que ela não sabia é que dormiu no meio da conversa.

Sielo começou a puxar assuntos sobre química, matemática... deixando minha irmã fora da conversa nerd.

No estacionamento Sielo abriu a porta do carona para mim, obrigando Patrícia a sentar no banco de trás. A volta para casa foi rápida, Patrícia quase pulou do carro quando paramos, agradeceu e entrou em casa.

— Obrigada! — disse Sielo.

— Eu que devo agradecer, você comprou uma loja inteira para mim — sorri envergonhada.

— Não é todo humano que aceitaria sair para as compras com alguém como nós, ou melhor, uma humana normal. Acho que você é louca, isso não é normal. — Sorrimos juntas.

— Eu também amo você, Sielo. — Me joguei em seus braços.

— Obrigada por me aceitar.

Eu estava esfuziante quando nos afastamos, ela estava com o olhar distante, parecia que estava em outro lugar.

— Exagerei, né? Eu Sempre exagero — eu disse mordendo o lábio.

— Não. É que nunca abracei um humano desde que me transformei, eu gostei, é legal, é vida...

— Sielo melancólica, isso é algo que não se vê todos os dias, continue... — disse Yale atrás de mim me fazendo pular, eu não tinha percebido sua chegada.

— Meu amor! — Eu já estava em seus braços. — Senti tanto sua falta — sussurrei.

— Não exagera, Yale, não era para você estar aqui, o que faz aqui? — perguntou Sielo.

Yale me olhava nos olhos intensamente, seus braços sempre acolhedores e perfeitos, beijou meu cabelo, era impossível não sentir nosso amor. Sielo nos olhava como se assistisse a um filme.

— Incrível, se não soasse tão patético, eu diria que vejo o amor de vocês. Yale, você está vulnerável...

Ela colocou a mão na boca, os olhos marejados, seu cabelo começou a levantar e eu sabia que aquele vento era coisa de Yale, mesmo ele apenas olhando-a. Sielo se aproximou, tocou meu rosto e saiu, entrando no carro.

— Não entendi — disse, olhando o carro vermelho que estava longe.

— Ela entendeu que não estou brincando de gostar de você — respondeu Yale.

Eu o queria tanto, e ele se inclinou para me beijar, foi um beijo intenso, seus lábios nos meus era como se fôssemos apenas um só.

— Lívia, finalmente... — era Lana, que se interrompeu e nos interrompeu, sua voz sumiu e ela não continuou. Yale me colocou no chão, beijou minha mão e me lançou um lindo sorriso. Lana estava envergonhada e parecia assustada. — Eu estava te esperando para ver suas roupas novas, desculpe.

— Eu já vou aí, me espera — falei sorrindo de sua rara timidez.

Yale segurava minhas sacolas, me indicando com a mão que as levaria. Lana olhava para nós, mas não encarava Yale, ela estava inquieta.

Entramos os três na sala, Yale beijou minha testa e saiu, acenando para Lana.

— Vocês sempre se beijam assim? — Lana nunca dava volta para dizer algo que a incomoda.

— Yale deve estar se controlando muito, ou vocês... já... — Eu não tinha entendido, ela se aproximou e sussurrou na minha orelha. — Fizeram amor?

Essa era nova, eu nunca tinha pensado em algo assim, levantei do sofá atônita e ruborizando.

— Lana, você está louca?

— Claro que não, mas não sou cega, faltou pouco para ele engolir você e o olhar dele para você era intenso como se você fosse a última jujuba do vidro. Não sei se dá medo ou se é romântico ao extremo — respondeu Lana com a mão na cintura.

— Faz dias que nos beijamos, assim ele me deixa louca, mas sempre me afasta, e ele é tão cavalheiro que seria capaz de esperar o casamento e todas aquelas frescuras de casamento — respondi com uma pontada de desânimo.

— Ele deve se controlar bastante para não cometer uma loucura — ela sorriu. — Hoje tive certeza que namoram e que ele é louco por você.

— Não sabia que nosso beijo deixava essa impressão.

— Tudo bem, agora me mostre as roupas, só mais uma coisa, não façam isso na frente de seus pais porque o horário de visitas de Yale pode ser reduzido — ela sorriu me dando um empurrão para subir as escadas.

Passamos a tarde olhando minhas roupas, segundo Lana eu ficaria uma verdadeira diva, e que além de bonitas eram exclusivas e caras.

Eu até usaria as roupas, mas principalmente para agradar Sielo.

— Sielo é exagerada — falei lembrando de como foi o dia de compras.

— Ela deve gostar mesmo de você, parabéns, amiga, você tem uma cunhada e tanto! Minha mãe ficou nervosa com tantas roupas e com certeza estava decidindo se mandava eu devolver ou se fingiria que não notara os preços, mas não disse nada, com certeza iria decidir com Sérgio.

— Pensei que os Mackenzie fossem mais legais, mas eles não gostam muito de conversa — disse Patrícia olhando as roupas espalhadas na minha cama.

— Não sei do que você está reclamando, você não foi convidada e nem todo mundo é exibida como você e suas amigas — rebati suas críticas.

— Você vai ficar linda, ela tem bom gosto e gosta de você de verdade — disse minha irmã me elogiando, isso sim é raro de acontecer, mas raramente acontece.

O clima ficou tenso de repente, seria possível Patrícia sentir ciúmes de mim?

CAPÍTULO 14

Olhei o pôr do sol da minha janela e pensei, tudo estava perfeito, eu tinha tudo, o amor de Yale Mackenzie, estava com minha família, estava com meus amigos e tinha uma nova amiga, Sielo Mackenzie, uma Fênix que tem o dom de deixar as pessoas paradas no tempo e que adora moda. Olhei a marca no meu pulso sem a pulseira, ela estava vermelha e não doía, era como se estivesse sentindo minha felicidade. Suspirei pensativa e voltei para dentro do quarto. Peguei o velho livro da Fênix que havia esquecido.

"No dia da descoberta o segredo vai ser desvendado e a Fênix que conhece o amor terá que decidir

Só encontrará a criatura que carrega a marca da maldição quem não a procura e assim o destino de ambos estará traçado e será perigoso

Quem não procura verá a bela flor desabrochar na vida dos humanos e, com sua voz, encontrará a mais jovem e a mais sensível das Fênix

Há mais de mil anos a marca não aparece para ser encontrada e destruída, mas a GUARDA está preparada esperando um jovem de 18 anos, musculoso, com muita força, crueldade e que carregue a marca da maldição para ser morto e os mundos terem equilíbrio novamente. Esses são os traços do indigno, pois todos que apareceram e morreram antes de ser encontrado tinham todas essas características."

Esse final estava se repetindo com alguns detalhes a mais, coitado desse rapaz indigno então, era ele que a Fênix procurava, com certeza ele era a "porta" que Sielo disse para não me assustar.

"Fuja, esconda-se e cuidado com seu amuleto nunca o retire essa é a única coisa que faz você ser normal aos olhos DELES!"

Esse era o final do livro, uma advertência, e nas outras páginas o desenho da marca no centro de todas as folhas se repetia como um lembrete. Quem escreveu o livro começou a pontuar o texto, mas não se saiu muito bem, talvez estivesse com pressa, concluí o raciocínio.

Yale não apareceu para me ver naquela noite, não me ligou, apenas não veio, isso me deixou inquieta e pensativa sobre o livro, eram tantas coisas que pareciam ligadas a mim e ao mesmo tempo nada era ligado a mim. Olhei "branca" no criado mudo, linda e cheia de vida, olhá-la me deu ânimo e consegui dormir, não tão tranquila e feliz como quando Yale está comigo, eu só dormi.

Eu estava meio nostálgica quando Sielo me ligou naquele domingo, ela parecia animada como sempre, perguntando das roupas e se eu queria sair um pouco.

— Onde está Yale? — perguntei meio sem voz.

— Ele saiu, mas hoje à tarde ele volta e vai ver você — respondeu naturalmente.

— Ah, tá! — respondi sem ânimo.

Escovei os dentes e voltei para meu quarto, era como se um turbilhão de desânimo tomasse conta do meu corpo.

Peguei as minhas falas na peça da escola e as decorei como se fosse algo que sempre falei, desliguei meu celular e disse para minha mãe que, se alguém ligasse e perguntasse por mim, eu havia saído.

Yale não apareceu naquela tarde como Sielo disse e não sei se me ligou porque "eu não estava em casa" e o celular estava desligado.

Onde estaria o meu Yale?, me perguntei.

A semana começou e Sielo era a minha companhia, seu nível de alegria a deixava ainda mais linda e eu, sendo eu, parecia eu mesma sem graça e nerd. Ela reclamou porque não vesti uma das roupas novas, mas me safei dizendo que estavam secando, fingi não notar que Yale não havia vindo para a escola.

A semana se passou na mesma, eu e Sielo, no refeitório Lana, Tony e eu, na saída eu e Sielo.

O ensaio da peça era uma chatice, Melina me olhava com desdém e Yale já havia se explicado dizendo que já sabia suas falas.

Eu nunca havia passado tanto tempo longe de Yale e essa distância estava me matando.

— Lana, você está em casa? — perguntei, do meu celular.

— Sim, amiga — respondeu sorrindo.

— Posso ir na sua casa?...

— Não, sua boba, porque eu estou aqui na porta da sua casa, e vem logo abrir essa porta — ela riu do outro lado. Desci as escadas correndo para abrir a porta, ficamos uns instantes rindo e fomos para meu quarto. — Eu sabia que você estava sozinha e vim vê-la, não se preocupe, amiga, é só essa semana, perguntei para meus contatos e ele chega na próxima semana, relaxa! — ela sorriu. — E vamos porque está quase na hora da educação física e você da sua peça.

Conversamos de tudo, principalmente de Tony e de sua teimosia em cortar os cabelos. Tomei banho e, quando ia colocar uma das blusas que ganhei de presente, Lana quase me mata com seu grito fino.

— Lívia Lins, quando você fez essa tatuagem, e por que não me contou? — perguntou histérica.

— Qual? — perguntei atônita, olhei meu pulso e estava coberto.

— Essa aí, da estrela nas suas costas bem no meio da sua espinha — ela riu por não lembrar o nome correto.

Me virei de lado para olhar no espelho, era verdade e não era pequena, era grande e fácil de ser vista.

— Pedi para Patrícia colocar em mim e a tonta colocou, aí eu já tinha esquecido... — sorri indiferente cobrindo com a blusa preta com listras brancas e brilhosas.

O ensaio da peça foi monótono e eu estava pensando na estrela das minhas costas, saí antes de Lana, eu tinha que pensar, como era possível essas coisas aparecerem do nada.

Eu até queria contar para Lana, Tony, os Mackenzie, mas como explicar a verdade se nem eu mesma sabia?

Corri para meu quarto tirando a blusa e olhando no espelho a estrela que apareceu do nada, como era possível?

Comecei a chorar de tristeza por tudo.

— Você está quebrando uma promessa — disse a pessoa que faz meu coração bater como um louco.

— Yale! — falei quase alto demais.

Me virei e me joguei em seus braços esquecendo que estava só de sutiã. Procurei seus lábios com a urgência de quem está morrendo, ele me envolveu nos braços e me beijou com carinho demoradamente. Enquanto nos beijávamos, lembrei do que Lana disse, que o puxei para mais perto de mim para um beijo intenso e que ele sempre me afasta. Mordi seu lábio inferior e ele retribuiu o beijo na mesma intensidade, Yale me queria, ele começou a tirar a jaqueta preta enquanto me beijava.

— Você ficou linda com ela — disse Yale fechando o zíper da jaqueta dele em mim. Me enganei, ele só estava sendo gentil e me cobrindo. — Senti tanto a sua falta. — Ele me abraçou me puxando para a cama, ele fazia carinho nos meus cabelos e beijava meu pescoço. — Desculpe por sumir assim, prometo que já acabou, perdemos por completo o rastro do que procurávamos. E desculpe por entrar assim no seu quarto, eu só não aguentava esperar mais.

— Tudo bem, só não vai sumir de novo — eu sorri.

Nam... nam... nam... Comecei a cantar a música da Fênix e Yale suspirou e dormiu, ou melhor, dormimos naquela tarde juntos de "conchinha", foi perfeito, era como se nunca tivéssemos nos separado.

As semanas se passaram na mais perfeita harmonia, tudo estava bem e faltavam poucos dias para a peça da escola, até as meninas que fofocavam e mangavam de mim pela falta de bom gosto diminuíram os comentários maldosos, fico feliz porque assim saio um pouco do foco, graças a Sielo, mas não abandono as minhas roupas simples, às vezes faço uma mistura vestindo a blusa da tabela periódica e uma calça preta comprada por Sielo.

Tony foi firme, não cortou o cabelo, e Lana o deixou sem beijos por duas semanas, meus amigos são uma graça.

— Amanhã é o dia da peça, como está se sentindo? — perguntou Lucrécia para uma das meninas da outra turma que também iam interpretar.

— Eu, ótima! O triste é que não peguei o papel da Melina Giardiny, no final tem um beijo, essa é a melhor parte. — Elas duas sorriram. — Ele namora aquela "japonesa sem sal" e na peça a prima o beija no final, não foi dessa vez. — Elas suspiraram com falso pesar e riram.

Elas estavam andando na minha frente no corredor e fingiam que não estavam me vendo. Continuei olhando meu sapato vermelho de cadarços amarelo até chegar na sala de figurinos.

— Pegue, querida, este é o seu — disse a professora de literatura com um largo sorriso.

— Obrigada — agradeci e saí sem o menor entusiasmo.

Os corredores estavam vazios, Yale com certeza já estava no estacionamento me esperando. Olhei para trás, parecia que só eu estava na escola, adiantei o passo para encontrar Yale.

"miau... miau..."

Olhei para todos os lados do corredor à procura do gato que miava, ele estava em cima dos armários e eu tentei pegá-lo, mas era perda de tempo, os armários eram muito altos. Resolvi deixá-lo e chamar Yale, ele conseguiria pegá-lo. Quando o olhei com mais atenção, percebi que era igual ao gato que vi no acampamento. Os pelos do meu braço se eriçaram com a lembrança da quase morte.

Comecei a correr, algo no meu inconsciente me dizia que não seria uma boa ficar ali sozinha, olhei para os armários e o gatinho me seguia correndo em cima dos armários.

— Humana patética, presta atenção por onde você corre — disse Melina.

Eu estava correndo e olhando para cima dos armários, quando esbarrei em Melina, que saía de uma sala que não deu para entender o nome.

— Você viu? — perguntei, eu estava apavorada.

— Do que você está falando? — ela perguntou sem vontade e se afastando de mim como se eu tivesse uma doença contagiosa e que ainda não tinha remédios para a cura. Dedução irônica, mas foi o que pareceu.

Mas o gatinho já havia sumido, olhei para todos os lados quando Melina ficou distante o suficiente para não pegar minha loucura.

— Tinha um gato em cima dos armários, ele estava me seguindo... — falei como se fosse uma criança que é repreendida.

— Não tem nada aqui, apenas você e eu, e pare de bobagens, existem monstros piores que um gato e você não sente medo. — Mesmo falando que não via nada, ela olhou rapidamente.

— E saia de perto de mim, humana, você já me arrumou problemas para uma eternidade, e não estou pensando em pedir desculpas tão cedo.

— Não era minha intenção esbarrar em você e eu estou me lixando com seu pedido de desculpa — falei no mesmo tom de raiva.

— O que houve? — perguntou Yale a meu lado.

Como ele chegou ali? Só em outra oportunidade para saber, ou melhor, mais uma pergunta para a "lista de mistérios de Yale", que ele pode dar de ombros e eu aceitar, porque ele sempre ganha quando não quer responder. — Estão brigando? — Ele olhava para Melina.

— A sua humana que anda vendo coisas — disse Melina com desdém.

— Vi o mesmo gatinho que vi no acampamento — respondi para seus olhos estreitos.

— Ivi, aqui não tem nenhum animal, na escola eu posso ver, não tem. — Ele olhava para todos os lados com sua visão de raio X.

— Foi o que eu disse. — Melina me olhava arqueando as sobrancelhas.

— Eu sei o que vi! — disse entre dentes e saindo, deixando Yale e Melina para trás.

Não conversamos enquanto íamos para minha casa, ele me olhava sério, mas nada disse. Eu queria estar alegre, mas Yale não acreditava em mim, se ele soubesse que seus olhos às vezes o enganam.

O gelo continuava, eu não disse uma só palavra quando ele chegou para me levar para o último ensaio da peça.

A escola estava em êxtase com os preparativos de todos os eventos para entrarmos de férias.

— Lívia, posso saber o motivo de você continuar sem falar comigo? — perguntou Yale sério. Ele estava um verdadeiro rei com a roupa da peça, aquela roupa vermelha cheia de veludo, a coroa em sua cabeça... — eu suspirei, ele era demais para mim.

— Você pensa que vê tudo? — sussurrei de mau humor.

Olhei para minha roupa simples de plebeia, sem cores, sem vida e segurando um balde enferrujado para encenar.

— Lívia... — começou Yale, mas a professora o interrompeu.

— Se preparem que vamos começar — disse a professora radiante ao entrar no camarim e nos levando para o palco.

As cortinas se abriram e lá estava eu em um palco sendo observada por todos os alunos, inclusive todos os pais. A peça se iniciou, tudo estava perfeito e de acordo com o ensaiado. A chegada de Melina e Yale conversando de riqueza e terras fez o público ir à loucura, Yale estava impecável e Melina com um vestido cor de pérola lindo, uma tiara cheia de brilhantes no cabelo, com um penteado em que nenhum fio de cabelo vermelho saía do lugar, era o casal perfeito, o público aplaudiu e suspirou ao vê-los, contracenavam como se fosse algo normal e fácil de fazer.

Quando estávamos no último ato da peça, para acontecer o famoso e tão esperado beijo, eu desmaiei de mentira e "morri" na peça, as cortinas se fecharam para que eu saísse do palco e se abriram em seguida para a peça acabar depois do beijo.

Eu não troquei de roupa, saí rapidamente, eu não queria ver o beijo, mas não consegui ir muito longe, meus pés estavam colados no piso dos bastidores da peça.

— Assim como meu amor se foi, tudo acabou! — disse Yale interpretando o rei. — Mas nunca vou traí-la, nunca!

"Mas nunca vou traí-la!" Esse final não estava escrito, eu me virei e o vi fazendo reverência para Melina e beijando sua mão com luva branca. O público levantou para aplaudir o final da peça com gritos de alegria e prazer.

As cortinas se fecharam e Yale veio me abraçar.

— Você errou sua fala — disse dando de ombros.

— Eu disse que nunca iria trair você — rebateu.

— Era só uma peça — dei de ombros, feliz.

— Mais um motivo para não fazer bobagens, só quero você, Lívia Lins, só você!

Ele me pegou no colo e nos beijamos delicadamente no início, mas como sempre me empolguei nos beijos e Yale me afastou para respirarmos.

— Essa plebeia não está nada morta — disse Sielo aparecendo nos bastidores atrás das cortinas. — Todos estão procurando vocês, é melhor se apressarem.

Todos estavam radiantes, a professora de literatura falou seu breve discurso, o diretor da escola fez seus elogios, afirmando que faltavam poucos dias para o baile das férias.

Meus pais estavam radiantes com minha participação dizendo que eu devia seguir a carreira de atriz, se eles soubessem que só aceitei por uma quase chantagem da professora e porque não queria manchar meu boletim de notas com uma nota média ou uma recuperação desnecessária.

Trocamos de roupas.

Eu estava vestida confortavelmente e fora de moda, com a camisa preta da tabela periódica, uma blusa de frio branca por baixo e uma calça de moletom cinza que adorava vestir quando estava no sul na casa de Ana.

— Hoje é dia de comemoração e festa, posso saber por que veio vestida nisso? — perguntou Patrícia radiante em um vestido amarelo chamativo, até parecia que ela iria receber os aplausos por fazer parte de uma peça, e não eu que mais parecia uma pessoa sem espelho em casa. — Você me arrasa, e pensar que você tem um guarda-roupa lotado de roupas lindas e caras, só você mesmo, Lívia, o que meus seguidores nas redes sociais vão falar quando eu postar uma foto ao seu lado? Será o que esses Mackenzie viram em você? Porque de todos por aqui você é a única malvestida. — Ela nem disfarçava que eu estava ridícula.

Eu fuzilava Patrícia com os olhos.

— Eu estava nervosa, não tive tempo de pensar no que vestir e quanto às fotos é simples, eu não vou tirar fotos com você — falei com raiva. — E sobre os Mackenzie, talvez eles me amem do jeito que sou.

Saí de perto de minha irmã como um raio, uma das meninas que fazia parte da peça puxou minha camisa indicando que era a hora de subir no palco para agradecer com todos da peça, eu assenti e Yale me puxou para ficar a seu lado na foto e nos agradecimentos.

Era fleche de todos os lados me deixando cega, Melina tinha um sorriso congelado sem dentes e Yale sorria para mim como se estivéssemos sozinhos.

— Você está parecendo uma rebelde com essas roupas — ele sorriu. — Você está linda, eu amo você como você é, e não o que todos querem que você seja. — Ele colocou sua coroa de rei na minha cabeça e beijou minha mão.

A festa depois da peça estava ótima, mas Sérgio estragou chamando todas as Lins para irem para casa cedo demais no meu relógio adolescente.

Yale me levou até o carro de meu pai e beijou minha mão se despedindo.

Lana me ligou enlouquecida no outro dia pela manhã, dizendo que a peça estava sendo comentada em todas as redes sociais e que a foto do elenco estava na capa do jornal local.

— Amiga, você está linda ao lado de Yale, ele sorrindo para você e você vestida como uma nerd rebelde, ficou top! — dizia Lana, me acordando. — Eu estava dormindo, mas faço parte de uns grupos nas redes sociais e só falam de vocês, por isso resolvi ligar, você precisa ficar informada.

Lana desligou depois de dar as notícias.

— Ouviu, né, estamos até no jornal — falei para Yale me aninhando em seus braços. Ele sorriu da forma que me expressei.

— E você já decidiu qual será sua fantasia para o baile? — perguntou sussurrando.

— Ainda não, vou estudar porque na próxima semana as provas começam, e antes que pergunte, eu não vou de "gueixa". — Sorrimos abafado para ninguém escutar. — E você? Vai de rei?…

— Ainda não sei. — Ele deu de ombros.

— Tenho medo — suspirei melancólica.

— Ivi, se quiser a gente não vai ao baile... — Eu o interrompi, ele estava entendendo errado.

— Não é isso, eu estou com medo, Yale, é felicidade demais para uma pessoa como eu e, quando algo dá certo para mim, não demora nada, algo ruim acontece.

— Meu amor, nada vai dar errado, estou com você, não tenha medo.

Eu Sorri agradecida, mas eu estava sentindo que algo iria acontecer, e não era bom. Discuti várias vezes com Lana sobre qual fantasia usaríamos no grande baile, mas não chegamos a nada concreto.

As semanas se passaram, as provas foram feitas e tudo estava em seu curso normal, o baile seria na sexta-feira no último dia do mês de junho, minhas notas foram máximas como planejado, e como imaginávamos Lana não passaria da média se não fosse o grupo de estudos a três que fizemos antes das provas na sua casa. Patrícia ficou de recuperação em matemática, física e química, escutei Sérgio quase aos berros no andar de baixo e minha irmã sempre afirmando que os professores eram idiotas e apressados com as atividades; depois de várias horas de briga, Sérgio encerrou com uma chantagem: se Patrícia não tirasse boas notas, ela sairia da agência de modelos.

— Lívia, preciso da sua ajuda, não posso sair da agência, eu amo ser modelo e você conhece nosso pai...

Ela realmente parecia preocupada, e com razão, Sérgio ficava muito vermelho quando estava com raiva, o que não é normal, porque ele é calmo e sorridente...

— Qual matéria? — perguntei sem interesse.

— Na verdade não é só uma — ela sorriu envergonhada. — São três, e as piores.

— Tudo bem, a gente começa a estudar em uma hora — disse olhando no relógio na parede do meu quarto. — Traga seu caderno e livros, enquanto estiver estudando comigo esqueça o celular, tablet, computador, resumindo: qualquer coisa que tire sua atenção, e nem pense em chamar seu namorado e aquelas suas amigas com cabelo colorido.

— Você está parecendo os professores...

— Talvez seja por isso que você ainda esteja no terceiro ano e não na faculdade, por falta de interesse de sua parte — disse asperamente, eu ainda lembrava como ela tinha sido cruel falando das minhas roupas no dia da peça. — E tem uma condição para eu ajudar você.

— Qual condição, depois de todas essas exigências? Você sabe ser bem revoltada quando quer, né, irmãzinha?! — disse ela com ironia.

— Que você saia do meu pé e pare de se intrometer onde não é chamada. — Eu sabia que ela não cumpriria, mas não custava tentar.

— Tudo bem, mas não sei por que está falando isso, eu nem olho para você e os Mackenzie. — Ela era tão boa em fingir que quem não a conhecia acreditaria, mas eu a conhecia.

Começamos os estudos e ela parecia estressada sem o telefone e seus apetrechos tecnológicos. Estávamos revisando na sala enquanto estávamos só nós duas em casa, quando nossos pais chegavam íamos para o meu quarto, onde ela não tinha muitas coisas para olhar e se distrair.

Patrícia entendeu o que eu dizia na nossa revisão e ela realmente estava com medo da ameaça de Sérgio, e se saiu bem nas provas de recuperação, não foram as melhores notas, mas o suficiente para passar e continuar na agência de modelos.

— Obrigada, Lívia, se não fosse sua ajuda eu não teria tirado boas notas — disse Patrícia quando recebeu o boletim de notas.

— Eu não fiz por você, então cumpra o combinado — disse friamente indo para meu quarto.

— Mesmo assim, obrigada, rainha do gelo — ela gritou no corredor antes de eu entrar no quarto.

A semana que passei ajudando minha irmã foi bem cansativa, estudávamos à tarde e à noite, me impedindo de ver Yale à noite, mas fico feliz por Patrícia ter passado com boas notas, eu não conseguia ser ruim como queria.

— Oi, Lana, já decidi minha fantasia para o baile, e você? — perguntei por mensagem via redes sociais.

— Sim, eu vou de Cleópatra e Tony de Faraó — ela sorriu. — E você?

— Vou de rainha do gelo — disse lembrando de Patrícia e de como sonhava estando no gelo.

— Não serei muito uma rainha, mas vou assim, o que você acha? — perguntei me sentindo boba.

— É uma ótima ideia, parabéns, tenho certeza que você vai ficar linda.

Faltavam três dias para o baile e todos estavam em êxtase nos corredores da escola, não perguntei para Yale qual seria sua fantasia e não falei a minha, decidimos fazer surpresa um para o outro.

Fui nas lojas da cidade e não encontrei nada parecido com o que eu queria. Sielo disse que conhecia um site na internet que fazia entrega em 48 horas e sem atraso, escolhi junto com ela o modelo do vestido, um pouco preocupada que fosse preciso fazer ajustes. Mas na sexta-feira, às sete da manhã, minha encomenda chegou, corri para meu quarto e fiquei deslumbrada comigo mesma. O vestido, a coroa e a máscara ficaram perfeitos, até parecia que eu havia tirado as medidas.

— Alô, Sielo?

— Lívia, está tudo bem? — perguntou preocupada.

— Estou ligando para agradecer pelo vestido, ficou lindo, se não fosse sua ajuda não teria encontrado.

— Para de bobeira, é para isso que servem as cunhadas, o meu também chegou, vou ficar linda de vampira.

Conversamos bastante sobre as fantasias naquela manhã.

Minha mãe ficou radiante quando me viu experimentando a fantasia, dizendo que com certeza eu seria a mais linda.

Não sou de acreditar nos meus pais quando dizem que estou linda, quando pequena li a fábula "A raposa e a coruja", desde então fiz um estudo profundo no assunto para ter certeza de que os pais sempre se iludem com a aparência dos filhos. Sorri ao lembrar, ser nerd é falar de coisas que não têm nexo com coisas óbvias.

As aulas já tinham acabado, era só curtir e esperar o baile. Eu estava feliz como quase todos da escola, até porque era o primeiro baile que ia depois do primário, sem saber o que é um baile, e com Yale, isso sim era um bom incentivo para descobrir, sorri com o pensamento.

Mas eu não conseguia me livrar do sentimento de que algo iria acontecer, e não seria coisa boa.

Vesti minha fantasia me sentindo realmente uma rainha, peguei a maquiagem que ganhei de presente e passei um pouco de sombra branca nos olhos para ficar mais parecida com a "rainha do gelo" que vi em um filme, um batom rosa e por fim um coque no cabelo, a franja de que não me lembrava ficou visível com o novo penteado.

Quando desci para o sofá para esperar Yale, meus pais começaram a seção de fotos, Patrícia como sempre atrasada, enquanto Felipe me encarava do outro sofá, ele estava com fantasia de mosqueteiro.

Patrícia desceu vestida de fada, foi o que eu deduzi notando as asas transparentes e o vestido colado no corpo, com brilho, e botas de salto combinando com o lilás do brilho.

— E você, rainha do gelo em pleno verão — disse Patrícia olhando para mim. — Não vai derreter — concluiu debochando e sorrindo.

— Posso ser a bruxa do gelo e cortar suas asas antes de derreter — respondi querendo jogar água no seu cabelo, que estava liso.

— Chega, hoje é dia de festa e não quero ver meus tesouros brigando, as duas estão lindas — disse meu pai chegando na sala.

A campainha tocou e minha mãe abriu a porta, era Yale, estava lindo de terno preto e com uma arma de brinquedo, ele sorria de si mesmo.

— Boa noite a todos. — Ele olhou para mim e seus olhos brilharam. — Nossa, você está maravilhosamente linda — disse vindo a meu encontro e sem se importar com os demais na sala.

Eu fiquei vermelha como um tomate, todos estavam olhando para nós dois.

— Agora fiquem juntos que eu vou tirar uma foto — disse meu pai, iniciando outra sessão de fotos. — Qual personagem você é, Yale Mackenzie? — perguntou Sérgio também sem entender.

— "MIB: homens de preto", sou um agente, não gosto de fantasias — ele sorriu e colocou os óculos pretos que faziam parte da suposta fantasia, para outra foto.

Meus pais estavam em êxtase, até aplaudiram quando eu e Patrícia sorrimos para uma foto juntas.

— Você está linda, quem diria que ficaria mais linda — disse Yale enquanto abria a porta do carro para eu sentar.

— Você está exagerando — falei já ruborizando. — Obrigada, meu lindo e sempre gentil "agente secreto do governo". — Sorrimos juntos.

— Minha rainha. — Ele me olhava com olhos apaixonados.

Eu olhei para o brilho discreto do vestido branco, Yale sabia me deixar vermelha. Continuamos calados até chegarmos no estacionamento do Cinco Estações, que já estava lotado de carros.

Yale me ajudou a descer e me puxou para seus braços, para um abraço e um beijo suave.

— Vamos — disse Patrícia pegando no meu braço e sorrindo.

Eu estreitei os olhos quando olhei para ela, com reprovação, será que nem um abraço poderia dar no meu namorado?!

— Yale, me espere no portão, tenho que falar com minha irmã — sorri e ele saiu, Felipe me olhava e saiu sem nada dizer. — Qual a parte do me deixar em paz você não entendeu? — perguntei com raiva.

— Eu só estava brincando — ela sorriu sem se importar. — Para de drama, rainha do gelo, relaxa, amanhã estaremos de férias.

— Não estou a fim de brincadeiras e você só sabe zombar de mim, portanto finja, como sempre fez, que não me conhece e lembre-se que você só está de férias por causa da minha ajuda, não esqueça que ainda faltam seis meses para o ano acabar e que posso não te ajudar nas provas finais, que são as mais importantes — disse entre dentes.

Talvez eu estivesse exagerando, mas eu já tinha passado da fase de ser insultada sem revidar, segurei a cauda do meu vestido e vi um homem acenando na minha direção, mas não o reconheci.

— Você conhece aquele homem? — perguntei para Patrícia.

— Que homem? — ela se virou, mas ele havia sumido.

— Vamos entrar, estamos perdendo a festa. — Ela me puxou.

Yale segurou minha mão e entramos na quadra da escola, que estava com uma decoração de boate e alguns enfeites em todo o local. Soltei a cauda do meu vestido e andamos à procura de Sielo. Todos olhavam para nós, até parecia o início do nosso namoro.

— Yale, você veio fantasiado de que mesmo? — perguntou Sielo quase correndo ao nosso encontro.

— Você sabe que não gosto de fantasias — respondeu Yale indiferente. — Estou de "MIB: homens de preto", estou de óculos escuros e tenho essa arma ridícula, ainda acha pouco — ele sorriu com covinhas.

— Sei... e Lívia Lins, minha humana predileta, você está divina, nossa, você ficou perfeita como rainha do gelo, seus olhos parecem duas esmeraldas. — Ela tocou meu queixo e sorriu.

A fantasia de Sielo era de uma vampira de capa preta, dentes de vampiro e uma maquiagem bem real como se o sangue estivesse saindo dos cantos de sua boca, com brilhos ofuscantes no vestido embaixo da capa e o cabelo branco solto que a deixava radiante, com batom preto.

No pouco que observei, tinha todos os tipos de fantasias, de princesas como Branca de Neve só que de um jeito sexy, fantasmas, monstros... todos usaram a imaginação para curtir o baile. Vi meus dois amigos do outro lado da quadra dançando alguma música egípcia, isso me fez rir um pouco, olhei para outro lado e vi Melina, ela me olhava sem piscar, ou talvez estivesse olhando outra coisa, seu rosto estava indecifrável, sua fantasia era de bruxa, ela era a bruxa mais linda que já vi, até Angelina Jolie como Malévola ficaria apagada perto de Melina, se bem que Malévola era fada, mas era a única personagem que chegava mais próximo da beleza de Melina, seu vestido preto com decote e cabelo solto embaixo do longo chapéu davam a impressão de perfeitos, sorri comigo mesma, ela sorriu com dentes brancos em meio ao batom vermelho me desconcertando.

— Vou onde estão meus amigos — falei um pouco atordoada.

Melina não gostava de mim, então por que será que estava sorrindo para mim?, me perguntei. Saí em disparada sem esperar Yale.

— Se afaste DELES — disse alguém mascarado. — ELES são perigosos.

Olhei para trás, mas ninguém olhava para mim ou estava perto o suficiente. Lana ao me ver me abraçou e me olhou de cima a baixo, com "beiço" estirado e sacudindo a cabeça em aprovação.

— Não existe rainha do gelo mais bela que você, e acredite, é Cleópatra que está falando, a rainha do Egito. — Todos sorrimos, Lana era uma comédia!

— Realmente você está uma linda rainha — concordou Tony me abraçando.

— Não exagerem, tá, vou buscar um pouco de refrigerante, alguém quer? — perguntei.

Dei de ombros e fui até a mesa em que ficava a comida e a bebida do baile. Quando ia pegar o último copo de refrigerante de uva, uma pessoa com fantasia de monstro foi mais rápida, suspirei e me virei de mãos vazias.

— Majestade, me permita servi-la? — disse o homem embaixo da fantasia de monstro, ele estendeu o braço com o copo de refrigerante na mão para que eu pegasse. — Você ficou linda de rainha do gelo, é a mais bela do baile, não tenho dúvida.

— Obrigada, pode beber, depois eu volto que deve ter mais — respondi saindo, mas o estranho segurou meu braço.

— Rainha do gelo, você precisa ficar longe "DELES". — Sua voz dava ênfase em "DELES".

— Quem é você? — perguntei tentando soltar meu braço, mas não tive sorte.

— Seu anjo da guarda — ele respondeu secamente soltando meu braço. — Não tenha medo, eu só quero protegê-la.

Ele me olhava com seus olhos azuis penetrantes, era a única coisa que estava exposta de seu corpo na fantasia de fera, ele era baixo, mais baixo que eu.

— Não leve o baile a sério, é só uma fantasia — forcei um riso sem dentes, fingindo ser uma brincadeira do desconhecido.

— Lívia... — ele suspirou sacudindo a cabeça. — Não me diga que vou ter que contar toda a história trágica e chata, para você me tratar com um pouco de seriedade. — Ele me olhou e eu continuei séria e fria como um gelo. — Tudo bem, eu sei das FÊNIX que estão fingindo ser gente normal e que você é uma garota que acha que ama um desses monstros.

Eu fiquei petrificada como o gelo do Alasca e não consegui falar, mas a "fera" continuou.

— Não me olhe assim, esses mons... seres... — corrigiu, talvez minha cara estivesse mudado com a palavra monstro. — Têm poderes e você deve estar enfeitiçada.

— Você... é... Não sei do que está falando — gaguejei. Olhei para todos os lados e não vi Yale.

— Você já me viu, já me tocou e hoje acenei para você; portanto pare de dar uma de desentendida que eu não tenho muito tempo. — Eu queria sair, mas a curiosidade me impediu. — Eu sei da sua "tatuagem". — Minha armadura rachou, ninguém sabia da "tatuagem", nem mesmo Yale, meus olhos marejaram, eu não sou tão forte, mas nada respondi. — Você é teimosa — disse sério. — Eu preciso do livro e você tem que me dar...

— O que faz aqui sozinha, minha rosa de cristal? — perguntou Yale se aproximando, o homem estranho já havia saído e Yale não viu nada. — Vamos dançar, divirta-se, é nosso primeiro baile. — Ele olhou para trás com olhar desconfiado, como se sentisse a presença de algo ruim, mas nada disse.

Dançamos juntos várias músicas, bem juntinhos, era como se fosse só nos dois embaixo do globo de luz, nas músicas eletrônicas eu continuava nos braços de Yale, ele me segurava na cintura com leveza. Lana, Tony e

Sielo pareciam loucos de tanto pular e gritar, Melina dançava sensual e linda perto de nós. Tudo estava perfeito, exceto pelo estranho que apareceu e sumiu do nada.

Mas a cada segundo sentia Yale enrijecido a meu lado, olhei para os demais Mackenzie, todos estavam em alerta.

Eu tenho que contar para Yale do homem estranho, mas a aflição do homem saber meu segredo me fez calar.

— E o rei e a rainha do baile são... Patrícia Lins e Yale Mackenzie — disse o diretor da escola com alegria.

Minha irmã correu até o palco eufórica e foi coroada, Yale olhava sem entender, nós não nos inscrevemos para participar da votação.

Sielo ficou a meu lado enquanto Yale ia para o palco, algo estava errado, eu podia sentir. Todos gritaram e aplaudiram em êxtase, a coroação era o momento mais esperado do baile, ouvi uma gritaria da multidão pedindo que tivesse a dança "real". Mas Yale foi mais rápido.

— E como rei a ordem é que todos dancem com seus pares e sejam felizes. — Ele desceu do palco com a coroa amarela em sua cabeça, deu para um aluno de outra sala o cetro amarelo e me chamou para dançar e incentivar a todos.

E tudo voltou ao normal, ou assim pensei.

— Yale, hoje um homem falou de vocês...

Yale parou de repente e me olhou nos olhos, Melina e Sielo estavam ao nosso lado, me fitando com olhos sérios.

— Como ele era? — perguntou Melina esquecendo nossos dramas, ela parecia um general do exército.

— Não vi o rosto, só sei que era baixo, bem baixo, os olhos azuis e fantasia de fera — respondi. Melina nada disse e o silêncio reinou entre nós com a música lenta e todos dançando harmonicamente em nossa volta.

— Vamos embora! — disse Yale. — Vou levar você para casa e vou sair...

Ele me pegou no colo antes que eu pensasse, acenei para meus amigos, que como todos não entenderam nossa saída repentina.

— Onde estão indo com tanta pressa? — perguntou uma voz grave e calma em meio à multidão. — Rainha do gelo, estou aqui para protegê-la!

— Tanta coisa para aparecer e logo você que aparece... — disse Melina sem alegria. — O que você quer, seu idiota? — ela sorriu.

— Para sorte de vocês, eu que estou aqui, e você, a mesma de sempre, linda e sádica — respondeu o estranho.

Yale abriu a porta do carro para que eu entrasse.

— Yale, pare de bancar o esperto e tire a "rosa de cristal" desse carro — falou o estranho com voz de ameaça. — Eu não vou machucá-la.

Yale olhava sério para o homem estranho, ele parecia calmo com tudo, mas através de seus punhos fechados dava para ver que ele estava com raiva. O estranho estava andando na nossa direção. Saí do carro para olhá-lo e ver sua face sem a fantasia, não era o mesmo que falou comigo lá dentro da festa, eu tenho certeza! O da festa era baixo, bem baixo, esse tem quase dois metros de altura e a voz não é a mesma. Talvez eu tenha me enganado com seu tamanho, por ficar perplexa ao revelar meu segredo, mas a voz não é a mesma.

— Oliver — disse Yale, sem emoção.

Ele era alto e bonito no terno preto, cabelos grandes, brancos e bem jovem, seus olhos azuis estavam em mim, atrás de Yale.

— Ela é linda, mas você conhece… você sabe o que… e eu estou de férias e resolvi proteger essa humana de suas garras antes que tudo vá abaixo. Como pôde enfeitiçá-la, vocês sabem… assim até parecemos vampiros, mas… — ele falava se interrompendo com algo óbvio para eles.

— Eu estou me lixando para você e o resto do Conselho Guardião e nem pense em abrir esse bico — esbravejou Yale interrompendo-o.

— Você é tão certinho e fez o que é mais grave — ele sorriu. — Eu admiro você, Yale… você tem coragem, mas a humana… ela é tão frágil, faz jus ao apelido carinhoso que você deu, passei a noite observando vocês. Não vou dizer nada ao conselho desde que tire a humana dos seus feitiços egoístas, para mim sua humilhação é suficiente para a eternidade.

— Ela não está enfeitiçada, nós não somos como vam… Oliver, não se meta! — disse Sielo se interrompendo.

— E como explica esse… — Ele olhou para o lado. — Apego da humana por Yale Mackenzie? — perguntou.

— Ela é… minha humana que me deu a vida… — começou Yale, mas não conseguiu concluir.

— Para de drama, os humanos sentem repulsa e aversão a nós, mesmo com um lindo rosto, eles sentem que não somos como eles. — O estranho chamado Oliver cruzou os braços. — Venha, humana, eu tenho a salvação para você se livrar desses monstros e agora loucos. — Yale me empurrou para trás ainda mais!

— Você já ouviu, ela não está enfeitiçada, ela... não é da sua conta! — Yale tocou meu rosto.

— Vá embora e esqueça o que viu, será melhor para você — falou ameaçadoramente. Fechei meus olhos com o carinho, era incrível o poder que Yale tinha de me fazer esquecer a confusão ao meu redor.

Oliver estreitou os olhos olhando para nós e saiu, sumindo em meio à escuridão do estacionamento. Ele parecia confuso, entrei no carro sem entender por que ninguém se movia, Yale deu a partida e saímos, os outros continuavam imóveis perdidos em pensamentos.

— Quem era? E... — perguntei quando estávamos sozinhos.

— Oliver Martinazzo — sussurrou me interrompendo.

Seguimos no sentido da BR-555, que dava acesso às praias, eu sabia que arrumaria problemas se meu pai soubesse que saí do baile e não voltei para casa como prometido, mas isso podia esperar.

Yale olhava a estrada sem piscar, suas mãos seguravam o volante com força, não dava para saber o que ele estava pensando, seu rosto congelado não dava para decifrar.

Entramos no portão da casa de praia dos Mackenzie, tudo estava diferente, talvez por estar escuro e Yale ter ficado calado o tempo todo. Entramos na casa branca, que era linda e cheia de paredes de vidro; mesmo sem querer conversar ele agia sempre como um cavalheiro, abrindo as portas e segurando minha mão para me ajudar.

Saímos para a varanda, olhei a linda paisagem do mar e da lua radiante no horizonte. Yale andou na direção da praia, tirando o terno, jogando na areia a gravata e a camisa preta, cada peça de roupa num lugar diferente, de acordo com o que se movia na areia. Ele sentou na areia usando apenas a calça do terno e olhava para a lua.

Quando estava me aproximando, as enormes asas vermelhas apareceram radiantes, eu nunca me acostumaria com sua beleza. Sentei a seu lado, seus olhos de Fênix me fitaram.

— O que você tem? — sussurrei preocupada.

— Oliver Martinazzo é de outro clã e está mais próximo do conselho, com um simples gesto dele toda a Guarda da Fênix estaria aqui — disse com voz arrastada. — Não tenha medo, eu vou proteger você.

— Não tenho dúvidas, agora pare de se preocupar e me dê um beijo — sorri enrubescendo.

— Você é...

Eu o interrompi com um beijo, ele não ia corresponder ao beijo, mas algo o fez mudar de ideia. Yale me envolveu em seus braços me beijando delicadamente. Ele me afastou e olhou nos meus olhos e eu olhei os seus amarelos como o sol, suas mãos soltaram meu cabelo. Me ajeitei em seu colo e ele me admirava por inteiro.

— Uma linda rainha, a minha rainha, e eu o seu fiel e eterno monstro — sussurrou, seus olhos amarelos me fitavam com intensidade.

Era a primeira vez que via e tocava em Yale sem camisa, seu corpo bronzeado e lindo me deixou sem ar, a cada segundo eu sentia meu rosto mais quente e vermelho. Abaixei a cabeça envergonhada, o que Yale ia pensar? Ele tocou meu queixo para que eu o olhasse.

— Adoro quando deixo você vermelha — ele sorriu e me beijou, era para ser um selinho, mas não era o que eu queria. O beijo ficou sério, quente, ardente, posso afirmar. Minhas mãos tocaram seu corpo nu e o puxei para mais perto de mim. Suas mãos de meus cabelos desceram para minhas costas, parando na minha cintura, e a cada minuto pressionando com mais força o meu corpo contra o dele.

— Lívia? — ronronou enquanto beijava o meu pescoço. — Temos que parar. — Sua voz era distante e seus beijos eram a resposta contrária ao que falara. — Tenho que mergulhar um pouco — disse de repente, correndo para o mar.

Vi quando ele mergulhou e o azul das ondas ficou rajado de vermelho por um instante, então tudo ficou calmo, só com a leve brisa e o som das ondas. Levantei batendo no vestido branco onde tinha areia. Yale saiu do mar sacudindo o cabelo com a mão e veio na minha direção.

Eu amava aquele homem, era ele que fazia meu coração acelerar, fazia eu sentir que estava viva e foi ele que me fez pensar em ser completamente de alguém e sem medo. Não importa o que aquele estranho dizia sobre feitiço, porque o único feitiço entre nós era o AMOR, pensei enquanto me apaixonava ainda mais.

— Pronto, nada melhor que um mergulho — ele sorriu com dentes brancos. — Você às vezes me faz pegar fogo — ele sorriu olhando para meu rosto, que esquentou de repente, ele falou de propósito.

— Você é tão dramático, até parece... — sorri olhando para baixo, meu estômago estava com borboletas, meu rosto ainda estava quente e com certeza bem vermelho.

— Estou falando literalmente, minha teimosa do gelo, olhe. — Eu o fitei e seu corpo ficou seco, a calça que estava encharcada ficou seca como se Yale nunca tivesse entrado no mar. — O que achou? Ainda duvida?

Eu apenas cruzei os braços e dei de ombros indiferente como se não fosse nada de mais. Eu lembrava do livro da Fênix, que mencionava fogo no corpo todo.

— Pode não parecer, mas se eu me descuidar um segundo que seja posso machucar você com uma queimadura de... — Ele não concluiu o raciocínio. — Por isso que tive que mergulhar um pouco. Não é fácil dizer, não para quem a gente ama, principalmente quando o amor, a paixão, os desejos estão juntos no mesmo contato. — Seus olhos amarelos eram intensos ainda mais.

— Você vai me mostrar sua transformação completa. — Não era uma pergunta porque eu já sabia a resposta.

— Espero que nunca me veja transformado por completo, eu não sou assim como está vendo, é nesse momento que o humano some e dá lugar ao monstro — respondeu com pesar. — Mas se for preciso, por você eu faço qualquer coisa. — As asas apareceram novamente como se reagissem ao que ele falava.

— Tudo bem, mas... quem é Oliver Martinazzo?

Ele me puxou e sentamos no banco de balanço na varanda da casa.

— Oliver é uma Fênix de um clã superior ao nosso, séculos atrás ele vivia com nossa família, mas ele e eu discutíamos por tudo, apostávamos tudo, ele era como um irmão para mim, apesar de tudo. Certa vez exageramos na aposta e um humano nos viu como somos e fomos punidos por colocar em risco nossa existência. Depois desse acontecido brigávamos constantemente por qualquer coisa, até que Melina chegou à nossa casa, Oliver se interessou por Melina no instante em que a viu, mas ela não correspondia, ela era muito nova e ele cabeça-dura para esperar ela ter noção de tudo e do que se tornara. Uma vez ela me perguntou se eu teria capacidade de amá-la e me tornar seu parceiro, Oliver estava entrando na sala da nossa casa em Londres há séculos, não esperou minha resposta, entendendo tudo errado e saindo sem deixar que eu falasse ou me justificasse, ele simplesmente sumiu, depois de muito tempo nos encontramos e ele já estava fazendo parte de um clã poderoso. Não voltamos a nos falar até o dia em que tivemos uma pista do que procuramos, Oliver queria ser o primeiro a dar a notícia sobre o paradeiro do ser amaldiçoado, mas eu também queria dar a notícia e nessa época, Lívia, eu era muito apostador e Oliver também, era nossa maior diversão. Mas Oliver planejou com outros que me apagassem até ele dar a resposta ao conselho, quando acordei soube que ele ia fazer parte de um clã mais poderoso e sair do clã em que estava. Isso nos afastou por completo, sempre que nos encontramos brigamos e cada um vai para um lado. Hoje agradeço, porque se eu estivesse em outro clã, não teria conhecido você, que foi um presente maravilhoso e por quem a cada dia estou mais apaixonado, e também não faria parte de uma família.

— E o que você ia dizer a Melina que Oliver não ouviu? — perguntei com medo da resposta.

— Melina é um lindo ser, mas naquele momento e nos próximos que se seguiram até encontrar você, eu me bastava, amava minha família, mas não tinha vontade de ter uma parceira, até uma oriental aparecer e me deixar louco e amando-a mais que minha própria existência. O problema é que Oliver não entende, e a obrigação dele é me entregar para o conselho, o que eu fiz é algo gravíssimo para nosso mundo secreto.

— O que vamos fazer? — perguntei com voz embargada.

— Esperar ele me procurar, ele está confuso, e conhecendo Oliver... — ele sorriu misterioso sem concluir suas palavras. — Está na hora de levar a rainha para seu palácio.

— Você ainda gosta dele? Ainda tem Oliver como irmão? — perguntei.

— Talvez, mas por ora ele é um inimigo mortal e por sua segurança sou capaz de tudo. Quando Yale falava dessa forma, sua expressão era sombria e congelada, dava para perceber que estava falando muito sério.

Levantei do banco e comecei a andar na casa, tudo era branco, do piso às paredes, a escada para o segundo andar era branca e com estilo do século XIX, comecei a subir olhando os quadros no corredor, que eram simples e antigos. Entrei na porta que tinha um desenho de uma Fênix cravado na porta de madeira. O quarto simplesmente era todo de vidro me deixando boquiaberta, a cama grande como a de Yale, mas essa era branca com as colchas e travesseiros em cima brancos, o banheiro tinha uma banheira nada modesta no tamanho e de longe daria para ver que tinha gente no quarto. A decoração do século XIX na cômoda, no espelho, no tapete, tudo simples e bem elegante.

— De quem é esse quarto? — perguntei, porque não tinha foto ou vestígio de que alguém tivesse estado ali.

— Meu — respondeu, ele me olhava como se apenas eu existisse no mundo. — Não gosto de me sentir preso e aqui eu fico bem livre, eu ia deixar a casa toda de vidro, mas Santhiago disse que um pouco de privacidade é sempre necessário.

Agora entendo.

— Você não tem vergonha de ficar aqui? — perguntei lembrando das paredes.

— Não, a parede do corredor é como as outras do andar de baixo e apenas nós voamos, não estou correndo risco de ser flagrado sem roupas, os vidros são transparentes só para quem está dentro da casa e tem um sistema que deixa o vidro branco ou embaçado — ele sorriu. — E sempre estou sozinho, ou melhor, antes eu era sozinho.

— E agora? — eu estava aprendendo a ser maliciosa.

— Agora tenho uma linda rosa a meu lado. — Ele me deu um beijo na testa. — E agora tenho alguém para dividir tudo.

— Acho que combino com a casa — fiz piada para descontrair. — O branco dominante, a rainha do gelo no quarto de vidro. — Sorrimos juntos.

— Exceto pelo tênis vermelho com cadarço amarelo. — Ele era ainda mais lindo sorrindo.

— Não gosto de salto alto, eu sempre caio e fico ainda mais estranha — disse timidamente colocando a máscara da rainha do gelo e tentando esconder minha vergonha.

— Adoro você sendo a senhorita estranha e vermelho com amarelo fica lindo em você — disse tirando a máscara do meu rosto e me beijando nos lábios. — Agora vamos. — Saímos pela sacada da janela nos beijando, só percebi que estávamos na minha casa quando Yale me envolveu em um abraço quente, me obrigando a abrir os olhos.

Ele estava vestido como se nunca houvesse tirado um par de asas grandes das costas, o terno continuava sem um único amassado, me perguntei como ele se vestiu, pois saímos nos beijando, ele estava só com a calça, e quando abro os olhos novamente ele estava bem vestido e sem amassado ou areia nas roupas.

Naquele momento percebi o quanto Yale era especial.

— Se meu pai perguntar o que eu digo? — perguntei preocupada de repente.

— Que preferimos voltar andando para admirar a lua — ele sussurrou enquanto subíamos os degraus da varanda de minha casa.

A lua estava clara, nessa nossa noite quase perfeita.

. Meu pai nos olhou de cima a baixo, com olhar desconfiado e olhando o relógio no pulso.

— Senhor Mackenzie, minha outra filha disse que o senhor saiu com Lívia há algumas horas e por que só agora que estão chegando?... — perguntou, ele estava sério, nem parecia o meu pai. — Posso saber onde estavam, e sem minha permissão?

— Voltamos andando e paramos na praça da cidade, senhor — Yale falou com tanta confiança que até eu acreditaria, se não soubesse a verdade. — Perdão, eu não queria preocupá-lo.

— Pois bem, que isso não se repita. Ivi, já para dentro que está tarde. — Ele com certeza acreditou porque voltou a me chamar de Ivi e a carranca deu lugar ao velho Sérgio.

Olhei para Yale rapidamente e entrei.

— Pai, onde está Patrícia? — perguntei, eu estava na sala nada contente esperando meu pai, até cruzei os braços demostrando minha irritação. — Pai, onde está...

— Eu já ouvi, Lívia, e sua irmã está no baile, ela só me ligou porque ficou preocupada com você — respondeu Sérgio me interrompendo, ele pegou o controle para assistir seu programa da noite preferido: "Pesca em alto mar x homens do campo".

— É mais fácil eu atacar Yale que o contrário e ele nunca permitiria esse disparate — berrei. — Enquanto o senhor pega no meu pé sem motivos, a santa Patrícia deve estar planejando seu neto!

Subi as escadas pisando firme e batendo a porta do quarto.

Se era guerra que Patrícia queria, o jeito seria colocar a rebelde que existe em mim em ação.

Sérgio ligou aos berros para minha irmã preocupado com o que eu disse mandando Patrícia voltar para casa.

À noite dormi rápido, só percebi que Yale dormiu comigo porque ele me fitava em seus braços quando acordei.

— Oliver não apareceu, vou ter que procurá-lo — disse Yale me fitando preocupado.

— Eu vou ficar bem, não se preocupe — respondi à sua preocupação e ele saiu.

Escovei os dentes no banheiro e tentei ir para a cozinha, quando Patrícia me puxou pelos cabelos no corredor para dentro do quarto dela. Debati-me sem êxito e ela me jogou na cama dela.

— Você é louca ou o quê? Como pôde dizer... eu dando netos? — Ela estava se tremendo de raiva. — Nosso pai fez um escândalo com Felipe por sua causa.

— Eu avisei para me deixar em paz, mas você se faz de surda, e nunca mais toque nos meus cabelos porque sou capaz de acabar com seu mundo rosa — ameacei fuzilando-a com os olhos estreitos. — Yale é um cavalheiro, ele não é igual ao seu namorado tarado e pare de querer se fazer de inocente que eu sei o que você anda aprontando, essa é uma das desvantagens de ser popular, todo mundo sabe alguma coisa... e eu não sou igual a você e aquele...

— Você não se atreveria... — ela me interrompeu.

— Quer pagar para ver?! — ameacei.

Saí tão irritada que passei direto para o bosque para tentar "esfriar" a cabeça, igual quando era pequena. Sentei no tronco caído que usava como mesa enquanto penteava meus cabelos com os dedos.

— Ora, ora, a humana mais preferida dos Mackenzie e sozinha — disse uma voz bonita e grave atrás de mim. — Gostei.

Tentei correr, mas uma mão segurou meu braço, senti um choque de medo e fiquei parada sem ação.

— Só quero conversar, portanto fique quieta que eu não quero perder meu tempo — ele sorriu e me soltou olhando para sua mão e para meu braço. — Seus olhos são de um verde admirável. — Isso todos eles falam, pensei. — Você é bonita, mas... — ele se calou pensando e me encarando. — É uma humana fraca que vive doente e não sabe escolher namorado. — Ele tinha uns dois metros de altura, cabelos brancos, grandes e penteados para trás, seus olhos eram de um azul vivo indecifrável. Vestia roupas caras e com estilo dos famosos que via na TV, ele era muito bonito, não podia negar, dava para perceber que eu era uma ameaça pela forma que ele se referia a mim e parecia que leu minha pasta da escola para saber tanto.

— O que faz aqui? — perguntei fingindo coragem.

— Queria ver de perto a humana que fez Yale Mackenzie assinar sua sentença de morte, queria ver se você tinha algo de especial, mas parece que é igual a todos da sua espécie.

— Então é isso, você vai entregar seu amigo? — perguntei. Eu queria chorar, mas contive as lágrimas.

— Não, eu não... Mas ficar com humanos é o mesmo que assinar uma sentença de morte, você conseguiu o que muitas fêmeas da nossa espécie não conseguiram, Yale era muito cobiçado, o famoso "solteirão indomável" — ele sorriu. — Ele só se preocupava com nossos objetivos, era um dos que mais defendia nossa causa e agora...

— Agora?... — perguntei.

— É só uma questão de tempo, eu só vim procurá-lo porque ele estava estranho na reunião que tivemos, ele estava disperso, eu conheço Yale o suficiente para saber que algo estava errado. Eu não vou falar nada para o conselho, prefiro ficar longe dessa encrenca.

— Obrigada — sussurrei.

— Não me agradeça agora, porque...

— O que faz aqui? — perguntou Yale e estava furioso, os olhos já amarelos e um calor forte emanava dele.

E como sempre não sei de onde ele saiu.

— Eu tenho perguntas que os Mackenzie não responderiam e queria ver de perto sua humana... Eu só estava conversando com sua namoradinha, tentando conhecê-la para entender, eu não vou me meter nessa confusão — respondeu.

— Pois vá embora. — Yale ficou mais calmo, mas continuou rígido já ao meu lado, provavelmente se eu tocasse em Yale iria me machucar.

— Podemos ser amigos? — perguntou Oliver. — Eu prometo que não vou dizer nada em nome dos velhos tempos e faz tempo que as coisas estão paradas, você sabe que eu adoro uma confusão de vez em quando — ele sorria com dentes brancos estendendo a mão.

— Sim, desde que você fique longe de Lívia, minha, humana. — Sua voz era ameaçadora.

— Tudo bem. — Eles sorriram e apertaram as mãos, Oliver foi mais ousado e puxou Yale para um abraço, o som do abraço deles era como se uma fonte de energia ou sei lá... talvez seja mais louco do que pareça, mas foi como se uma descarga do fogo escondido em seus corpos estivesse se debatendo e sumindo. — Senti sua falta, velho amigo. — Ele parecia sincero, mas Yale apenas assentiu e sorriu.

Naquela manhã ficamos os três no bosque, eu calada ao lado de Yale, e Oliver do outro lado admirando nós dois, ou talvez estivesse numa análise profunda sobre nós.

Tive que ir almoçar quando minha barriga me denunciou que estava com fome.

Yale, vendo que eu não ia para casa, chamou Oliver e foram na direção contrária da minha casa andando e conversando pelo bosque.

CAPÍTULO 15

O fim de semana passou lento, Yale não apareceu desde a última vez no bosque, não fiquei cheia de ideias contrárias porque mantive o pensamento de que ele estava colocando séculos de conversa em dia.

Lana me ligou na segunda me convidando para passar uma semana na casa de uma tia dela, eu confirmei depois que pedi aos meus pais, só faltava falar com Yale, liguei para ele, depois para Sielo, mas só dava caixa postal.

Resolvi ir na casa de Yale, era o único jeito, peguei um táxi e fui na mansão; se não encontrasse ninguém, iria na casa de praia. Desci do táxi, toquei a campainha, mas ninguém apareceu ou respondeu no interfone. Toquei no portão com tristeza, mas alguém havia deixado o portão entreaberto e eu só entrei, passei pelas estátuas brancas, elas pareciam ainda mais reais e vivas.

Eu estava receosa se Yale aprovaria minha visita, mas eu não queria viajar sem falar com ele, subi os degraus da escada de mármore branco lentamente na esperança de que alguém aparecesse, mas ninguém apareceu, nem mesmo Melina. Suspirei na frente da porta e bati, mas nada de resposta e ninguém apareceu, toquei na maçaneta, era minha última tentativa, se não abrisse eu voltaria para casa e depois me entenderia com Yale, mas a porta se abriu com meu toque e eu entrei, tudo estava deserto, parecia que os Mackenzie tinham desaparecido, até ouvir uma voz.

— Alguém se importa se eu ficar à vontade? — era Oliver que falava.

Olhei, ficando bem escondida, não sei por que, sendo que a intenção era ser vista. Eles estavam na sala onde só tinha o desenho da marca do meu pulso no chão. Olhei bem do cantinho da porta que dava acesso à sala em que estavam.

Oliver sorria e um par de asas pretas com algumas penas azul-escuras saiu de suas costas, seus olhos provavelmente mudaram, mas não dava para ver, ele parecia à vontade e segundos depois todos estavam "à vontade" como Oliver pedira, Yale não estava presente.

Meu coração estava a mil, a marca no meu pulso queimava, a estrela nas minhas costas parecia ter criado vida queimando mais forte que a dor costumeira do meu pulso, segurei com muita força na parede para suportar.

Olhei novamente para a sala onde as Fênix estavam, e agora estavam em formação de um círculo e todos de mãos dadas, pude perceber um leve brilho em volta de todos, mas não era brilho, era uma espécie de fogo que não os queimava, era como se compartilhassem poder, energia e fogo, estavam na mesma sintonia a cor que emanava de Oliver era azul, fogo azul pensei, e não vermelha como os demais da família de Yale.

Não sei o que eles estavam fazendo, só sei que eu tinha que sair dali, meu corpo exigia isso, a advertência do livro me veio à cabeça me consumindo, "Cuidado com ELES", eu tentei sair correndo, mas não tinha força para dar um passo, era como se o que as Fênix estivessem fazendo me chamasse, era uma atração igual o ímã atraindo o ferro, minhas forças estavam acabando, comecei a cair, era demais para mim.

Cante… cante… chame-o…, gritava meu inconsciente já desnorteado, meu corpo todo parecia em chamas.

Nam nam nam nam nam
Na verdade eu sou uma pobre dor
A flor que broxou e um dia brilhou
Um cardo virou e agora murchou
Na verdade o amor
Em fruto virou e será o amor
Que vencerá o que foi dor
Na verdade eu sou o céu que brilhou
E nunca mais acordou
E a Fênix em dor se transformou
Nam nam nam nam nam"

A música de que Yale tanto gostava saía dos meus lábios em um sussurro.

Já deitada no chão com o corpo queimando, Yale apareceu voando não sei de onde e me pegou nos braços, ele estava atordoado, seu rosto estava em desespero, Yale não foi o único que correu ao meu encontro, eu sentia meu corpo queimando, mas pude ver que Oliver estava ao meu lado enquanto Yale me envolvia, ele estava petrificado enquanto me olhava.

— Yale… — sussurrei enquanto me contorcia em seus braços.

— Eu estou aqui, calma, foi só um susto! — respondeu.

Era como se suas palavras e sua presença cessassem a dor e o medo que sentia no meu corpo, eu sorri e me aninhei em seus braços e tudo ficou escuro.

O SEGREDO DA FÊNIX

Ficamos em seu quarto abraçados sem nada dizer, apenas sentindo o outro.

— Lívia, o que veio fazer aqui, quem te trouxe? — perguntou ele, sussurrando calmamente.

— Eu vou viajar com Lana e queria dizer a você, mas você e Sielo não atendiam, aí eu vim... Desculpa — respondi.

— Eu falei com sua irmã que hoje à noite ia à sua casa, ela não te disse? — Sacudi a cabeça em negativa, tinha que ser, ele não imaginava que minha irmã era uma cobra. — Mas tudo bem, só tente esquecer o que viu, ok?

Ele beijou meu pescoço e logo estávamos desesperados por um beijo, Yale bagunçava meu cabelo enquanto nos beijávamos, suas mãos na minha cintura me puxavam para mais perto, eu o queria ainda mais.

Ouvi muito longe alguém batendo na porta, mas o beijo de Yale me fazia esquecer qualquer coisa.

— Eu não queria atrapalhar, mas já atrapalhando... — disse Oliver abrindo a porta do quarto com voz alegre.

— Você devia bater na porta antes de entrar — disse Yale questionando e me afastando um pouco para eu ficar sentada ao seu lado.

— Eu bati, Yale, mas você não respondeu, aí... Como ela chegou tão perto e não percebemos? — perguntou sem meio-termo.

Oliver me olhava com curiosidade andando de um lado para o outro.

— Lívia é assim, a gente tem que estar muito atento para perceber sua presença, seu cheiro, ela é um caso raro — respondeu Yale de má vontade.

— E aquela música? Como você soube que ela não estava bem? — Ele olhava meus olhos me deixando tímida e me obrigando a olhar para a colcha da cama.

— Não sei, apenas sinto que ela está em perigo — Yale respondeu sem vontade.

— Interessante, posso...

— Não, você disse que ficaria longe dela — interrompeu Yale.

— Você me viu? — perguntou Oliver sem se importar com as negativas de Yale. Eu só assenti que sim. — O que achou? — Ele estreitou os olhos esperando minha resposta.

— Por que você é diferente dos outros? — perguntei sem responder.

— Sou de outro clã e isso muda algumas coisas, você poderia cantar para mim? — Seu olhar era intenso.

Yale me olhou de repente esperando minha resposta, tão ansioso quanto Oliver.

Sacudi a cabeça em negativa, aquela música era para Yale e eu, ele era minha Fênix e eu sua humana, por mais patética que a música seja, era só nossa.

— Tudo bem, mas a música é... fascinante. — Ele deu de ombros. Escondi minha cara no peito de Yale, o olhar dele mudara, não sei em que sentido, mas mudara.

Oliver saiu do quarto a passos lentos.

Ficamos aninhados por um tempo e descemos para ir à minha casa. Todos estavam calados, numa espécie de transe.

— Peço desculpas a todos por entrar sem avisar e sem ter permissão, não era minha intenção atrapalhar... — disse com o rosto quente de vergonha.

— É incrível como você conseguiu entrar sem ninguém perceber! — Oliver estava radiante. — Nunca soube de algo parecido.

— Lívia faz parte da família, ela fica tanto tempo com Yale que confundimos o cheiro — disse Marisa tentando dar sentido aos acontecidos.

Eu nada respondi, apenas saímos.

Yale me deixou em casa com um beijo na testa desejando boa viagem e voltou para casa mais rápido que de costume cantando pneu no asfalto.

Corri para meu quarto lembrando do beijo que fazia meu corpo criar vida, esqueci por um momento o que vi e o que senti na casa dos Mackenzie. Arrumei minha mala de viagem e fui para a casa de Lana, que estava desesperada para sua mãe chegar e nos levar ao aeroporto.

Eu já estava bem, era como se nada de ruim tivesse acontecido.

EPÍLOGO

Neste início de ano aconteceram coisas quase que inacreditáveis, foi o ano em que descobri o que é o amor e que minha vida só é completa com Yale Mackenzie, eu o amo de tal forma que sem ele seria como estar morta, meu namorado, minha Fênix, minha vida, meu verdadeiro amor, em resumo ele é isso para mim, porque o que eu sinto é tão grande que essas palavras se tornam insuficientes para descrever o meu amor.

Sei que pareço obcecada ou até louca, mas essa é minha forma de amar, não me julgue, pois tenho certeza de que todos os apaixonados nunca agem de forma racional, obviamente fiz uma pesquisa para afirmar que é só amor.

Não sei o que são essas marcas no meu corpo, sei que um dia tudo fará sentido, mas enquanto o sentido não vem, eu serei uma nerd que descobriu o amor no ensino médio e a cada dia está mais apaixonada.